리벤지 힐티

REVENGE
HUNTING 4

초판 1쇄 인쇄일 2015년 8월 24일 ∣ **초판 1쇄 발행일** 2015년 8월 26일

지은이 목마 ∣ **펴낸이** 곽중열 ∣ **담당편집 팀장** 이범수
편집부 신연제 이윤아 김호성 김은경

펴낸곳 (주)조은세상 ∣ 출판등록 제 2002-23호
주소 경기도 연천군 미산면 청정로 1355
TEL 편집부 02)587-2966 ∣ FAX 02)587-2922
e-mail bukdu@comics21c.co.kr

ⓒ목마 2015
ISBN 979-11-5832-239-7 ∣ ISBN 979-11-5832-135-2(set) ∣ 값 8,000원

REVENGE

리벤지 헌팅

목마 현대 판타지 장편소설

NEO MODERN FANTASY STORY & ADVENTURE

HUNTING

④

북두
(주)조은세상

CONTENTS

NEO MODERN FANTASY STORY & ADVANTURE

REVENGE
HUNTING

REVENGE

1. 길드 창설

HUNTING

NEO MODERN FANTASY STORY & ADVANTURE

REVENGE HUNTING

1. 길드 창설

"…이거 참."

김상규는 닫힌 문을 바라보면서 턱을 긁적거렸다. 설마 거절을 들을 줄이야. 파격적인 조건을 제시했다고 생각했다. 거절에 대해서는 조금도 생각하지 않았다. 김상규의 옆에 앉은 협회장, 김태완은 조금 난감하다는 얼굴이었다. 그는 김상규 쪽을 힐끗 보았다.

"…으흠."

얼어붙은 침묵 속에서 김태완은 낮게 헛기침을 했다. 김상규는 대답하지 않고 닫힌 문을 바라 볼 뿐이었다. 그는 테이블 위에 놓인 담배갑을 들어 담배를 입에 물었다. 불을 붙이고, 연기를 마시고. 김상규의 눈썹이 실룩거리는 것을 김태완은 놓치지 않았다.

김상규는 말없이 담배를 피웠다. 그의 시선은 닫힌 문에 고정되어 있었다. 김태완은 괜히 엉덩이가 간지러운 것을 느꼈다. 너무 오래 앉아 있어서일까, 그도 아니면 이 침묵이 거북살스러웠기 때문일까. 김태완은 다시 헛기침을 했다. 김상규가 담배를 반쯤 피운 후였다.

"제 조건이 이상했습니까?"

김상규가 입을 열었다. 그는 털지 않아 끝에 매달린 담뱃재를 종이컵 위에 털었다. 치익하는 소리가 났다. 김상규의 물음에 김태완은 턱을 어루만지며 생각에 잠겼다. 마석을 세 개 제공하는 것. 그리고 A급 헌터가 되면 바로 최상위 던전의 공격대에 들어가게 해준다는 것.

"…거절하는 것이 멍청한 짓이지."

김태완은 솔직한 심정으로 말했다. 세상 어느 길드에서도 신입에게 저리 파격적인 대우는 해주지 않는다. 그만큼 재능과 잠재력을 인정했다는 것이지만, 아무리 잠재력이 좋아봐야 경력 두 달이다. 인당 세 개, 둘이면 여섯 개. 마석 여섯 개면 몇 십억에 달하는 가치가 있는 것인데. 그 투자에 달하는 이익을 뽑을 수 있으리란 보장은 어디에도 없다. 헌터에게 있어서 경험이라는 것은 그만큼 중요한 것이다.

"그쵸? 거절하는 것이 멍청한 짓이죠?"

김상규는 담배를 종이컵 안에 떨어트리면서 중얼거렸다. 그의 입꼬리가 실룩거리며 올라갔다. 웃고는 있었지만 김상규의 눈은 조금도 웃지 않았다. 가늘게 찢어진 그의 눈이 뱀처럼 번득거렸다.

"멍청이들이네."

김상규가 중얼거렸다. 좀 웃고 싶은데, 웃음이 안 나오는 군. 그는 그렇게 생각하면서 담배를 입에 물었다. 새끼가, 어디서 눈깔을 그렇게 뜨고서… 시커먼 불길이 가슴 속에서 타오르는 것 같았다. 김상규는 담배에 불을 붙였다. 불이 잘 안 붙네. 그는 미간을 찡그리며 다시 라이터를 켰고, 연기를 빨다가

"케헥!"

씨발, 담배를 거꾸로 물었잖아. 그는 미간을 팍 찡그리고서 담배와 쓴 침을 종이컵에 뱉어냈다.

◎

선하는 머뭇거리며 우현의 등 뒤를 따랐다. 복도를 지나 창구 쪽으로 나온 우현은 안내원에게 헌터 등록증을 건네 등급을 새로 갱신 받았다. 선하도 아무런 말도 하지 않고 우현과 똑같이 등록증을 건넸다. 서로의 등급이 갱신되고 나서, 우현은 곧바로 협회를 나왔다.

"…뭐라고 말이라도 좀 하지 그래."

참다 못한 선하가 먼저 입을 열었다. 협회의 바깥, 흡연 구역에 왔을 때였다. 담배를 꺼내 입에 물던 우현은 멈칫하며 선하를 보았다.

"무슨 말?"

그는 그렇게 되물으면서 담배에 불을 붙였다. 칙, 칙. 라이터의 부싯돌이 튕기는 것을 보면서 선하는 입술을 잘근 씹었다. 우현의 말 대로였다. 대체 무슨 말을 해야 하지? 선하는 식은땀으로 축축하게 젖은 주먹을 꽉 쥐었다.

그녀는 김상규를 대하는 것이 거북했다. 생리적인 혐오감도 있었고, 김상규는 그녀가 본 어느 사람과도 다른 사람이었기 때문이다. 분노와, 경멸과, 혐오와, 증오와, 공포가. 김상규를 볼 때마다 선하의 가슴 속에서 소용돌이쳤다. 김상규가 몇 번이고 강조하여 말하듯 선하의 아버지인 김상중은 김상규를 아꼈고, 자식처럼 대했다. 선하는 억지로 김상규와 자신을 엮으려는 아버지의 태도가 마음에 들지 않아 김상규에게 계속해서 거리를 두었지만, 김상규는 선하가 아무리 딱딱한 호칭을 고수해도 선하를 웃으며 대했었다.

장례식장에서의 일은 그녀가 알고 있던 김상중이라는 인간을 산산히 박살냈다. 인간이 저리도 추악할 수 있구나라는 것을 깨달았고, 곁에서 아무리 웃고 있어도 속으로는 다른 생각을 품을 수 있다는 것을 알게 되었다. 그녀가 신뢰를 중요하게 여기는 것의 근원이 김상규였다. 김상규는 선하에게 있어서 아버지의 죽음과 직접적이던 간접적이던 연관된 원수였으며, 배신자였고, 그녀가 처음으로 겪는 종류의 사람이었다.

"…무슨 말이라니."

선하는 땀으로 젖은 손을 치맛단에 올리면서 머리를 푹 숙였다. 말문이 턱 막혔다. 머리는 어지러웠고 속에서는 구역질이 끓었다. 그런 자신이 한심스러웠다.

"…승낙했어야 해?"

우현은 선하를 보면서 머리를 갸웃거렸다. 그 물음에 선하는 머리를 숙인 체 좌우로 흔들었다. 우현은 선하의 어깨가 가늘게 떨리는 것을 보았다. 대체 왜? 김상규와의 대화에서 별 문제는 없었다고 보는데. 그리고 보니, 선하는 김상규가 온다는 이야기를 들었을 때부터 표정이 굳어 있었다.

"대체 왜 그러는…."

"…담배."

선하가 간신히 말했다. 코끝을 감도는 냄새가 역겨워. 담배를 피우던 김상규의 모습이 떠올랐다. 카악, 하는 가래침이 끓는 소리가 귓가를 맴돌았다. 우현은 별 말 없이 담배를 재떨이에 껐다. 그는 떨리는 선하의 어깨를 향해 조심스럽게 손을 뻗었다. 손이 닿자, 선하의 어깨가 움찔거리며 움츠러들었다. 우현은 선하의 어깨를 잡았다.

"무슨 일이야?"

"…아무 것도 아니야."

선하는 머리를 들었다. 눈앞이 핑핑 돌았다. 김상규를 만나게 될 줄은 상상도 하지 못했다. 기왕이면, 다시는 보고 싶지 않았다. 아버지의 죽음과 직간접적인 원수라고 해도, 보고 싶지 않았다. 그 역겨운 남자는 선하에게 있어서 끔찍한 악몽이었다. 우현은 창백하게 질린 선하의 얼굴을 들여 보았다.

"…김상규 때문이야?"

"아무 것도 아니라고 했잖아."

"말 해."

우현의 미간이 찡그려졌다. 차갑게 식은 우현의 목소리에 선하는 눈을 움직여 우현의 시선을 피했다. 우현이 저런 표정을 짓고, 저런 목소리를 낼 때. 선하는 자신이 아는 우현이 다른 사람이 되는 것처럼 느꼈다.

간신히 입을 열었다. 더듬거리며 설명했다. 김상규와 어떤 관계였는지. 김상규가 어떤 사람이었는지. 그날, 장례식장에서 무슨 소리를 들었는지. 설명을 이어갈수록 선하의 목소리는 작아졌다. 그녀의 목소리가 작아지는 만큼 우현의 표정은 차갑게 굳어갔다. 선하가 간신히 말을 마쳤을 때, 우현은 으스러질 듯 강한 힘으로 주먹을 쥐고 있었다.

"대체."

우현이 입을 열었다. 그는 크게 숨을 마셨다가 토해냈다. 우현은 선하의 어깨에 올라가 있던 손을 내렸다.

"대체, 왜 네가 그렇게 겁을 먹은 거야?"

"…겁?"

선하가 머뭇거리며 중얼거렸다. 그 말에 우현은 머리를 끄덕거렸다.

"네가 잘못한 것도 없잖아. 그런데 왜 겁을 먹는 거야?"

우현이 묻는 말에 선하는 입술을 잘근 씹었다.

"똥이 무서워서 피하는 사람이 어디 있어? 더러워서 피하는…."

"그러면서 아버지의 원수를 갚겠다느니 하는 말은 왜 한 거야?"

우현이 내뱉었다. 그 말에 선하의 말문이 막혔다. 우현은 입술을 다문 선하를 노려보면서 말을 계속했다.

"김상규가 똥이라면서 왜 럭키 카운터한테는 복수하려 드는 건데. 그 새끼도 네 원수 아냐?"

나도 알아. 선하는 머리를 푹 숙였다. 차가운 척 하고 완벽하게, 또 독기있어 보이려 하고는 있지만 그녀는 고작해야 스물 넷의 여자일 뿐이다. 뭔가 특별하게 자란 것도 아니고 평범하게 자란 여자였다. 그렇게 자랐고, 아버지가 죽었다. 배신당해서 죽었다. 럭키 카운터야 선하와는 아무 상관없는, 먼 곳에 있는 이들이었지만 김상규는 선하가 몇 번이나 만났고 그녀의 아버지도 아끼던 남자였다.

"…모르겠어."

선하는 간신히 말했다.

"내가 뭘 해야 될지 모르겠다고. 내가 왜 이렇게 무서워하는 것인지도 모르겠고, 원수를… 어떻게 갚아야 할지도 모르겠어."

아버지가 죽고서, 어떻게 해야 할지 몰랐을 때. 그녀는 헌터가 되었다. 헌터가 되고 나서 그녀는 아버지의 원수를 갚아야겠다고 생각했다. 그것이 전부였다. 원수를 갚겠다는 것을 목적으로 두지 않고서는 무엇을 해야 할지 알 수가 없었다. 단순히 도피했을 뿐이다.

우현은 머리를 숙인 선하를 보면서 주먹을 쥐었다. 처음 선하를 보았을 때를 떠올렸다. 초기 등급 심사. 그때 우현이 본 선하는 말 수가 적고 사교성이 적은 여자였다. 그리고 두 번째로 보았을 때. 뒷풀이로 간 고기 집에서. 아는 것이 많은 여자라고 생각했다. 그리고 세 번째로 보았을 때. 소루나의 밀림에서. 비밀이 많은 여자라고 생각했다.

그 후로 만남을 거듭하고서. 우현은 선하에 대해 여러 가지로 알게 되었다. 차갑고 말 수가 적었던 선하가 사실은 그렇지 않다는 것. 완벽해 보이던 그녀가 사실은 틈이 많다는 것.

그리고 오늘, 우현은 선하의 새로운 것을 알게 되었다. 그녀가 무엇을 두려워하고 있는지. 우현은 김상규의 얼굴을 떠올렸다. 가장 먼저 떠오른 것은, 약속 시간보다 늦게 왔으면서도 실실 웃던 그 얼굴. 정민석이 했던 말을 떠올렸다. 수완가라고 했던가.

"똥이 더러우면 피하지 말고 치워."

우현이 내뱉었다.

"뭘 할지 모르겠으면 애초에 하려고 했던 걸 해. 복수하고 싶다며? 아버지의 길드를 다시 재건하고 싶다며? 그러면 그렇게 하면 되겠네. 길드 등록 조건이 4인 이상에 길드 마스터가 C등급 이상이었지? 그러면 할 수 있잖아."

우현은 핸드폰을 꺼냈다.

"담배 좀 피울게. 냄새 싫으면 조금 떨어져 봐."

우현은 핸드폰의 화면을 엄지손가락으로 두드리면서 담배를 입에 물었다.

"…뭐 하려는 거야?"

"담배 피운다고."

"말고, 핸드폰으로 뭐 하려는 거냐고."

"뭐기는."

우현은 담배에 불을 붙였다.

"시헌이랑 민아한테 전화해서 여기로 오라고 할 거야."

"…왜?"

"길드 만들게."

우현의 말에 선하의 얼굴이 멍해졌다.

"지금?"

선하가 더듬거리며 물었다.

"지금 아니면 언제 만들게?"

우현이 곧바로 답했다. 그는 시헌의 번호를 찾아 누르고 핸드폰을 귀로 가져갔다. 담배를 세 모금 정도 태웠을 때, 시헌이 전화를 받았다.

[여보세요?]

"지금 뭐해? 집이지?"

우현이 곧바로 물었다. 수화기 너머로 TV 소리가 들렸고, 민아의 목소리가 들렸다.

[뭐야? 우현 오빠야? 승급했대?]

연이어 들리는 민아의 질문을 무시하면서 우현은 시헌의 대답을 기다렸다.

[네, 집이에요. 지금 민아 누나랑 격투게임 하고 있었는데.]

또 엉망진창으로 깨졌겠군. 우현은 조금 시무룩한 시

헌의 목소리를 들으면서 머리를 끄덕거렸다.

"그러면 지금 당장 시청역 헌터 협회로 와. 택시 타고 바로."

[네? 지금요?]

"지금 당장. 5시면 협회 문 닫는다. 닫기 전에 빨리 와. 알았지?"

[아, 네. 알았어요. 지금 당장 나갈게요.]

시헌의 대답을 듣고서 우현은 전화를 끊었다. 통화를 하는 동안 담배는 이미 필터까지 타 있었다. 우현은 담배를 재떨이에 던지고서 선하를 돌아보았다.

"나는 네가 왜 무서워하는 것인지 몰라."

우현이 말했다.

"거기에 공감할 수는 없어. 나는 네가 아니니까. 하지만 네가 하고 싶은 복수는 도와줄 수 있어. 네가 하겠다고 했으니까, 나는 내가 할 수 있는 최선을 다해서 널 도와줄 거야. 왜냐고? 이유는 씨발, 존나 많지. 내가 마석 뽑아낼 수 있다는 것 너희한테 까발렸잖아. 나는 싫어도 너한테 붙어 있을 수밖에 없어. 이게 무슨 말인지 알아?"

선하가 머리를 흔들었다. 우현은 담배를 하나 더 피우려 담배갑을 열었다. 없었다. 그는 혀를 차면서 담배갑을 구겼다.

"네가 내 뒤통수가 후려갈기지 않는 한, 나도 네 뒤통

수는 안 갈겨."

담배 피우고 싶다.

"배신 안 한다고. 그 눈깔 찢어진 새끼가 네 아버지 배신했던 말던, 나는 너 배신 안 해. 그러니까 쫄지 마."

"…뭐?"

"쫄지 말라고."

우현은 주머니에 손을 찔러 넣었다. 그는 멀찍이 있는 협회의 건물을 노려보았다.

"네가 똥 못 치우면 내가 똥 치워 줄 테니까. 똥 보고 쫄지 마."

시헌과 민아가 도착하기 전에, 우현은 협회의 창구 쪽에서 길드 신청에 대한 서류를 작성했다. 길드를 만드는 것에 특별히 큰 제약이 있는 것은 아니다. 길드 창설의 조건은 길드의 마스터가 C등급 이상의 헌터일 것. 최소 4명 이상의 인원일 것. 이것이 전부다.

하지만 창설 조건과 창설 후는 당연히 다르다. 협회는 길드를 헌터와 같이 등급으로 규정한다. 예를 들어서, 럭키 카운터는 S급의 길드다. S급의 길드는 전 세계에서 럭키 카운터를 포함하여 넷뿐이다. 중국의 송하, 유럽의 카멜롯, 러시아의 볼프. 그 아래는 A급 길드로, 한국의 나래와 화랑이 속한다.

길드의 등급은 길드원의 등급과 실적에 따라 나누어

진다. 실적이라는 것은 네임드 몬스터를 몇 마리나 잡았느냐부터 해서 보스 몬스터의 토벌, 최신 던전 공략의 기여도 등 다양하다. 국가를 대표하는 가장 높은 등급의 길드가 될 경우에는 자국에 등장한 네임드 몬스터를 토벌에 동원되는 경우도 있다. 최상위 등급의 헌터가 네임드 몬스터의 토벌에 동원되는 것과 같은 경우다.

"우리는 F등급일 거야."

서류를 작성하고, 내용을 확인한 우현이 입을 열었다. 그 맞은편에 앉은 선하는 입술을 꾹 다물고 있었다. 우현은 작성한 서류를 선하에게 넘겼다. 선하는 마지못해 우현이 건네는 서류를 받고서 입을 열었다.

"이상해."

"뭐가 이상하다는 건데."

"길드 마스터는 나라며. 그런데 왜 네가 서류를 작성하는거야?"

선하는 서류를 훑어 내려가면서 그렇게 물었다. 그 물음에 우현은 어깨를 으쓱거렸다.

"그러면 다시 쓰던가."

그 말에 선하는 미간을 찡그리며 머리를 흔들었다.

"됐어."

그렇게 답하고서 그녀는 다시 서류를 훑어 내렸다. 길드 명은 제네시스. 죽은 선하의 아버지가 만들었던 길드의 이름을 그대로 계승했다. 이전의 제네시스는 A급을 목전에 둔 B급 길드였다. 소규모 인원이었으면서도 B급 길드에 올랐던 것은, 그만큼 제네시스의 소속 헌터들이 실력이 뛰어났고 실적이 많았기 때문이다.

F급 길드는 달마다 3000만원을 협회에 지불해야 한다. 많은 금액이지만 헌터가 벌어들이는 수입을 생각하면 그렇게 과한 금액도 아니다. 대신에 길드는 협회와 제휴한 업체에서 물건을 구입할 때에 할인을 받을 수 있다. F급으로 받을 수 있는 할인은 5%다.

'블랙 스미스의 회원 등급이 C니까, 길드 할인까지 붙인다면 15% 할인 받을 수 있겠군.'

팔이 부러진 동안 블랙 스미스에 들러 회원 등급을 갱신 받았다. C급 회원이 받을 수 있는 할인은 10%. 물론 경매품에는 할인이 적용되지 않는다. 우현이 그런 생각을 하는 동안, 선하는 서류의 확인을 끝냈다. 그녀는 펜을 들어 서류의 맨 아래 편에 자신의 싸인을 적었다.

"…부길드장은 너야."

선하는 우현을 힐끗 보며 말했다. 우현은 머리를 끄덕거렸다. 시헌과 민아가 부길드장이 되어도 우현은 별 상관이 없지만, 둘을 부길드장으로 세우기에는 등급이 너무 낮다.

4시가 거의 다 되었을 쯤, 시헌에게 전화가 왔다.

[형 어디에요?]

전화를 받자마자 시헌이 그렇게 물었다.

"협회 건물 안. 3층으로 올라 와."

[네.]

전화가 끊어지고 얼마 지나지 않아 계단으로 시헌과 민아가 올라왔다. 시헌은 반팔 티셔츠를 입고 있었는데, 잘린 왼 팔이 뭉툭하게 보이는 것이 영 민망하다는 듯이 눈치였다. 계단을 다 올라오고서 두리번거리는 시헌과 민아를 향해 우현이 손을 흔들었다.

"이쪽이야."

"갑자기 무슨 일이에요?"

다가 온 시헌이 머리를 갸웃거리며 물었다. 우현은 준비해 두었던 서류를 꺼내 시헌과 민아에게 건넸다. 민아의 눈이 동그랗게 변했다.

"길드 가입 신청서…?"

"길드 만든다고는 지난번에 이야기 했었지?"

"아, 네."

시헌이 머리를 끄덕거렸다.

"이번에 승급해서 나랑 선하는 B급 헌터가 됐어. 길드 창설자의 등급이 C급 이상이라는 조건도 충족되었고, 최소 인원도 충족되었지. 그러니까 여기 온 김에 만들고 가려고."

"길드는 조금 더 나중에 만드는 것 아니었어요?"

민아가 머리를 갸웃거리며 물었다. 우현은 그 물음에 쓰게 웃었다.

"그러려고 했는데, 상황이 바뀌었어."

그는 그렇게 말하면서 둘에게 펜을 나눠주었다.

"뭐 특별한 일이 있는 것은 아니야. 미리 만들어 두어서 나쁠 것이 없다고 생각한 것이 전부고. 월마다 3000만원을 내야 하기는 하지만 최근 우리가 벌어들이는 수익을 생각하면 그렇게 큰 돈도 아니잖아."

"…그야 그렇기는 한데."

시헌은 쩝하고 입맛을 다셨다. 예전이라면 3000만원이라 하면 몸이 덜덜 떨렸는데, 이제는 별 것 아닌 것처럼 느껴지니 조금 신기한 기분이었다. 어차피 길드는 만들기로 이야기가 되어 있었으니 시헌과 민아는 더 이상 캐묻지 않았다. 둘은 서류를 확인하고, 맨 아래에 자신의 이름을 적고 서명을 마쳤다. 우현은 서류를 종합하고서 몸을 일으켰다.

"가자."

우현은 선하 쪽을 힐끗 보며 말했다. 선하는 머리를 끄덕거리며 우현을 따라 일어났다. 둘은 창구 쪽으로 가서 길드 신청 서류를 안내원에게 건넸다. 간단한 절차를 거치는 동안 선하는 조금 멍한 기분이 되어서 안내원을 내려 보았다.

길드를 만든다. 아버지의 길드를 재건한다. 그것은 헌
터가 되고 나서 잡았던 첫 번째 목표였다. 그것이 지금,
선하의 앞에서 이루어지고 있었다. 묘한 기분이었다. 슬
픔도, 기쁨도 아니었다. 우현은 조금 굳은 선하의 얼굴
을 힐끗 보았다.

"표정이 왜 그래?"

우현이 물었다. 선하는 흠칫 놀라 우현을 돌아 보았다.

"내 표정이 뭐?"

선하가 되물었다. 우현은 어깨를 으쓱거렸다.

"되게 웃기는 얼굴이었어."

"…실례되는 말 하지 마."

선하가 중얼거렸다. 키보드를 두드리는 소리가 스쳤다.

"다 끝났습니다."

안내원이 웃으며 말했다.

"신생 길드, '제네시스'가 등록되었습니다. 제네시스
의 길드 등급은 F이며, 길드 등급은 길드의 실적에 따라
조정됩니다. 길드원이 추가로 가입되었을 경우에는 협
회에 신고를 해주셔야 합니다. 원하신다면 판데모니엄
내에 길드 하우스를 구입할 수 있게 도와드리겠습니다."

"괜찮습니다."

어차피 길드원이라 해 봐야 넷 뿐이고, 넷은 지금 선

하의 집에서 같이 살고 있다. 길드가 커지고 인원수가 늘어난다면 또 모를까, 당장은 판데모니엄 내에 길드 하우스를 구할 필요는 없다. 우현의 대답에 안내원이 머리를 끄덕거렸다.

"길드원들의 등록증을 모아 주시겠습니까?"

그 말에 우현은 시헌과 민아에게 가서 등록증을 받았다. 선하의 것까지 모아 건네자, 잠시 뒤에 안내원이 등록증을 갱신하고서 우현에게 돌려주었다. 정우현. B급 헌터. 제네시스 길드 소속. 우현는 갱신된 등록증을 내려 보았다.

"감사합니다."

안내 창구를 떠나 시헌과 민아에게로 돌아왔다. 등록증을 돌려 받은 시헌과 민아는 갱신된 등록증을 내려 보면서 신기하다는 표정을 지었다.

"길드에 가입하게 되다니."

시헌이 조금 감동스럽다는 듯이 중얼거렸다. 헌터가 되고, 초기 등급 심사를 치르고 등급을 받았을 때만 해도 길드 가입은 아주 먼 일이라고 생각했었는데.

"길드를 만들기는 했지만, 당장의 방침은 여태까지와 다르지 않을 거야."

협회를 나오면서 선하가 입을 열었다.

"조금 규모가 커지거나, 우리의 등급이 높아지면 또

모를까. F급 길드는 넘치도록 있고, 우리 등급의 헌터도 넘치도록 있어. 일단은 길드를 키우는 것보다 각자의 등급을 높이는 것이 중요해."

민아와 시헌은 여태까지 두 마리의 네임드 몬스터를 잡았다. 앞으로 한 마리의 네임드 몬스터를 더 잡는다면 둘은 우현과 시헌이 그러하듯 승급이 가능하다. 하지만 당장 잡을 수 있는 네임드 몬스터가 마땅치 않다.

베드로사는 매달 출현하지만, 바바론가와 카로비스는 그보다 출현 주기가 늦다. 물론 막무가내로 던전을 떠돌다 보면 바바론가와 카로비스를 다시 만날 지도 모르는 일이지만, 선하의 아버지가 파악한 포인트에 바바론가와 카로비스가 출현하는 주기는 바바론가가 세 달, 카로비스가 두 달이었다.

"이미 잡은 네임드 몬스터를 또 잡는 것은 괜히 의심을 받을 지도 몰라."

네임드 몬스터의 출현 포인트를 파악하고 있다는 것은 헌터라면 모두가 탐낼만한 비밀이다. 괜히 남용하여 꼬리를 밟힐 수는 없다.

"새로운 네임드 몬스터가 출현하기까지 앞으로 두 달 가량 남았어."

선하가 말했다. 이에 대한 이야기는 이미 모두에게 밝혔다. 12월 17일. 32번 던전. 32번 던전의 네임드 몬스터인 로쿠라스는 포인트가 파악 된 네임드 몬스터들 중에서 가장 강력한 존재다. 지금의 전력으로 부딪혔다가는 몰살될 정도로.

"그때까지 최대한 전력을 키워야 해."

카로비스 때에도 충분히 위험했다. 그보다 훨씬 강한 로쿠라스를 잡기 위해서는 이쪽의 전력을 더욱 높여야 한다. 어쩌면 다른 파티와 연합하게 될 지도 모른다. 그만큼 로쿠라스는 강력한 네임드 몬스터였다.

선하의 아버지인 강상중이 출현 포인트를 파악한 네임드 몬스터는 베드로사, 바바론가, 카로비스, 로쿠라스. 그 외에 몇 마리가 더 있기는 하지만, 다른 몬스터들은 소루나의 밀림보다 넘버가 낮은 던전에서 출현한다. 잡아 봤자 큰 이득은 없을 것이다. 등급을 최대한 높이기 위해서는 강력한 네임드 몬스터를 잡아야 한다.

"등급 심사도 얼마 남지 않았잖아."

우현이 입을 열었다. 11월 10일. 분기별 등급심사가 있는 날이다. 등급심사까지는 앞으로 고작해야 2주일 정도 남았을 뿐이다.

"나랑 선하는 B급으로 오르기는 했지만, 10월의 등급심사에도 승급할 생각이야. 승급하면 우리는 A급 헌터가 될 수 있어. 시헌이랑 민아, 너희 둘도 등급심사에 승급해야 해."

"오빠는 참, 당연한 말을 하고 있어. 승급할 거니까 걱정하지 마세요."

민아가 혀를 삐죽 내밀며 말했다. 우현도 걱정스레 말은 했지만 시헌과 민아가 승급할 것이라 믿어 의심치 않았다. 둘의 등급은 H였지만, 마석을 흡수함으로서 실제 실력은 이미 H급을 아득히 넘었다. 둘이 보유한 투기의 양과 실력을 보면, 거의 C급의 헌터에 육박하는 수준이었다.

"심사가 어떤 내용으로 치러질지는 알 수 없지만… 준비할 수 있는 것은 최대한 준비하자. 당분간은 넷이서 사냥하는 것이 아니라 나눠서 사냥하는 것이 나을 것 같아. 나는 선하와 같이 조금 더 높은 던전으로 갈 거야. 시헌이랑 민아, 너희 둘도 따로 던전을 잡고 사냥해."

"저희 둘만요?"

민아가 눈을 동그랗게 뜨고 물었다. 우현은 머리를 끄덕거렸다.

"위험하다 생각하면 다른 파티원을 구해도 상관없어. 단, 그럴 경우 탱커는 민아 네가 맡아. 무슨 소리인지 알지?"

"몬스터의 사체를 챙기라는 거죠?"

민아의 말에 우현이 씩 웃었다.

"잘 아네. 너희가 사냥한 몬스터에게서 마석을 뽑아줄 테니까, 그건 너희 둘이 알아서 나눠."

"우리는?"

선하가 물었다. 우현은 선하 쪽을 힐끗 보았다.

"우리도 마찬가지야. 말했잖아, 등급 심사 때까지 최대한 전력을 늘리자고. 우리 둘이서 잡은 몬스터에게서 나온 마석은, 너랑 나 둘이서 공평하게 나눌거야."

우현의 말에 선하가 머리를 끄덕거렸다. 선하가 보유한 투기의 양은 민아와 시헌보다는 훨씬 많았지만 우현보다는 양이 적었다. 그건 어쩔 수 없는 일이었다. 선하가 우현보다 일 년 먼저 헌터가 되어 투기의 양을 늘렸다고는 하나, 우현은 이미 몇 개나 되는 마석을 먹어 투기를 크게 증폭시켰다. 그가 흡수한 마석은 베드로사와 카로비스의 마석, 그리고 일반 몬스터에게서 뽑아낸 마석까지 해서 거의 네 개 분량에 달했다.

'그러고 보니….'

등급심사. 우현은 B급 헌터가 되었으니, B급 헌터들과 함께 등급 심사를 보게 될 것이다. 우현은 자신이 알고 있는 B급 헌터를 떠올렸다.

강만석의 등급도 B급이었지. 그리고…

'박희연.'

생글거리며 웃는 박희연의 얼굴이 떠올랐다.

REVENGE

2. B급 등급 심사

HUNTING

NEO MODERN FANTASY STORY & ADVANTURE

REVENGE
HUNTING

2. B급 등급 심사

11월 10일. 화요일.

판데모니엄 내의 헌터 협회 건물 앞에는 분기별 등급 심사를 치루기 위해 헌터들이 모여 있었다. 모인 헌터들은 가장 높은 등급이 B급, 그리고 가장 낮은 등급이 I급이다. I급 헌터들은 H, F급의 헌터들과 함께 등급 심사를 치루고, 그 위 등급인 E급부터는 각 등급마다 심사를 치룬다.

A급은 등급심사를 치루지 않는다. 그 이유는, A급부터는 심사를 통해서 승급할 수가 없기 때문이다. S급 헌터라는 것은 그만큼 특별한 위치다. A급이 S급이 되기 위해서는 그만한 실적을 올려야 한다. 던전의 공략, 보

스의 토벌, 네임드의 토벌 등. A급 부터는 네임드를 세 마리 잡아도 승급이 되지 않는다.

즉, 이번 승급 심사가 우현에게 있어서는 마지막이 될지도 모른다는 뜻이다. 승급할 수만 있다면. 우현은 주변을 둘러보았다. 동아시아에 있는 모든 B급 헌터들이 이곳에 모였다. 우현은 곁에 선 선하를 바라보았다. 그녀는 평소와 다를 것 없는 얼굴로 우두커니 서있었다. 긴장의 흔적은 보이지 않았다.

그것은 우현도 마찬가지였다. 등급 심사를 앞두고 할수 있는 모든 준비는 다 했다. 던전에서 살다시피 하며 몬스터를 잡았고, 잡은 몬스터에게서는 마석을 뽑아 선하와 나누었다. 이곳에 있는 헌터들 중에서 우현보다 경력이 짧은 이는 없겠지만, 우현보다 투기의 양이 많은 이도 거의 없을 것이다.

'시헌이랑 민아는 승급하겠지.'

둘은 H급이기에 우현과 다른 곳에서 대기하고 있다. H등급의 심사 정도야 둘은 가볍게 통과할 것이다. 문제는 통과해서 어느 등급까지 오르는가. 못해도 D급 까지는 올라줬으면 좋겠는데.

"어떤 내용일 것 같아?"

선하가 입을 열었다. 시헌과 민아에 대해 생각하고 있던 우현은 선하 쪽을 힐끗 돌아보았다. 그녀는 손목에 채운 흑비갑의 건틀릿을 죄이며 우현을 보고 있었다. 우현은 어깨를 으쓱거렸다.

"글쎄. 초기등급심사가 1번 던전에서 붉은 반달곰을 파티 플레이로 잡는 것이랑, 숙영하는 것이었지?"

"응."

등급 심사. 등급을 심사하는 것. 목적은 다음 등급으로 나아가는 것. 처음 헌터가 되면 반드시 초기등급심사를 치루어야만 한다. 그것은 헌터로서의 자질, 재능, 그리고 처음으로 대면하는 몬스터를 상대로 얼마나 빨리 익숙해지는가를 심사한다. 1번 던전의 몬스터인 붉은 반달곰을 잡으라고 밀어 넣은 것과 던전에서 홀로 살아남으라는 것이 심사 내용이었던 것은 그런 이유다.

'B급 헌터라면 베테랑 수준이지.'

평균보다 높다. B급과 A급은 등급으로는 하나밖에 차이가 나지 않지만, 그 사이에는 커다란 차이가 있다. B급으로 보는 등급 심사가 헌터가 볼 수 있는 등급심사의 마지막이라는 것. 그만큼 난이도가 높을 것이다.

"어? 우현씨!"

목소리가 들렸다. 우현의 표정이 싸하게 굳었다. 그가 알고 있는 목소리였기 때문이다. 뻣뻣한 고개를 들어 소리가 들린 방향을 바라보았다. 생글거리며 웃는 얼굴로 박희연이 손을 흔들고 있었다.

"아, 다음에 만날 때는 오빠라고 부르라고 했던가요?"

"그런 말은 안 했습니다."

우현은 머리를 흔들며 대답했다. 그 말에 박희연은 뾰루퉁하니 입술을 삐죽거렸다.

"그러면서 자기가 연상이라고는 왜 말했던 거에요?"

그녀는 그렇게 말하면서 우현 쪽으로 다가왔다. 다가온 박희연은 우현의 곁에 선 선하를 보면서 눈썹을 살짝 올리더니, 곧 활짝 웃으며 머리를 숙였다.

"오랜만이에요. 강선하씨, 였죠?"

"…네. 오랜만이네요."

선하는 머리를 마주 숙이면서 희연의 인사를 받았다. 선하와 인사를 나누고서 희연은 웃는 얼굴로 우현을 올려 보았다.

"소식 들었어요. B급 헌터로 승급하셨다죠?"

"네."

"되게 신기하네요. 한 달 전이었던가? 바바론가 잡았을 때. 그때만 해도 우현씨는 F급 헌터고, 나는 B급 헌터였는데… 고작 한 달 사이에 등급을 따라잡힐 줄이야. 말이 안 되지 않아요? 나는 일 년 넘게 헌터하면서 여기까지 왔는데, 우현씨는 고작 몇 달 만에 저와 같은 곳에 왔다는 거잖아요."

박희연은 키득거리며 말했다. 말도 안 된다, 라고 말

하며 분한 듯 말하고 있었지만 박희연의 얼굴에는 그런 불만이 조금도 깃들어 있지 않았다. 우현은 피식 웃으면서 어깨를 으쓱거렸다.

"운이 좋았지요."

"아뇨. 우현씨는 운이 좋은 게 아니라 실력이 좋은 거에요."

우현의 말에 박희연이 곧바로 지적하고 나섰다. 그녀는 눈을 깜박거리며 우현의 얼굴을 들여 보았다.

"운도 따지고 보면 실력이라는 말도 있기는 하지만, 눈 앞에 온 운을 붙잡으려면 그만한 실력이 있어야죠. F급 헌터 중에서 우현씨처럼 바바론가를 잡고, 카로비스를 잡을 수 있는 헌터는 아무도 없을 거에요."

박희연은 그렇게 말하며 선하를 힐끗 보았다.

"선하씨도 마찬가지죠. 말도 안 된다고 말하기는 했지만… 나름대로 납득도 하고 있어요. 그 정도 실력이라면 F급에 머물러서는 안 되니까. 승급은 공정했던 것 같네요. 이번 심사에서 다시 승급할 것은 다른 문제겠지만."

"…심사의 내용에 대해 들은 것이 있습니까?"

우현은 혹시나하는 심정으로 물었다. 박희연은 우현이 그렇게 물을 줄 알았다는 듯이 키득거리며 웃다가 머리를 흔들었다.

"아뇨. 협회는 제법 공정하거든요. 게다가 지금의 나래는 협회와 같은 줄에 서있지도 않고. 우현씨도 알지 않아요? 협회가 나래에서 화랑으로 갈아탄 것. 나래는 협회에게 있어서 목줄 떼어주고 버린 사냥개에요. 알아서 하고싶은대로 하라고 내다 버렸죠. 이번 심사에 대해서 나래는 아무 것도 듣지 못했어요. 그리고,"

박희연이 살짝 머리를 낮추며 소곤거렸다.

"협회가 심사 내용을 저희에게 알렸다고 해서, 제가 우현씨에게 그 내용을 알릴 필요는 없잖아요?"

"그렇습니까?"

우현은 선을 긋는 박희연을 보며 피식 웃었다.

"말해줄 줄 알았습니다. 희연씨는 제게 제법 호감이 있는 것 아니었습니까?"

미소를 띄우며 던지는 물음에 선하가 눈썹을 살짝 찡그리며 우현을 바라보았다. 박희연 역시 우현이 이런 질문을 할 줄은 몰랐다는 듯이 눈을 깜박거리며 우현을 보았다, 곧, 그녀는 까르르 웃음을 터트렸다.

"뭐야, 지금 저 미남계라도거에요? 미남계를 쓰기에는… 음. 우현씨의 얼굴도 괜찮은 수준이지만, 저한테 그러기에는 조금…."

"제 얼굴이 뭐 어떻다는 겁니까?"

"아뇨 아뇨, 우현씨의 얼굴도 괜찮다고 했잖아요? 다

만, 이 경우에는 제가 너무 예쁘다는 거죠."

박희연은 웃으면서 뻔뻔한 말을 늘어놓았다. 박희연의 말대로였다. 그녀는 예뻤고, 우현은 평범한 수준이었다. 우현은 어이없다는 표정을 짓고서 박희연을 바라보았다.

"미남계가 아니라, 능력 쪽을 말하는 겁니다."

"아, 그쪽이에요? 음… 확실히 우현씨의 능력은 호감이 가죠. 스카웃하고 싶었을 정도로. 하지만 다 알고 있다구요, 우현씨가 선하씨랑 같이 길드를 만든 것 말이에요. 제네시스였죠? 몇 년 전에 사라진 제네시스를 계승한."

박희연의 시선이 선하 쪽으로 향했다.

"…못 먹는 감 찔러나 본다고들 하지만. 그럴 생각은 없어요. 그리고 진짜 못 들었다구요."

박희연은 입술을 삐죽거리며 투덜거렸다. 아무래도 거짓말을 하는 것 같지는 않았기에, 우현도 머리를 끄덕거렸다. 그것은 둘째 치더라도 조금 거북하군. 우현은 혀를 차면서 주변을 힐끗 보았다. 이쪽을 보는 시선이 제법 많았기 때문이다.

"인기가 실감 되죠?"

박희연이 키득거렸다.

"이번 B급 등급 심사에서 가장 주목받는 것은 역시 우현씨와 선하씨겠죠. 경력 두 달만에 B급에 오른 루키는 헌터 역사상 처음이라고들 하니까요. 실력도, 재능도 출중한데다 장비까지 받쳐주니. 다들 부러워하지 않겠어요?"

"…희연씨도 그렇습니까?"

"저요? 저는 별로. 그렇게 쫌생이는 아니라구요."

바바론가를 잡고 나서, 박희연이 했던 말이 떠올렸다. 우현이 본 그녀는 프라이드가 높으면서도 상대를 인정할 줄 아는 여자였다. 그로 정립한 자신의 가치관이 확실한 여자였고, 스스로의 가치를 존중할 줄 아는 여자. 자연스럽게 호감이 가는 성격이다.

협회의 건물이 열렸다. 작은 문소리에 다들 반응하여 열린 문 쪽을 바라보았다. 세명이 걸어 나오고 있었다. 그들 중에는 우현이 알고 있는 얼굴도 있었다. 한국의 협회 지부장인 김태완이었다.

"반갑습니다."

먼저 입을 연 것은 중앙에 선 남자였다. 머리에 드문드문 백발이 섞인 중년이었다. 그는 시선을 쭉 돌려 모인 B급 헌터들을 바라보았다.

"중화인민공화국 헌터 협회 지부장인 라이 슌입니다."

"일본의 헌터 협회 지부장인 나카야마 소이치로입니다."

"한국의 헌터 협회 지부장인 김태완입니다."

중아시아에 속한 삼국의 지부장들이 각각 자신을 소개했다. 웅성거리는 소리는 잦아들고 B급 헌터들이 그들의 앞에 모였다. 이야기를 주도하는 것은 라이 슌이었다. 그는 낮게 헛기침을 하고서 말을 이었다.

"오늘, 11월 10일. 올해의 마지막 분기별 등급 심사가 있는 날입니다. B급 등급 심사는 가장 난이도가 높은 심사이기도 합니다. 난이도가 높은 시험이고 모인 여러분의 등급도 결코 낮지 않기에… 그만큼 수준이 높은 던전에서 심사가 치러질 것입니다."

난이도가 높은 던전. 아마 B급에 맞는 던전보다 넘버가 높은 던전이겠지. 그래야만 실력을 검증하고 승급할 수 있을테니까.

"협회는 심사 대상자들의 안전을 보호하기위해 최대한 노력하겠지만, 위험한 던전이다 보니 부상자와 사망자는 어쩔 수 없이 생겨날 것입니다. 그를 각오하시고 심사에 임해주시길 바랍니다."

초기등급심사를 제외하고서 협회는 등급심사 도중에 헌터가 죽는 것에 책임을 지지 않는다. 보험금이 지급되는 것은 전혀 다른 얘기지만, 협회 측에서 위로금이나 보상금을 주지는 않는 것이다. 라이 슌이 경고처럼 말했지만 물러서는 이는 아무도 없었다. B급 헌터라면 헌터로서도 베테랑이고 그만한 각오는 옛적에 되어 있는 몸이다. 라이 슌은 그럴 줄 알았다는 듯이 다시 말을 이었다.

"심사는 43번 던전에서 합니다."

라이 슌이 말했다. 그 말에 작은 웅성거림이 퍼졌다. 43번 던전. 던전 넘버가 확 올랐다. 우현은 조금 굳은 얼굴로 선하 쪽을 바라보았다. 선하는 아무렇지 않은 듯 서있었지만, 우현은 그녀의 눈이 조금 떨리는 것을 놓치지 않았다. 43번 던전. 선하의 아버지인 강상중이 죽은 던전이다.

비록 강상중이 죽은 것이 일 년 전의 일이고, 보스 몬스터와 네임드 몬스터는 큰 차이가 있다고는 하나. 43번 던전은 난이도가 높은 던전이다. 권장되는 헌터 등급은 A. 동요가 일어날 수밖에 없었다.

"심사 내용은 간단합니다."

동요를 무시하고서 라이 슌이 말을 이었다.

"심사 대상자는 각각 5인으로 조를 짭니다. 조 편성에 대해서 협회는 아무런 개입도 하지 않겠습니다. 난이도가 높은 던전이다 보니 믿을 만한 사람과 짜는 것이 좋을 겁니다."

라이 슌의 말이 끝나자마자 조 편성이 시작되었다. 그의 말대로 43번 던전은 난이도가 높은 던전이다. 괜히 모르는 사람과 조를 짰다가는 손발이 맞지 않아 고생할 것이다. 최악의 경우에는 내분이 일어날 지도 모른다. 우현은 말할 것도 없이 우선 선하와 조를 짰다.

"같이 하실래요?"

박희연이 웃으며 물었다.

"희연씨는 따로 아는 헌터가 없습니까?"

"그건 아니죠. 나래의 길드원 중에서도 이번에 심사를 치루기 위해 온 길드원은 많다구요. 저를 포함해서 18명이나 되죠."

"18명? 나래가 보유한 B급 헌터가 그것밖에 안됩니까?"

"그럴 리가 없잖아요? 나래가 보유한 B급 헌터는 이번에 참가한 인원의 몇 배는 되요. 다만, B급 헌터인 것과 승급에 자신이 있는 것은 전혀 다른 문제라구요. 다른 길드원들은 아직 자신이 준비되지 않았다 생각하고 참가하지 않은 것뿐이에요."

박희연은 그렇게 말하면서 자신의 뒤편을 힐끗 보았다. 몇몇 헌터들이 그녀를 바라보고 있었다. 박희연과 같은 나래의 길드원들이다.

"다섯 명씩 짝을 지으면 저희 쪽에 셋이 남아요. 우현씨는 선하씨와 같이 팀을 짜려는 것 아니에요? 우현씨와 선하씨 둘, 그리고 저와 남는 길드원이 둘. 딱 다섯이잖아요."

"…저는 상관없습니다만."

박희연은 믿을 수 있는 사람이었다. 그녀와 함께 팀을 이룬다면 모르는 다른 헌터와 팀을 짜는 것보다 나으리라. 우현은 선하를 힐끗 보았다.

"나도 상관없어."

선하가 머리를 끄덕거렸다. 박희연이 배시시 웃었다.

"잘 부탁드려요."

그녀는 웃으며 악수를 청했다. 우현도 머리를 끄덕거리며 박희연의 손을 맞잡았다.

"잘 부탁드립니다."

"정확한 심사 내용에 대해 알려드리겠습니다."

라이 슌이 입을 열었다. 이번에 같이 팀을 이룬 나래의 길드원들과 인사를 나누던 우현은 머리를 돌려 라이 슌 쪽을 바라보았다.

"심사는 43번 던전의 입구에서부터 세이브 포인트까지 도달하는 것, 입니다만. 단순히 그것에 그치는 것은 아닙니다. 이번 심사에서 GPS는 사용할 수 없습니다."

동요가 커졌다 GPS도 사용하지 않고 세이브 포인트까지 도달하라니. 라이 슌은 동요를 무시하고 계속해서 말을 이었다.

"물론 GPS를 사용하지 못하는 대신의 안전성은 기여할 생각입니다. 이번 B급 등급 심사에 지원하신 B급 헌터는 모두 115명으로, 전부 23팀. 각 팀마다 협회 소속의 헌터가 감시역으로 붙을 것입니다. 감시역으로 붙은 협회 소속 헌터는 몬스터 사냥에 있어서는 그 어떤 도움도 주지 않을 테지만, 파티가 위기에 처한다거나 부상자가 발생했을 때에는 GPS의 사용이 허가됩니다."

그 말을 듣고서 우현은 이번 심사가 어떤 내용인지 이해할 수 있었다. 요는, 파티가 위험에 처하지 않는 것. 부상자가 생겨나지 않는 것. 그런 상태로 GPS를 사용하지 않고서 세이브 포인트까지 도달하는 것. 부상자가 생긴다면 싫어도 GPS를 사용해서 가장 빠른 루트를 찾을 수밖에 없다. 그렇게 되면 자동으로 실격되겠지.

'팀 플레이를 보는군.'

최상위 던전일수록 솔로 헌터가 활동하기 힘들다. 자연스럽게 파티 플레이가 강요된다. 협동성은 헌터가 갖춰야 할 기본적인 것이다.

'그리고 던전 돌파능력. 위기 대처 능력.'

애당초 던전의 GPS는 이미 공략이 끝난 던전을 헌터들이 들쑤시면서 만들어지는 것이다. 막 열린 던전에 GPS따위는 없다. 헌터들이 이용하는 던전 GPS 정보는 몇날며칠을 던전에서 살다시피하여 만들어지는 노가다의 산물이다. 지도 제작만을 전문적으로 하는 헌터가 따로 있을 정도다. 그래서 던전 넘버가 높아질수록 지도의 가격은 오른다.

'B급으로는 이미 공략된 던전밖에 갈 수 없어. 하지만 A급이 된다면 이야기가 다르지.'

A급 헌터가 되면 이제 막 열린 최상위 던전의 공격대에도 들어가는 경우가 있다. 당장 김상규가 우현과 선하를 스카웃하면서 걸었던 조건도 그것이었다. 61번 던전의 공격대에 들어가게 해주겠다는 것.

B급 헌터와 A급 헌터의 차이가 그것이다. 공략된 던전에 들어가는 것과, 공략되지 않은 던전에 들어가는 것. 후자의 경우에는 지도 하나 없는 던전을 맨몸으로 뚫어야 한다. 판단력과 위기대처능력, 그리고 미지의 던전에서 두려워하지 않는 대범함. 우현은 머리를 끄덕거렸다. 과연 마지막 등급 심사. 난이도가 높다.

"선착순으로 10팀."

라이 슌이 말했다.

"세이브 포인트에 도착하는 것을 순서로 해서 10팀만 승급을 인정하겠습니다. 선착순에 들지 못하는 헌터들은 당연히 승급할 수 없습니다. 부정행위가 있을 경우에는 강등이 기본이며, 부정의 크기에 따라 헌터 자격 박탈도 주어집니다."

라이 슌의 말이 끝났다. 뒤편에 서있던 협회 소속 헌터들이 흩어져서 각각의 팀에 붙었다. 우현은 다가오는 정민석을 보고 놀란 표정을 지었다.

"안녕하십니까."

우현과 눈이 마주치자 정민석이 머리를 꾸벅 숙였다.

"당신이 저희를 감시하는 겁니까?"

"기왕이면 아는 사람이 있는 쪽이 낫지요."

정민석은 표정없는 얼굴로 대답했다. 그는 박희연에게도 살짝 머리를 숙였다. 박희연은 웃으며 정민석의 인사를 받았다. 각각 인사를 나누고서 이동하기 시작했다. 43번 던전의 앞에 도착하고서, 정민석이 입을 열었다.

"중국의 협회 지부장도 설명했지만, 이번 심사에서 GPS는 사용할 수 없습니다."

"몰래 사용할 방법은 많을 것 같은데."

박희연이 키득거리며 중얼거렸다. 정민석의 시선이 미끄러지며 박희연을 향했다.

"그렇잖아요? 감시관님도 사람이니까, 밤에 잠은 잘 테고. 자고 있는 동안 몰래 GPS를 꺼내면…."

"그 정도 대책은 다 되어 있습니다."

정민석은 심드렁한 얼굴로 대답했다. 그는 손을 들어 아공간을 열었다. 작은 기계가 정민석의 손 위에 올려졌다.

"GPS를 사용한다면, 기계에서 발산되는 전자파가 이 기계에 기록됩니다. 제가 자고 있어도 GPS를 사용했는가 사용하지 않았는가는 알 수 있다는 겁니다."

"범위가 어느 정도죠?"

"범위는 그리 크지 않습니다만. 별 문제는 없습니다. 야영할 때에는 캠코더로 영상을 촬영할겁니다. 범위 밖을 빠져나간다면 무조건 부정으로 간주됩니다. 그러니 괜한 수작은 부리지 마십시오. 강등과 더불어 최소 1년은 승급에 제한이 걸릴 테니까요."

"부정을 저지를 생각은 없어요. 그냥 궁금해서 물어본 것 뿐이라구요."

박희연이 입술을 삐죽거리며 중얼거렸다.

"헌터 자격 박탈은 어느 정도의 부정을 저질러야 주어지는 것이죠?"

선하가 물었다. 정민석의 시선이 선하에게 향했다.

"다른 헌터를 공격할 때입니다."

정민석이 대답했다.

"드물기는 하지만, 아주 없는 경우는 아닙니다. 특히 선착순으로 점수를 매기는 등급 심사에는 그런 졸렬한 짓이 간혹 일어나지요. 이번 등급 심사는 팀워크와 함께 위기대처능력을 봅니다. 팀원 중에서 부상자가 발생한다면 심사는 중지, 실격되지요. 그 말은 즉 다른 팀의 한 명이라도 다치게 한다면 경쟁자인 팀을 제거할 수도 있다는 뜻입니다."

정민석이 말을 이었다.

"물론 그것을 방지하기 위해 감시관이 붙는 것입니다만… 모든 사람이 청렴한 것은 아니죠. 던전에서는 많은 위험이 있습니다. 감시관이 몬스터의 습격에 죽는 경우도 생길지도 모르죠. 감시관을 죽이고서 몬스터의 습격을 받아 죽어버렸다, 라고 말한다면 그것이 사실인지 거짓인지 어찌 검증하겠습니까. 팀원은 부상이 없는데 감시관만 죽어버렸다고 한다면 실격시키는 것도 불가능합니다. 감시관은 파티 소속이 아니니 제 몸을 스스로 건사해야 하니까요."

"감시관이 포섭된다면?"

선하가 다시 물었다. 정민석은 머리를 흔들었다.

"…그런 경우가 없을 것이라고는 장담할 수가 없군요. 이번에 감시관으로 선정된 협회 소속 헌터들은 다들 믿을만한 사람들이지만, 사람이란 것이 언제나 일관될 수는 없는 것이니까. 저를 포섭하려는 겁니까?"

정민석이 선하를 보며 물었다. 선하는 머리를 흔들었다.

"그럴 생각은 없어요."

선하의 대답에 정민석은 피식 웃으며 머리를 끄덕거렸다.

"저 역시 포섭될 생각은 없습니다."

43번 던전의 게이트를 통과했다. 43번 던전은 정글이다. 정글은 가장 흔한 형태의 던전 중 하나지만, 흔하다고 해서 길을 찾기 쉽다는 것은 아니다. 오히려 이 넓은 정글은 미궁 형태의 던전보다 더 길을 찾기 힘들다. 사방이 나무고 수풀이기에 방향감각이 망가진다. 높이가 다르고 둘레도 다르고 따져보면 생김새도 다르지만, 보기에는 다 똑같은 나무일 뿐. 길을 헤메기 쉽다.

"43번 던전은 낮이 짧고 밤이 깁니다."

정민석이 입을 열었다. 그 말에 우현은 정민석을 힐끗 보았다.

"알려줘도 되는 겁니까?"

그 물음에 정민석은 머리를 끄덕거렸다.

"기본적인 정보는 제공하라는 말을 들었습니다. 43번 던전의 태양은 5시부터 뜨기 시작해서 6시가 되면 밝아집니다. 해는 4시부터 저물기 시작해서 5시가 되면 완전한 밤이 되지요. 기온은 자정이 되면 영하에 가깝게 떨어지고 정오에는 40도가 넘습니다. 끔찍한 곳이죠."

조건이 최악이로군. 우현은 작게 혀를 찼다. 갑옷을 입고 무기를 휘두르는 헌터에게 있어서 더위는 몬스터보다 더한 적이었다. 게다가 일교차가 크다. 불을 피우면 몬스터가 찾아 올 텐데. 그에 대한 대책도 강구해야만 한다.

"이동하죠."

등급심사는 이미 시작되었다. 게이트를 지나 던전에 도착한 다른 팀들은 이미 빠르게 앞으로 나아가고 있었다. 우현은 반사적으로 GPS를 꺼내려다가 손을 내렸다. 이 시험에서 GPS는 사용해서는 안 된다. 우현은 일단 앞으로 걸었다.

"포지션은 어떻게 하지?"

선하가 우현의 옆으로 따라 붙으며 물었다. 그 물음에 우현은 뒤쪽을 힐끗 보았다. 몇 걸음 떨어진 곳에서 박희연과 나래의 길드원 둘이 따라오고 있었다. 박희연의 무기는 검. 방패는 쓰지 않는다. 검의 길이는 100cm가 되지 않는 평범한 검이다.

김현우. 나래의 길드원. B급 헌터. 경력은 15개월. 사용하는 무기는 낭아봉.

하정환. 나래의 길드원. B급 헌터. 경력은 14개월. 사용하는 무기는 폴 액스.

낭아봉은 기다란 곤봉의 끝에 방추형 머리를 가진 무기로, 방추형 머리에 날카로운 가시를 달고 있는 타격 병기다. 폴 액스는 장병기로, 도끼의 날에 끝에는 창날을 달고 있는 병기다. 둘 모두 장병기이기 때문에 탱커로 쓸 수는 있다.

"…탱커 하실 분 계십니까?"

우현은 김현우와 하정환에게 물었다. 둘은 잠시 시선을 나누다가 박희연 쪽을 보았다.

"어떻게 할까?"

김현우가 박희연에게 물었다. 박희연은 잠시 생각하는가 싶더니 우현을 바라보았다.

"정환 오빠와 현우 오빠 모두 탱커 경험은 있지만, 네임드 몬스터를 상대로 탱킹을 한 경험은 없어요. 우현씨가 탱커를 하는 편이 나을 것 같아요."

"알겠습니다."

우현은 곧바로 수긍했다. 대형길드의 상위 길드원이라고 해도 세 마리나 되는 네임드 몬스터를 상대로 탱커를 한 경험은 흔한 것이 아니다. 박희연은 이 중에서 우현의 탱커로서의 경험이 가장 뛰어나다고 판단한 것이다. 아무리 경력이 짧다고 해도 그 짧은 경력동안 무엇을 했느냐가 중요한 것이다.

우현은 다른 팀들의 움직임을 살폈다. 출발이 조금 늦은 덕에 우현의 파티는 이미 뒤편으로 밀려나 있었다.

"서두르지 않아도 되는 거야?"

선하가 물었다. 우현은 머리를 흔들었다.

"어차피 GPS도 없어. 서둘러봤자 맞는 길로 가리란 보장은 없잖아. 괜히 뻘짓하면서 길 헤매는 것보다는 천천히 맞는 길로 가는 편이 낫지."

"맞는 길인지 어떻게 확인하는데?"

우현은 기억을 더듬었다. 과거, 호정이었을 때의 기억
이었다. 최상위 던전은 몇 번이나 가 보았다. 던전에서
맞는 길을 찾는 법. 길을 찾지는 못해도 지도를 만드는
법. 그에 대한 기억은 있다. 우현은 주변을 살폈다.

정글. 이곳을 봐도, 저곳을 봐도 나무. 날씨가 덥군.
조금만 움직여도 땀이 줄줄 흘러. 그렇다고 갑옷을 벗을
수도 없고. 우현은 천천히 걸었다. 이런 더위에서는 뛰
는 것이 마이너스다. 우현은 그늘을 찾았다.

큼직한 나무가 보였다.

"…쉬려고요?"

그늘 쪽으로 가는 우현을 보면서 박희연이 어이가 없
다는 듯이 물었다. 우현은 대답하지 않았다. 나무 아래
로 와서, 우현은 나무의 기둥에 손을 올렸다. 까끌한 나
무의 껍질이 손바닥을 찔렀다. 우현은 기둥을 어루만지
며 천천히 기둥 주변을 돌았다. 다른 파티원들은 그런
우현을 의아하다는 듯이 바라보았다.

"찾았다."

우현이 중얼거렸다. 손 끝에 작은 홈이 만져졌다. 인공
적으로 만들어진 홈이다. 누군가가 칼로 파낸 흔적. 우현은
손가락을 떼고 그것을 살폈다. 시간이 흘러 많이 무뎌지기
는 했지만, 자세히 보면 알아보지 못할 것도 아니었다.

화살표.

애당초 공략이 안 된 던전이라면 모를까, 이 던전은 이미 공략이 된 던전이다. 이미 과거에 다른 헌터들이 던전을 헤집으며 길을 찾았단 말이다. 그렇게 보스룸까지 공략이 끝나고서, GPS용 지도를 제작하기 위해 다시 던전을 헤집는다. 그 과정을 간편화하기 위해서 최초의 공격대는 자신들이 찾은 길을 다시 돌아오기 쉽도록 표시를 해놓는다.

이런 더운 곳이라면, 자연스레 더위를 피할 수 있는 그늘 쪽 쉼터에.

"이쪽으로."

우현은 화살표가 향한 방향으로 나아갔다. 다른 파티원들은 눈을 깜박거리며 서로를 마주보다가 우현의 뒤를 따랐다.

43번 던전에서 출현하는 몬스터에 대해서는 알고 있지 않다. 정민석은 던전의 기본적인 정보에 대해서는 알려주었지만 몬스터에 대해서는 알려주지 않았다. 공략되지 않은 최상위 던전을 공략하는 식으로 진행하라는 것이겠지. 어떤 몬스터가 출현하는지 알 수 없으니, 당연히 우현은 긴장과 조심을 더했다. 다섯명 중 그의 위치는 선두였다. 탱커 포지션을 맡았으니 어쩔 수 없는 일이었다.

습격은 갑작스러웠다. 수풀 속에서 튀어나온 그것은 순식간에 우현의 면전으로 달려들며 덮쳐왔다. 미리 긴장하고 있던 덕에 방어가 가능했다. 스위치가 순식간에 바뀌었다. 그는 급히 몸을 뒤로 빼면서 검을 들었다.

카가각!

날카로운 금속음이 고막을 긁었다.

'늑대?'

아니, 늑대가 아니다. 인수형 몬스터. 사람처럼 두 발로 땅에 섰지만 몸은 까칠한 털로 뒤덮여있고 머리는 늑대의 머리. 날카로운 손톱과 발톱. 웨어 울프다. 우현은 슬며시 발을 뒤로 끌었다. 크릉거리며 거친 숨을 뱉던 웨어울프의 눈이 우현을 응시했다. 곧, 놈의 눈이 데룩거리며 굴렀다.

"포위를…."

우현이 말을 마치기도 전에 이미 선하를 포함한 넷이 앞으로 튀어나왔다. 손을 맞춘 것이 처음이라고 해도 다들 B급의 헌터다. 무엇을 해야 할 지는 모두 알고 있었다. 순식간에 포위된 웨어울프가 주춤거리며 발을 뒤로 끌었다.

'좋지 않아.'

이쪽이 상대를 압박하는 포지션이지만 우현은 미간을 찡그리면서 그렇게 생각했다. 이 세계에서 웨어울프를 만나는 것은 처음이었지만, 웨어울프가 어떤 몬스터인지는 알고 있다. 아마 크게 다르지 않겠지. 우현은 단숨에 앞으로 박차고 나갔다. 스위치가 바뀌었다. 일격에 죽여야 해. 그렇지 않으면, 우현은 입술을 씹으며 검을 휘둘렀다.

카가각!

목을 베려 휘둘렀는데, 베지 못했다. 웨어울프가 들어올린 손톱이 우현의 검에 긁혔다. 반응이 빠르다. 우현의 표정이 바뀌었다. 휘두르던 검의 궤적을 비틀었다. 하지만 베어내지 못한다. 방어벽에 가로막혔다.

'두꺼워.'

여태까지 일반 몬스터는 방어벽까지 일검에 베어낼 수 있었는데, 놈은 버틴다. 뒤로 껑충 물러선 웨어울프를 향해 박희연이 달려들었다. 몸을 낮추고 거리를 좁힌 박희연은 허리를 비틀며 검을 휘둘렀다. 박희연이 검을 휘두른 것과 웨어울프가 땅을 박찬 것은 동시였다. 촤악! 박희연의 검이 웨어울프의 다리를 잘라냈다. 방어벽을 부순 것이다. 하지만 이미 웨어울프의 몸은 허공으로 높이 떠올라 있었다.

허공에 떠오른 웨어울프는 몸을 살짝 굽히더니 늑대의 울음을 토해냈다. 하울링이다. 우현의 표정이 굳었다.

"씨발."

너무 안이했다. 웨어울프의 하울링은 동족을 부른다. 웨어울프는 보통 10마리 정도의 무리를 짓는데, 단독으로 행동하다가 먹잇감이나 적을 마주치면 하울링을 하여 자신의 무리를 불러들이는 것이다. 좌악! 땅으로 떨어진 웨어울프의 목을 선하가 베었다.

"이동합니다."

우현은 짜증스러운 목소리로 내뱉었다. 하울링을 할 틈도 없이 죽였어야 했는데. 덕분에 일이 귀찮아졌다. 43번. 여태까지 우현이 활동하던 던전은 고작해야 30번 아래였다. 던전 넘버가 10개는 넘게 껑충 뛴 것이다. 그만큼 일반몬스터의 난이도도 높아졌다.

사방에서 발소리가 들렸다. 짐승의 소리였다. 웨어울프로군. 우현은 미간을 찡그렸다. 곧이어 수풀에서 웨어울프들이 뛰쳐나왔다. 우현은 견제할 틈도 주지 않고 달려들었다. 집단전에 탱커가 해야 할 행동은 명확하다. 최대한 많은 몬스터의 이목을 이쪽으로 끌어내는 것이다. 파브니르의 검신이 붉게 달아올랐다. 압축에 압축을 더한 투기가 검을 감쌌다. 하울링으로 불러들여진 놈들이니 더 불러들일 무리도 없겠지. 하지만 전투를 빨리 끝내야 한다. 이런 뙤약볕 아래에서 장기전을 벌였다가는 이쪽이 먼저 지친다.

검을 휘둘렀을 때, 덜컥 걸리는 느낌을 받았다. 방어

벽에 닿은 것이다. 거기서 그치지 않고 더 베어낸다.

써걱!

휘두른 검이 웨어울프의 목을 완전히 베어냈다. 열 두 마리. 아니, 이제 열 한 마리인가. 우현은 검을 휘두른 기세를 멈추지 않고 계속해서 다리를 움직였다. 어느새 그는 몬스터의 중심에 서 있었다.

탱커가 포지션을 잡았다. 나머지는 딜러진의 몫이다. 무리의 중앙으로 들어 온 우현에게 웨어울프들이 공격을 퍼부었다. 우현은 감각의 날을 세우고서 발을 움직였다. 피할 수 있는 것은 피하고, 받아낼 수 있는 것은 받아내고, 흘려낼 수 있는 것은 흘려낸다. 무리의 중앙으로 들어오기는 했지만 웨어울프는 제법 덩치가 있는 몬스터다. 몸 하나에 쏟아지는 공격은 몇 되지 않는다. 주의한다면 충분히 피해낼 수 있다.

딜러들이 움직였다. 선하는 우현의 위치와 웨어울프의 위치를 확인했다. 그녀의 검은 길다. 막무가내로 휘둘렀다가는 몬스터가 아니라 파티원을 베어낼 지도 모르는 일이다. 검에는 눈이 없으니까. 선하는 우현과 떨어진 위치에 있는 웨어울프에게 달려들었다. 시커먼 칼날이 번뜩였다.

카각!

방어벽을 일격에 베어낼 수는 없다. 애초에 그쪽으로

욕심을 부리지도 않았다.

칼자루를 잡은 손이 미끄러졌다. 잡는 위치와 방향을 다르게 하는 것만으로도 검은 변칙적인 움직임을 담을 수 있다. 짧에 튕겨 벤 검이 웨어울프의 목을 찍었다. 반쯤 박힌 검을 밀어 붙이며 목을 완전히 베어냈다. 허리와 발을 돌린다. 빙글하고 도는 회전에 따라 선하의 긴 머리카락이 원을 그렸다. 그 시커먼 원을 따라 쿠모고로시의 검도 함께 돌았다.

'역시, 잘한다니깐.'

박희연은 중앙에서 공격을 받아내는 우현을 보면서 생각했다. 몇 마리나 붙잡고 있지? 다섯 마리로군. 다섯 마리의 웨어울프가 우현에게 잡혀 있었지만, 우현은 조금의 공격도 허용하지 않고서 완벽하게 웨어울프의 공격을 막아내고 있었다. 처음 상대하는 몬스터. 그것도 강력한 몬스터가 다수인데. 저렇게 완벽하게 탱킹하는 것은 전문 탱커에게만 가능할 것이다.

'판단이 옳았어.'

이쪽의 두 명은 탱커 경험은 있지만 전문 탱커라고 할 정도는 아니다. 굳이 말하자면 올라운더고, 나쁘게 말하자면 어중간하다는 것이다. 그런 둘을 탱커로 세웠다가는 탱커가 부상을 입는 최악의 경우가 발생한다. 딜러로 빼는 부분이 현명했다.

"참, 욕심나네."

박희연은 입술을 할짝거리며 중얼거렸다.

촤악!

그녀가 휘두른 검이 웨어울프의 옆구리를 베어냈다. 휘청거리는 놈을 향해 검을 더 휘둘렀다. 튀는 피를 피해 발을 깡총거리며 뒤로 물렸다. 그녀는 검에 묻은 피를 털어내며 우현 쪽을 힐끗 보았다. 임자있는 남자는 별로 건드리고 싶지 않은데. 저 정도로 뛰어나다면 골키퍼가 있어도 공을 차보고 싶어지잖아.

'미인계를 써야 하는 건 이쪽일지도.'

못내 아쉬운 생각을 하며 박희연은 선하 쪽을 힐끗 보았다. 비슷하나? 아니, 내 쪽이 더 어리니까. 박희연의 눈이 봉긋 솟은 선하의 가슴에 향했다.

조금 기분이 나빠졌다.

'인물은 인물이군.'

감시관은 심사 대상자들의 부정을 막는 것만이 역할의 전부는 아니다. 팀 내에서 누가 가장 두각을 보이는가, 누가 가장 뛰어난가. 그를 캐치하는 것도 감시관의 역할이다. 팀플레이에서는 특별히 뛰어난 누군가에 의해 별 활약을 하지 않아도 함께 득을 보는 경우가 허다하니까. 심사는 공평해야 한다. 자격 없는 헌터를 A급에 올렸다가 나중에 문제가 발생할 지도 모르는 일이니 말이다.

이번 전투에서 본 바로는 다섯 명 모두가 B급 이상의 실력은 되었다. 나래의 길드원들은 말할 것도 없다. 그들 중에서 가장 두각을 보이는 것은 역시 박희연이다. S급 헌터인 박광호의 동생. 오빠의 덕을 보아 나래에 붙어 있는 것이라는 소리도 있었지만, 정민석이 본 박희연은 뛰어난 실력을 가진 헌터였다.

'B급은 이미 넘었어.'

정민석은 A급 헌터다. 보는 안목 정도는 가지고 있다. 박희연은 A급 헌터로서 손색이 없는 실력을 가지고 있었다. 그리고 그것은 박희연과 같은 나래의 길드원들 역시 마찬가지였다. 하지만 가장 뛰어난 것을 고르자면,

'말도 안 되는 일이지만….'

정우현. B급 헌터. 등급이 B이니 이번 심사를 치룰 자격은 갖췄지만, 정민석은 우현이 심사를 통과하리라는 생각은 한 적이 없다. 선하는 말할 것도 없다. 이번 심사에서 중요한 것은 헌터로서의 경험이다. 투기의 양은 마석을 먹어 불릴 수 있지만 경험 쪽은 어쩔 수 없다. 네임드 몬스터를 잡았다는 것과 던전에 익숙하다는 것은 전혀 다른 문제니까.

'경력 세 달이 일년이 넘는 베테랑보다 낫다니.'

감탄과 경악이 섞인 기분이다. 게다가 탱킹 실력이 완숙하다. 타고났다는 건가. 정민석은 최우석을 떠올렸다.

나래의 길드 마스터. 최우석은 정민석이 봤던 헌터들 중에서 가장 뛰어난 헌터였고, 또 천재였다. 화랑의 길드원으로 있던 시절에 김상규와도 파티 플레이를 했던 적이 있지만, 재능 면에서 최우석이 김상규보다 압도적이었다.

정민석은 우현에게서 최우석의 그림자를 보았다.

"…후우."

우현은 한 숨 돌리면서 몸을 폈다. 전투가 끝났다. 열두 마리의 웨어울프의 습격을 막아낸 것이다. 우현은 주변에 쓰러진 웨어울프의 시체들을 살폈다.

"부상 입으신 분, 있으십니까?"

우현이 물었다.

"없어요."

박희연이 대답했다. 그녀는 갑옷에 튄 피를 손수건으로 닦으면서 활짝 웃었다.

"덕분에 말이죠."

"…그러면 사체를 수습하고 다시 이동하겠습니다."

우현은 시간을 확인했다. 정민석이 말하기를, 이 던전의 밤은 5시부터 시작된다고 했다. 현재 시간은 3시. 밤중에 이동하는 것은 위험이 많다.

'게다가 이 던전에는 웨어울프가 있어.'

밤의 몬스터는 더욱 흉포해지지만, 웨어울프 종은 특

히 더 그렇다. 밤에는 어떡하지? 이동은 위험이 너무 많아. 그렇다면 야영을 해야 하나? 어디에서? 이곳의 밤은 추워. 불을 피울 수는 없다.

'그 짓거리까지는 하기 싫은데.'

하지만 어쩔 수 없나. 우현은 작게 혀를 찼다.

그늘에서 그늘로, 나무에서 나무로. 우현은 큼직하거나 한 눈에 알아볼 수 있는 나무가 있으면 그쪽으로 다가가 나무를 살폈다. 최초에 이 던전을 공략한 공격대가 남긴 흔적을 찾는 것이다. 흔적은 확실히 남아 있었다. 들어가면 들어갈수록 수풀이 깊어졌다. 먼 곳에서 웨어울프의 하울링 소리가 들렸고, 다른 몬스터의 울음소리가 그것에 섞였다. 다른 헌터들의 모습은 보이지 않았다.

이 길이 맞는 것일까? 선하는 그런 의문을 품었지만, 우현에게 묻지는 않았다. 우현은 신중하게 길을 찾고 있었다. 막무가내로 운에 걸고 이동하는 것보다는 믿음직스럽다. 나라면 어떻게 했을까? 문득 그런 생각이 들었다. 지도도, 나침반도 없다. 생전 처음 와보는 던전에서 맞는 길을 찾아라. 그런 상황이라면 어떻게 할까. 머릿속이 뿌옇게 물들었다. 무엇을 해야 할지 알 수가 없었다.

슬슬 다섯 시다. 아직 해는 저물지 않았다. 춥지 않다.

하지만 준비는 지금부터 해야 한다. 우현은 주변을 살폈다. 이곳까지 오면서 몬스터를 여러 번 마주쳤다. 이 근처에서 출현하는 몬스터는 모두가 수인형인 라이칸슬로프였다. 웨어울프가 대부분이었지만, 마지막으로 마주친 몬스터는 늑대 머리 대신 여우 머리를 달고 있는 웨어폭스였다.

'라이칸슬로프는 영역개념이 확실해.'

무리가 나뉘어져 있지만 같은 종족끼리는 공격하지 않는다. 우현은 계속해서 앞으로 나아갔다. 웨어폭스를 마주쳤다. 하울링할 틈을 주지 않고 목을 베어버렸다. 그리고 다시 전진, 다시 마주친 것은 웨어폭스였다.

"이곳부터는 웨어폭스의 영역인 것 같습니다."

우현이 말했다. 다섯시가 다 되어가고 있었다. 하늘을 확인하니 해가 기운다. 우현은 뒤를 돌아보았다.

"그리고 곧 밤이지요."

"어떻게 하죠? 야영할 준비를 해야 할 텐데."

박희연이 물었다. 우현은 아공간을 열었다. 이곳까지 오면서 잡아 죽인 웨어폭스의 시체들이 떨어졌다.

"…좀 불쾌하겠지만."

나도 하고싶지는 않은데.

"가죽을 벗기고, 그걸 뒤집어쓸 겁니다."

냄새 나.

박희연은 입술을 삐죽거렸다. 머리부터 뒤집어 쓴 웨어폭스의 가죽에서는 뭐라 말할 수 없는 악취가 났다. 짐승의 냄새. 죽은 고기의 냄새. 향수라도 뿌리고 싶었지만 그럴 수도 없었다. 체취를 가릴 만큼 진한 몬스터의 냄새가 필요한 것이니까.

해가 저묾과 동시에 기온은 급격히 낮아졌다. 으슬거리며 몸이 떨렸다. 구멍을 파고, 그 위에 차단막을 올린 뒤에 흙을 덮었다.

좁은 구멍 안에서 여섯 명이 웅크리는 것. 박희연으로서는 처음 겪는 일이었다. 유쾌한 기분은 아니었다. 땀냄새와 웨어폭스의 냄새, 사람의 냄새. 익숙해질 법도 한데 도저히 익숙해 지지 않았다.

하지만 내색하지는 않았다. 입술을 꾹 막고, 숨을 조절했다. 박희연은 맞은편에 있는 선하를 힐끗 보았다. 조명도 키지 않아 어두웠지만, 제법 오랫동안 어둠 속에 있던 덕에 이 정도 거리에서 상대편을 확인하는 것에 큰 문제는 없었다.

선하는 눈을 감고 있었다. 조용히, 낮게, 그렇게 숨을 쉬고 있었다. 악취를 느끼는 것은 똑같을 텐데. 저쪽이 내색하지 않고 있으니까, 내 쪽이 내색할 수도 없잖아. 박희연은 퉁하니 시선을 내리 깔았다.

추위.

불을 피울 수도 없다. 핫팩을 터트리고 몬스터의 가죽을 덮고, 좁은 구멍 안에 틀어박혀 서로의 체온에 의지하고. 끔찍한 밤이야. 우현은 그렇게 생각했다. 낮은 짧고, 밤은 길다. 앞으로 몇 시간은 이러고 있어야 한다. 몬스터의 습격은 없을 것이다. 라이칸슬로프 종의 습성에 대해서는 완전하게 파악하고 있다. 동족을 공격하지 않는다는 것. 후각이 예민하다는 것. 웨어폭스 가죽을 뒤집어쓰는 것으로 체취를 감췄다. 구멍을 파고 그 안에 들어가는 것으로 시각을 가렸다.

사용한 웨어폭스의 가죽은 하울링으로 불러진 무리의 전부다. 다른 웨어폭스의 무리가 굳이 찾아오지는 않을 것이다. 하지만 변수에는 대비해야 한다. 긴장을 놓치지는 않았다.

다행히, 몬스터의 습격은 없었다. 꾸벅 꾸벅 조는 것으로 밤을 보냈다. 정민석이 말한 것처럼 추위는 자정에 절정을 찍었고 아침이 다가올수록 덜해졌다. 해가 떴다. 잠을 자기는 했지만 영 잔 것 같지는 않았다.

일행은 구멍에 덮어 놓은 천막을 걷고서 밖으로 나왔다. 나오자마자 박희연은 질색을 하며 뒤집어 쓰고 있던 웨어폭스의 가죽을 집어 던졌다. 패대기쳐진 가죽이 땅 위를 굴렀다.

"냄새!"

그녀는 지긋지긋하다는 듯이 투덜거렸다. 물티슈를 꺼내 얼굴을 벅벅 문질렀지만 머리부터 밴 냄새는 빠지지 않는다. 선하 역시 조금 질렸다는 얼굴로 웨어폭스의 가죽을 우현에게 돌려주었다. 돌려받은 가죽을 정리하고서 우현은 하늘을 올려 보았다. 이른 아침의 공기가 차다.

"속도를 올리겠습니다."

우현이 말했다. 더위가 심해지기 전에 최대한 이동을 해 두어야 한다. 한시라도 빨리 세이브 포인트로 나가서 샤워를 하고 싶었기에, 박희연은 열렬히 머리를 끄덕거렸다. 선하 역시 말은 하지 않았지만 표정을 보아 하니 찝찝한 것은 마찬가지인 모양이다.

"우현씨는 대체 정체가 뭡니까?"

조금 어처구니가 없다는 듯이 정민석이 물었다. 그 물음에 우현은 멈칫하여 정민석을 돌아보았다.

"갑자기 무슨 말입니까?"

우현의 물음에 정민석은 뒤집어쓰고 있던 웨어폭스의 가죽을 벗었다.

"어제부터 느꼈는데, 우현씨는… 제가 가진 상식과는 너무 다릅니다. 헌터로서의 실력이 뛰어난 것? 그것쯤은 재능이라 치부할 수 있어요. 그렇게 인정하고 싶지는 않지만 말입니다. 처음인데도 잘하는 사람은 어디에나 있으니까요. 투기의 양? 그것도 마석이라는 것으로 이해할 수 있습니다. 하지만, 어제부터 본 우현씨의 행동은⋯ 재능으로 설명할 수 있는 것이 아니에요."

"⋯어떤?"

우현은 눈을 깜박거리며 물었다. 그 질문에 정민석의 미간이 살짝 찡그려졌다. 그는 어제부터 의문이었던 것을 풀어서 설명했다.

"길을 찾는 것. 이 시험에서 보는 것은 미지의 던전을 얼마나 능숙하게 돌파할 수 있느냐입니다. B급 헌터는 최상위 던전이 아니라 이미 공략된 던전에서 활동하던 헌터들이죠. 그런 그들에게 있어서 GPS를 사용하지 않는다는 것은 가혹한 조건입니다. 길을 헤매고, 어려움을 겪는 것이 당연했단 말입니다. 그리고 밤을 보낼 때. 웨어폭스의 가죽을 사용해서 체취를 지우는 것. 그것은 웨어폭스가, 아니. 라이칸슬로프가 어떤 습성을 가지고 있는지를 알고 있어야만 할 수 있는 방법이었습니다. 그런데 우현씨는⋯."

"그 말은 즉."

우현의 입꼬리가 올라갔다. 그는 웃으며 정민석을 바라보았다.

"제 방법이 정답이었다는 뜻이군요."

아차.

정민석의 표정이 조금 굳었다. 자신도 모르게 정답에 대해 알려 버렸다. 뭐, 이제와서 상관은 없나. 그는 쓰게 웃었다.

"…괜한 말을 해 버렸군요."

"캠핑은 좋아합니다."

우현은 적당히 말을 붙였다.

"어렸을 때부터 좋아했어요. 친가가 시골이라서, 숲에 도 많이 갔었습니다. 숲에서 길을 찾는 법은 아버지에게 배웠습니다. 숲에서 혼자가 되어 길이 어디인지 모른다 면, 나무를 살피라고. 너와 같은 처지였던 누군가가 표 시를 남겼을 지도 모르는 일이라고."

우현은 정민석의 얼굴을 빤히 보았다.

"웨어울프의 가죽을 사용한 것은 예전에 본 다큐멘터 리에서 떠올린 겁니다. 후각이 예민한 동물… 이 경우에 는 몬스터죠. 그런 놈들을 속이기 위해서는 가장 먼저 체취를 지워야만 한다고. 그리고 가죽을 쓰면 추위도 막 을 수 있을 것이라고 생각했습니다. 그게 전부입니다."

"…우현씨의 아버지는…."

혹시 그의 아버지도 헌터였을까. 그런 의문에 정민석 이 조심스레 입을 열었다. 우현은 머리를 흔들었다.

"돌아가셨습니다. 제 어릴 적에."

죄송합니다, 아버지. 우현은 직접 만나본 적도 없는

아버지에게 그렇게 사과를 전했다. 우현의 말에 정민석은 일단은 머리를 끄덕거렸다. 납득이 어려웠지만 저렇다는데 뭘 어쩌겠는가.

"…미안합니다."

"그럴 것 없습니다. 계속 가죠."

우현은 정민석의 사과를 웃으며 받았다. 정민석의 반응을 보아 우현이 택한 방법은 정답이었다. 오늘 밤까지 이동한다면, 아무리 늦어도 내일이면 세이브 포인트에 도착할 수 있을 것이다. 이 정도면 선착순이겠지. 우현은 그렇게 생각했다.

◎

심사 도중에 일어나는 사고에 대해 협회는 책임지지 않는다. GPS는 사용할 수 없다. GPS를 사용하지 않고 세이브 포인트에 도달해야 한다.

심사 도중 헌터가 죽는 것은 드문 일은 아니다. 낮은 등급이라면 몰라도, 심사 등급이 높아질수록 심사의 난이도는 올라간다. 당연히 선택되는 것은 등급보다 난이도가 높은 던전이다. 협회 측에서는 안전을 기한다고 하지만, 으레 사고라는 것은 예상하지 못한 곳에서 튀어나와 생기는 법이다.

B급 심사. 심사 대상인 B급 헌터들은 모두가 베테랑이다. 등급은 B급이지만 그 중에서는 실질적인 실력은 A급이라 해도 좋을 헌터들도 제법 있다. 베테랑이다 보니 장비도 훌륭한 편이다. 게다가 이번에는 심사 내용도 좋다. 난이도가 높은 43번 던전에서 GPS도 쓰지 않고 세이브 포인트까지 길을 찾으라니.

　"적당히 골라서 잡자고."

　눌러 쓴 투구의 안면 가리개를 올리면서 남자가 말했다. 숫자가 많다. 못해도 서른 명은 될 것이다. 각각 입은 갑옷은 달랐지만, 공통점은 있었다. 안면가리개가 달린 투구를 썼다는 것. 그리고 갑옷의 가슴팍에 피에로의 얼굴이 그려져 있다는 것.

　고스트 헌터는 범법행위를 저질러 자격이 박탈당한 헌터를 칭한다. 죄의 크기에 따라 헌터 자격을 다시 취득하는 방향도 있기는 하지만, 이곳에 모인 헌터들은 다시는 헌터자격을 얻을 수 없는 지독한 범죄자들이었다. 피에로는 이들의 상징이었다.

　'서커스.' 고스트 헌터의 길드. 길드라는 말은 우습다. 서커스는 정식으로는 인정되지 않은 길드니까. 굳이 말하자면 고스트 헌터의 집단이라 해야 옳으리라.

　"의뢰받은 것도 있잖아요."

　철가면 너머로 목소리가 들렸다. 손수건으로 얼굴에

흐르는 땀을 벅벅 닦던 남자가 미간을 찡그렸다. 이렇게 더운 던전에서 투구까지 쓰고 있으려니 영 죽을 맛이었다. 게다가 완전 무장이니 몸 안이 땀으로 가득했다.

"맞아. 의뢰도 있었지."

남자가 머리를 끄덕거렸다. 고스트 헌터들의 활동은 다양하다. 브로커 중에서는 고스트 헌터에게서 큰 수수료를 받고서 장비나 사체를 팔아주는 놈들도 있기에, 몬스터의 사체를 팔아넘기는 것으로도 먹고 살 수는 있다. 하지만 협회를 거치지 않고 팔리는 사체는 헐값이라고 할 정도밖에 안 된다.

하지만 장비는 다르다. 헌터를 습격해서 빼앗은 장비는 수수료를 떼먹히기는 하지만 좋은 값에 팔아넘길 수 있다. 대부분의 고스트 헌터는 이런 식으로 돈을 번다. 하지만 서커스는 고스트 헌터의 집단 답게 다른 방식으로도 돈을 번다.

의뢰.

제 손을 더럽히지 않고 일을 처리하고 싶어 하는 놈은 어디에나 있다. 바깥세상에도, 그리고 판데모니엄에도. 브로커에서 브로커를 거쳐 도착한 의뢰라 의뢰주가 누구인지도 모른다. 오히려 그 편이 편했다. 실패하여 잡힌다고 해도 의뢰주가 누구인지 모르니 신용은 떨어지지 않는다.

"둘이었죠?"

"둘이기는 한데, 처리하려면 여섯을 잡아야 돼."

남자가 대답했다. B급 헌터 다섯에, 감시관으로 붙은 협회 소속 헌터 하나. 보수는 좋은데 빡세단 말이야. 남자는 쩝하고 입맛을 다셨다. 뭐, 어쩔 수 없다. 협회가 하는 심사에 끼어들어서 뒤통수를 치는 것이니까. 협회와는 옛적에 척을 진 관계지만 정면으로 반하는 것은 조금 뒤가 구린데.

"경력으로는 애송이들인데, 방심하지는 마. 루키라고. 아마 실력은 좋을 거야."

땀에 흠뻑 젖은 손수건을 털면서 남자가 말했다. 그 말을 듣는 다른 고스트 헌터들이 머리를 끄덕거렸다.

"그러고보니, 그 새끼. 해리가 잡으러 가지 않았어요?"

누군가가 물었다. 그 말에 남자는 멈칫하여 머리를 끄덕거렸다.

"아, 맞아. 그 새끼가 이 새끼네. 해리가 애들 데리고 잡으러 갔잖아."

"해리 그 새끼 연락도 안 되는데. 단장은 들었어요?"

"못 들었어. 새끼, 연락 끊기길래 일 끝내고서 안 나누고 잠수 탄 줄 알았는데…."

남자가 중얼거렸다. 해리는 서커스 소속의 고스트 헌터였다. A급에 가까운 실력을 지니고 있는 헌터였는데, 연락이 갑자기 끊겨버렸다. 뭐가 어떻게 된 거야? 당시 해리가 노렸던 녀석이 멀쩡히 살아있는 것을 봐서 실패했다는 뜻일텐데. 실패했으면 실패했다고 말이라도 하던가, 협회에 붙잡힌 것도 아니고.

"…뭐. 해리는 됐어. 뒈졌거나, 아니면 갑자기 양심이 맑아져서 손 씻었거나. 우리는 우리 일이나 제대로 하면 돼."

의뢰금이 크다.

"의뢰금 따로 먹고 놈들 장비도 우리보고 가지라잖아. B급 다섯에 A급 하나 죽이는 것 치고는 보수가 좋지. 아까도 말했지만, 반으로 나눈다. 반은 나랑 같이 일하러 가고… 남은 반은 적당한 놈들 골라서 뒤통수 갈겨."

정우현. 의뢰의 내용은 그가 속한 팀을 죽이는 것. 정우현에 대해서는 남자도 들었다. 보스 몬스터의 사체로 만든 무기와 갑옷을 입은 신인 헌터. 듣자하니 지난 번 등급 심사에서 처음으로 랭크를 받은 신인인데. 세 달 사이에 네임드 몬스터를 셋이나 잡고서 승급하여 이번에 B급이 되었다고.

"다 죽입니까?"

누군가가 물었다. 흐르는 땀을 다시 닦고 있던 남자가

그쪽을 힐끗 보았다.

"어."

의뢰는 정우현이 속한 팀의 몰살이다. 예외는 없다.

더위가 끓기 시작했다.

"조금 쉬죠."

그늘 아래에서 우현이 말했다. 전신이 땀범벅이었다. 갑옷을 벗고 싶었지만 언제 몬스터가 튀어나올지 모르니 그럴 수도 없다. 몸을 움직일 때마다 찰박거리는 소리가 났다. 갑옷 안에 받친 내의가 완전히 젖어서 몸에 달라붙었다. 샤워하고 싶단 생각이 절실했다.

"앞으로 얼마나 더 가야해요?"

박희연이 헐떡거리며 말했다. 그녀는 더위로 붉어진 얼굴에 손부채질을 하면서 땅에 털썩 주저앉았다. 선크림을 발라야 한다던가, 외모를 신경써야 한다던가. 그런 생각은 조금도 들지 않았다. 43번 던전은 정오부터 해서 기온이 40도가 넘게 올라간다. 체감 온도는 더욱 높고, 전신에 갑옷을 입고 있다면 고온 사우나에 비견될 정도의 더위를 느끼게 된다. 버티기 힘든 것이 당연하다.

"…어제부터 이동한 것까지 해서, 지금의 속도로 볼 때… 아마 내일쯤이면 세이브 포인트에 도달하지 않을까 싶습니다만."

확실하지는 않다. 43번 던전이 얼마나 큰지 모르니까. 하지만 다른 던전과 비교해봤을 때, 이 정도의 거리를 이동했으면 내일쯤에 세이브 포인트에 도착할 수 있을 것이다.

"…뭐, 여태까지 이동하면서 길을 잃지 않고, 세이브 포인트를 향해 전진했다고 가정했을 때의 이야기입니다만."

"맞겠죠."

박희연이 입술을 삐죽거리며 중얼거렸다. 우현은 그런 박희연의 말을 들으면서 조금씩 나눠서 물을 마셨다. 그는 머리를 푹 숙이고 있는 선하를 힐끗 보았다.

"괜찮아?"

"…응."

기운 없는 대답이 들려왔다. 단순히 더위 아래에서 이동하는 것이면 또 모르겠지만, 몬스터의 습격이 몇 번이나 있었던 덕에 파티원들의 체력이 너무 손실되었다. 몬스터와는 다르게 날씨는 극복할 수 없다. 우현은 선하에게 물통을 건넸다. 선하는 축 처진 손을 간신히 들어 우현에게 물통을 받았다.

"…어쩔 수 없군요."

우현은 한숨을 쉬며 몸을 일으켰다.

"더위가 너무 심하니, 교대로 갑옷을 벗고 휴식합시

다. 갑옷 안이 땀으로 젖어버렸으니 갈아입는 것이 좋을 것 같습니다. 이대로 밤이 되면 감기에 걸릴 테니까."

"갑옷을 벗는다구요?"

박희연이 놀란 얼굴을 하고서 물었다. 우현이 머리를 끄덕거렸다.

"여섯 명이니까 두 명씩 나누죠. 두 명은 그늘 쪽에서 갑옷을 벗어 더위를 식히고, 나머지는 보초를 서는 식으로."

우현은 정민석 쪽을 힐끗 보았다.

"범위 내라면 상관없지 않습니까?"

"예."

정민석은 머리를 끄덕거렸다.

"그러면 남자를 둘씩 나누고, 여자 둘씩 해서… 두 명씩 교대하여 휴식합시다. 휴식 시간은 10분씩. 괜찮습니까?"

우현의 물음에 박희연이 머뭇거리며 머리를 끄덕거렸다. 던전 안에서 갑옷을 벗는다니. 그렇게 했던 적은 한 번도 없었지만, 이 살인적인 더위를 견디기 위해서는 그 방법 뿐이었다.

여자들에게 먼저 휴식시간이 주어졌다. 박희연은 멀어지는 남자들의 등을 보면서 선하를 힐끗 보았다. 생각해 보니 이렇게 단 둘이 있게 된 적은 없었다. 사적인 얘기를 나눈 적도 없었고. 박희연은 조금의 어색함을 느끼며 뺨을 긁적거렸다. 그러던지 말던지, 선하는 곧바로 갑옷을 벗기 시작했다.

"...으흠."

그런 선하를 보면서 박희연은 머뭇거리다가 괜히 시선을 들었다. 보초를 서러 간 남자들이 멀찍이 떨어진 것을 확인하고서, 그녀는 갑옷을 벗기 시작했다. 벗은 갑옷에서 뜨거운 열기가 새어나오는 기분이었다. 박희연이 벗은 갑옷을 옆에 내려놓는 순간이었다.

대뜸 선하가 윗옷을 벗기 시작했다. 갑옷이 아닌, 갑옷 안에 받쳐 입던 내의를 말이다. 박희연은 기겁하며 머리를 뒤로 당겼다.

"자, 잠깐. 지금 뭐하는 거에요?"

박희연이 더듬거리며 물었다. 더위로 인해 미간이 찌푸려져 있던 선하의 시선이 박희연에게 향했다.

"옷 벗잖아요."

그녀는 그렇게 말하면서 위로 올렸던 내의를 훌러덩 벗었다. 박희연은 땀에 젖은 선하의 몸과, 스포츠 브라를 보면서 괜히 자신이 민망함을 느꼈다.

"그걸 몰라서 물어 보는 게 아니라…"

"갈아입을 옷 없어요?"

선하가 물었다. 그 물음에 박희연은 찔끔하여 입을 다

물었다. 하기는, 너무 젖어서 말릴 수도 없는 옷이니 아예 갈아입는 편이 낫겠지. 하지만 너무 대범하잖아. 누가 보기라도 하면 어떡해? 박희연이 그런 생각을 하면서 머뭇거리는 동안 선하는 스포츠 브라까지 풀어버렸다. 박희연은 꿀꺽 침을 삼키면서 수건을 물에 적셔 몸을 닦는 선하를 바라보았다.

'…크네.'

왠지 모를 패배감을 곱씹으면서 박희연은 머뭇거리며 옷을 벗었다. 적신 수건으로 몸을 닦은 선하는 마른 수건으로 몸의 물기를 다시 닦았다. 쭈뼛거리던 박희연은 선하를 따라서 수건을 물에 적신 뒤에 몸을 닦았다.

"조금 도와주실래요?"

선하가 말했다.

"네, 네?"

숲 한 복판에서 알몸이 되다니. 그런 부끄러움 때문인지 박희연의 목소리가 샜다. 그녀는 얼굴을 붉게 물들이며 헛기침을 했다. 하지만 선하는 조금도 신경쓰지 않는 눈치였다.

"머리에 물 좀 부어주세요."

"…아, 네."

선하가 엎드렸다. 박희연은 길게 뻗은 선하의 머리카락을 향해 물을 부어 주었다. 그렇게 머리를 감은 선하는 생수통을 하나 더 꺼내면서 박희연에게 물었다.

"저도 해드릴까요?"

"…네. 고마워요."

어떻게 해야 아무렇지도 않을 수 있는 거야? 박희연은 이해할 수 없었다. 그러면서도 그녀는 선하가 했던 것처럼 엎드려서 목을 길게 뺏다. 머리 위로 부어지는 물이 차가워서 몸이 움찔 떨렸다.

머리를 감고, 몸을 닦고. 둘은 옷을 갈아 입었다. 뽀송뽀송한 새 옷을 입으니 기분이 한 결 나아졌다. 하지만 얼마 지나지 않아 이 옷도 땀 범벅이 되겠지. 그런 생각을 하니 시무룩해졌다. 박희연은 입술을 삐죽 내밀고서 땀에 젖은 갑옷을 닦았다. 다시 갑옷을 입으며, 박희연은 선하 쪽을 힐끗 보았다. 선하는 이미 갑옷을 착용하고서 젖은 머리를 수건으로 닦고 있었다.

"뭐 하나 물어봐도 되요?"

박희연의 입술이 열렸다. 머리를 털고 있던 선하의 시선이 박희연에게 옮겨졌다. 박희연은 선하의 얼굴을 빤히 보면서 물었다.

"우현씨와는 무슨 관계에요?"

"…네?"

박희연의 물음에 선하가 놀란 표정을 지었다. 그녀는 머뭇거리다가 머리를 흔들었다.

"아무 관계도 아니에요."

그 말에 박희연은 샐쭉 웃었다.

"정말요?"

"갑자기 그런 것은 왜 묻는 건데요?"

"관심 있거든요."

박희연은 몸을 일으켰다. 선하의 표정이 조금 바뀌었다. 그녀는 조금 굳은 얼굴로 일어선 박희연을 올려 보았다. 박희연은 그런 선하를 내려 보면서 활짝 웃었다.

"아무 사이 아니라면, 제가 괜히 조심할 필요는 없겠네요."

"…대체 무슨 뜻이에요?"

"헌터와 헌터 관계가 아니라, 남녀 관계로 가고 싶거든요."

박희연이 키득거렸다. 선하는 눈을 찡그리고 박희연을 노려보았다. 아이고, 무서워라. 박희연은 히죽 웃으면서 선하의 시선을 받았다. 임자있는 남자니까 건드리지 않으려고 했지만, 뭘 어쩌겠어. 자기가 임자가 아니라는데. 박희연은 시간을 확인했다. 슬슬 10분이 다 되어가고 있었다.

각자 휴식을 끝내고서, 다시 앞으로 나아가기 시작했다. 우현은 머리를 갸웃거렸다. 공기가 묘하게 얼어붙은 것을 느낀 탓이다. 뭐지? 우현은 뒤를 힐끗 보았다. 그것을 느끼는 것은 우현 뿐만이 아니었다. 김현우도, 하정환도. 그리고 정민석까지. 그들은 난감하다는 표정을 짓고서 박희연과 선하 쪽을 바라보았다. 선하는 차갑게 식은 얼굴로 박희연 쪽으로 시선 하나 주지 않고 우현의 등에 바짝 붙어 있었다.

"우현씨는 취미가 뭐에요?"

그리고 박희연은 생글생글 웃으며 우현에게 연신 질문을 던지고 있었다.

"…취미랄 것은 없습니다."

우현은 낮게 헛기침을 하면서 대답했다. 이동을 시작하고서 박희연은 계속해서 우현에게 말을 걸었다. 여자친구를 사귀어 본 적은 있느냐, 첫키스는 언제냐, 이상형이 뭐냐… 민망한 질문이었다.

여자친구를 사귄 적도, 첫키스를 한 적도 없으니까. 비록 자신의 경험이 아니라고 해도 기억은 그의 것이다. 우현은 조금 우울해졌다.

"참 이상하네. 우현씨 정도면 어디서 꿀릴만한 건 아닌데… 정말 여자친구 사귀어 본 적 없어요?"

박희연이 쪼르르 달라붙으며 물었다. 우현의 곁에 달라붙은 박희연을 보고 선하의 눈에 불이 켜졌다. 뭘 저렇게 자꾸 캐묻는 거야? 선하는 이를 갈면서 박희연의 뒤통수를 노려보았다. 박희연은 그런 선하의 시선을 느끼고서 내심 키득거렸다.

"…진짜 없습니다. 예전에는 비쩍 말랐었거든요."

"말랐다구요?"

"네. 몇 달 전 사진이랑 지금이랑 꽤 다릅니다. 사진을 보여줄 수는 없지만."

"나중에 보여주면 안 되요?"

박희연이 은근슬쩍 말을 붙였다.

"…알겠습니다."

이 여자가 대체 왜 이러는 거야? 우현은 노골적으로 들러붙는 박희연이 거북하여 차라리 몬스터라도 튀어나왔으면 좋겠다는 생각을 했다.

얼마 걷지 않아 몬스터와 마주쳤고, 우현은 안도의 한숨을 쉬었다.

그날 밤도, 어제와 같은 방법으로 밤을 보냈다. 끔찍한 것은 똑같았지만 어제 이미 한 번 겪어보았던 것이기에 그나마 버틸 만 했다. 아침이 되고 나서 가볍게 식사를 한 뒤에 다시 이동을 시작했다. 이른 아침에는 더위가 심하지 않기에, 이 시간에 최대한 이동을 해야만 했다.

그늘에서 그늘로. 표식이 끊긴 적은 없었다. 길을 제대로 찾고 있다는 의미다. 길을 잘못 들었다면 표식이 남지 않았을 테니까. 여태까지의 이동거리를 보면 못해도 오늘 정오 전에는 도착할 것이다.

"왔습니다."

"뭐? 벌써?"

소곤거리는 목소리가 나무 위에서 오갔다. 이 던전은 빌어먹도록 더워. 다시는 오고 싶지 않을 정도야. 투구를 벗고서 손부채질을 하고 있던 서커스의 단장은 아래를 내려 보았다.

"없잖아?"

투덜거리는 말에 곁에 있던 여자가 한숨을 쉬면서 손을 가리켰다.

"저쪽이요."

아하. 단장은 낮게 탄성을 지르며 여자가 가리키는 방향을 바라보았다. 멀찍이서 오는 무리가 보였다. 여섯명. 선두에 선 우현을 보면서 단장은 낮게 휘파람을 불었다.

"와. 진짜네. 심사 시작하고서 이틀밖에 안 됐지? 이틀만에 GPS도 없이 입구 게이트에서 세이브 포인트 쪽 루트를 정확하게 잡고 왔잖아."

어제부터 이곳에서 매복하고 있었지만 이쪽 루트로 들어 온 헌터는 아직 한 명도 없었다.

"쟤들이 1등이네."

단장은 그렇게 말하면서 기지개를 폈다.

"바로 덮칩니까?"

"그럼, 덮쳐야지. 그냥 보낼래?"

단장이 물었다. 질문했던 여자는 괜한 것을 물었다는 생각을 하면서 머리를 흔들었다. 단장은 히죽 웃었다. 그는 투구를 꺼내 머리에 눌러 썼다. 안면가리개까지 내리고서 그는 다른 가지에 앉아있는 단원들을 향해 시선을 주었다.

"A급 하나에 B급 다섯."

"뒤편에 있는 놈들은 나래인데요. 잡습니까?"

단장의 중얼거림에 여자가 물었다. 그 물음에 단장은 입맛을 다시면서 투구를 손가락으로 톡톡 두드렸다.

"잡아."

결론을 내리는 것은 빨랐다.

"A급 길드라고는 하지만 그래봤자 좆만한 반도 길드 잖아. 게다가 A급 길드의 길드원이라고 해봤자 놈들 등급은 B급이야. 별 무리는 없다고. 몰살시키면 꼬리 밟힐 것도 없고."

"어쩌면 해리가 저 놈에게 당했을 지도 몰라요."

여자가 중얼거렸다. 그 물음에 단장은 눈을 끔벅거리다가 크게 웃었다.

"그럴 지도 모르지. 연락 끊긴 그 새끼가 이 짓거리 접고 잠수탔는지, 아니면 뒈져서 연락을 못하는 것인지 아무도 모르니까."

단장은 머리를 흔들었다.

"그래도 별 문제는 없어. 해리 새끼 좆밥이었으니까."

해리의 헌터 등급은 B. 헌터 자격이 박탈되기 전의 등급이다. 그 후로 실력이 좋아져서 A급에 가까운 수준으로 올라가기는 했지만, 단장이 보기에는 우스운 정도밖에 안 된다.

"일하러 가자."

단장은 무기를 꺼냈다.

자격이 박탈되기 전, 그의 등급은 S였다.

REVENGE

3. 서커스

HUNTING

NEO MODERN FANTASY STORY & ADVANTURE

REVENGE
HUNTING

3. 서커스

쿠웅.

우현은 갑작스러운 소음에 놀라 시선을 들었다. 맞은 편의 나무 아래에 한 남자가 서있었다. 언제부터? 아니, 방금 전까지만 해도 저곳에는 아무도 없었다. 박희연의 이야기에 시선을 돌린 중에 저 남자가 나타났다. 우현은 남자의 머리 위에 있는 가지를 힐끗 보았다.

타악.

가벼운 소리와 함께 한 여자가 남자의 옆에 내려섰다.

"…뭐죠?"

우현의 곁에 붙어있던 박희연이 머리를 갸웃거렸다. 우현은 대답하지 않고 앞을 노려보았다. 불길한 기분이

들었다. 맞은 편에서 걸어 온 것도 아니고, 나무에서 아래로 내려왔다. 이쪽을 직시하고 있다.

'매복.'

그렇게밖에 생각할 수 없다. 하지만 상대는 헌터다. 같은 헌터. 헌터가 헌터를 상대로 매복할 이유가 뭐가 있단 말인가? 우현의 걸음이 멈췄다. 그의 걸음이 멈추자 모두의 걸음이 멈추었다. 뒤편에서 따라오고 있던 정민석의 표정이 굳었다.

"…삐에로… 서커스?"

정민석이 떨리는 목소리로 중얼거렸다. 그 말에 표정인 굳은 것은 박희연 역시 마찬가지였다. 서커스. 들어 본 적이 있었다. 고스트 헌터의 길드. 고스트 헌터의 집단. 전문적으로 헌터를 사냥하고 장비를 빼앗으며, 다른 헌터에게 의뢰를 받아 살인을 저지르는 것을 망설이지 않는 흉악한 범죄 헌터들.

"서커스? 그게 뭡니까?"

굳어지는 나래의 길드원들과 정민석의 표정을 살피면서 우현이 머리를 갸웃거렸다. 정민석은 낮게 신음을 흘렸다. 대체 저들이 왜 여기에 있단 말인가? 대답하지 않는 정민석을 대신해서박희연이 입을 열었다.

"고스트 헌터의 길드에요. 아주… 질이 나쁘고… 위험한 놈들이죠."

"…고스트 헌터?"

"네. 고스트 헌터가 뭔지는 알고 계시죠? 고스트 헌터가 다른 헌터를 습격하는 것은 곧잘 있는 일이지만… 그런 고스트 헌터들과 서커스는 격이 달라요. SS급 헌터도 죽였던 적이 있을 정도니까."

"…네?"

우현이 놀란 얼굴로 박희연을 돌아보았다. 박희연은 입술을 잘근 씹었다.

"반 년 전의 일이에요. 영국의 S급 길드, '루돌프'의 공격대가 서커스의 습격을 받았던 적이 있었어요. 당시 루돌프의 공격대에는 길드 마스터인 SS급 헌터와 A급 상위 헌터들로 이루어졌는데… 전멸했어요. 루돌프의 길드 마스터와 길드원들은 알몸으로 발견되었고, 그들의 시체에는 삐에로 인형만 하나 남아있었죠."

그 일로 헌터 사회가 뒤집어졌었다. 서커스의 존재는 그 이전부터 알려져 있었지만, 서커스가 그 정도의 저력을 지니고 있을 줄은 그 누구도 알지 못했기 때문이다. S급 길드였던 루돌프는 그렇게 괴멸했다. 협회 측에서는 어떻게든 서커스를 잡기 위해 모든 던전과 판데모니엄 내의 건물을 헤집었지만, 서커스의 끄나풀 하나 낚아 올리지 못했다.

"…도망치십시오."

정민석이 굳은 목소리로 말했다.

"심사는 종료입니다. 이건⋯."

"야, 너희들 뭐하냐?"

멀리서 목소리가 들렸다. 낄낄거리는 웃음이 섞인 목소리였다. 우현은 머리를 돌려 앞을 보았다. 안면가리개로 얼굴을 가린 남자가 턱을 긁적거리고 있었다.

"안 올 거야?"

머리를 갸웃거리며 묻는다. 우현은 입술을 다물고 남자를 노려보았다. 생김새는 보이지 않는다. 하지만 들리는 목소리를 보아 그리 나이가 많은 것 같지는 않았다. 젊은 축에 속하겠지. 그다지 상관없는 이야기다. 우현은 그의 주변을 힐끗 보았다. 하나, 둘, 셋⋯ 선두의 남자를 포함해서 스물. 우현은 남자가 가진 무기에 시선을 주었다. 쌍검이다. 오른손에 쥔 것은 외날의 큼직한 검이었고, 왼 손에 든 것은 짧막한 단검이었다. 아니, 단검이라기 보다는 송곳이라 해야 옳으리라. 고작해야 팔뚝만한 길이의 그것은 변형된 에스톡이었다.

"당신들이 대체 왜 여기에 있는 겁니까?"

정민석이 내뱉었다. 조금 거리가 있었지만 용케도 들은 모양이다. 단장은 안면가리개 너머로 눈을 깜박거리더니 크게 웃었다.

"아, 그쪽이 협회의 감시관인가 보네. 왜 있냐고? 왜 있겠어, 굳이 물어볼 것도 없잖아."

단장은 건들거리며 다가왔다. 가벼운 걸음이, 웃음기 섞인 목소리. 겉보기일 뿐이다. 단장은 싸늘하게 식은 이성으로 우현 일행을 하나하나 살폈다. 여자가 둘, 남자가 넷. 단장의 시선이 자연스럽게 우현에게 향했다. 검은 갑옷에 붉은 검. 저쪽이로군.

"네가 우현이지?"

단장이 물었다. 그 물음에 우현의 뺨이 실룩거렸다. 나를 알고 있다.

"하나만 묻자."

어느 정도 거리가 좁혀지고 나서, 단장은 더 이상 다가오지 않았다. 그는 눈을 살짝 찡그리면서 우현을 바라보았다. 투구의 틈새로 느껴지는 매서운 시선에 우현은 자신도 모르게 파브니르를 쥐었다.

"해리라고 아냐?"

불쑥 물음이 다가왔다. 우현의 표정이 싸늘하게 식었다.

"해리. 그, 왜. 너희 잡겠다고 갔던 놈들 있었거든. 고스트 헌터인데… 몰라?"

정민석의 시선이 우현에게 향했다.

우현은 그 시선을 무시했다.

"이상하게도 말이야. 그 새끼가 뺀질거리기는 했어도

내 말은 잘 들었거든. 뭐… 손 씻고 얌전히 살고 싶다고 하면 내가 그거 좆까라고 할 만큼 매정한 사람도 아니고. 뭐, 그래. 그 새끼도 나를 잘 알지. 손 씻고 싶었으면 나한테 말했을 거야."

쩝. 단장은 입맛을 다셨다.

"그런데 그 새끼가 말도 안하고 잠수를 탔네. 나로서는 이게 조금 납득이 안 간단 말이지. 그래서 물어보는 거야. 나도 귀가 없는 것은 아니거든? 해리 그 새끼가 16번 던전에서 다른 새끼 습격해서 팔 잘랐다매. 던전 앞에 협회 새끼들이 우루루 몰려 있는 것 봤단 말이야. 소문도 들었고. 그런데 협회 쪽에서도 고스트 잡았다는 얘기는 없고… 너 잡겠다던 해리는 잠수를 탔고… 너는 여기에 있고… 본 적 없냐?"

"…뭔 소리를 하는 건지 모르겠네."

우현이 중얼거렸다. 더 이상 말을 들어줄 수는 없었다. 우현이 입을 다물고 있다면 그가 해리를 죽였다는 사실이 밝혀지지 않겠지만, 저 남자가 계속해서 캐묻다가는 해리의 행방에 대해 정민석이 의심을 품을 것이다. 우현은 아랫입술을 잘근 씹었다.

SS급 헌터를 죽였다고 했던가.

"모르면 뭐 어쩔 수 없고."

단장이 입맛을 다시며 중얼거렸다. 그는 성큼거리며

다시 걷기 시작했다. 우현은 정민석 쪽을 힐끗 보았다. 도망치라고, 정민석은 그렇게 말했었다. 하지만 이 상황에서 도망칠 수 있을까? 상대는 스물, 이쪽은 여섯. 뛰어봤자… 우현은 까득 이를 갈았다.

"알건 모르건 우리는 너희 잡아 죽여야 되거든."

서커스의 단원들이 단장을 따랐다.

"너무 원망하지는 마라."

"…어떡할 거에요?"

박희연이 물었다. 우현은 낮게 호흡을 골랐다. 이쪽의 전력은 여섯. A급 헌터 하나에, B급 헌터 다섯. 할 만 할까? 해리의 경우를 떠올렸다. 우현이 보았을 때 해리는 A급이라 해도 손색이 없는 실력이었다. 당시 해리와 함께 있던 동료들도 해리 정도는 아니었지만, B급 언저리에서 놀 수 있을 실력이었다. 그리고 우현은 그들을 몰살시켰다.

"도망치는 것은 무리입니다. 차라리 맞서 싸우는 편이 나을 것 같습니다만."

우현은 정민석 쪽을 힐끗 보았다. 우현과 시선이 마주치자 미간을 찡그리고 있던 정민석이 머리를 끄덕거렸다. 그는 곧바로 아공간을 열어 신호탄을 손에 쥐었다. 최악의 사태를 대비하여 구비해둔 것이다. 정민석이 신호탄을 터트리려는 순간,

"야, 하지 마."

짜증스러운 목소리가 확하고 다가왔다.

빠르다. 단장은 순식간에 거리를 좁히며 검을 치켜 들었다. 우현은 그것을 보고 눈을 부릅 떴다. 가속. 우현이 급히 반응했다. 그는 파브니르를 잡은 손을 빙글 돌리며 단장을 향해 휘둘렀다. 우현의 표정이 변했듯, 단장의 표정도 변했다. 물론 안면가리개에 가려진 덕에 우현은 단장의 표정이 바뀌는 것을 보지 못했다.

카가각! 단장이 내리 찍은 오른손의 외날검과 파브니르가 부딪혔다. 금속과 금속이 긁히는 소리, 파브니르를 잡은 양 손에 뻐근한 압력이 전해졌다. 우현의 눈썹이 씰룩거렸다. 무거워. 그것을 느낀 순간, 순식간에 단장의 공세가 바뀌었다. 내리 누르는 무게가 사라진다. 단장은 몸을 비틀며 왼 손에 쥔 에스톡을 매섭게 뻗었다. 우현은 가슴을 향해 찔러 들어오는 에스톡을 피해 발을 움직였다. 스위치가 바뀌었다. 우현은 밸런스를 속도 쪽으로 기울이며 단장을 향해 몸을 비틀었다. 다시 스위치가 바뀐다. 묵직한 일검이 단장의 옆구리로 날아갔다.

카앙! 파브니르가 조금 뒤로 밀려났다. 우현은 크게 뜬 눈으로 단장의 검을 바라보았다. 우현의 공격을 막아낸 단장도 놀랐다는 듯이 휘파람을 흘렸다. 안면 가리개 너머의 눈동자가 동그랗게 변했다.

"너, 뭐냐?"

단장이 물었다. 그렇게 묻고 싶은 것은 우현 쪽이었다. 착각일까?

파앙!

정민석이 신호탄을 터트렸다. 곁눈질로 그것을 보고 있던 단장이 혀를 찼다.

"귀찮게 구네, 진짜."

서커스의 단원들이 달려들었다. 우현에게 그들을 신경 쓸 여력은 없었다. 일단 머리를 잡는다. 우현은 그렇게 생각하며 파브니르에 투기를 불어 넣었다. 검신이 시뻘겋게 달아올랐다. 몸을 비틀며 휘두른 맹공, 단장이 발을 뒤로 밀어냈다.

똑, 딱.

우현의 스위치가 바뀐다. 가속에서 공격으로, 힘이 다리에 몰리고, 지탱하고,

공격이 가로막혔다. 까앙! 고막을 찢을 정도로 높고 날카로운 쇳소리가 울렸다.

카가각…

우현은 검을 밀어 붙이며 안면 가리개 너머의 단장의 눈동자를 노려보았다. 불길한 예감이 스멀거리며 올라왔다. 우현이 양 손으로 쥔 파브니르를 오른손의 외날검으로만 감당하면서도 단장은 조금도 뒤로 밀려나지 않았다.

"…이거 신기하네."

단장의 중얼거림을 무시하고서 우현은 파브니르를 뒤로 튕겼다. 높이 솟구친 파브니르가 열기를 뿜으며 공기를 베어냈다. 카앙! 다시 공격이 막힌다. 우현은 멈추지 않고 스위치를 바꿨다. 올리고, 내리고, 뒤로, 앞으로. 휘두르고, 다시 찍고. 빠르게 몰아붙이는 공격 하나하나에 스위치가 미세하게 바뀐다. 공격은 멈추지 않는다.

하지만 그 연격이 모두 단장에게 가로막힌다. 단장은 경쾌하게 발을 움직이면서 우현의 공격을 받아냈다. 사용하는 것은 오른손의 외날검 뿐. 그는 방어와 회피에 중점을 두면서도 반격을 소홀히 하지는 않았다. 우현이 약간의 틈을 보일 때마다 왼 손에 쥔 에스톡이 매섭게 찔러 들어왔다. 오른손의 외날검으로는 상대의 공격을 막고, 견제하고. 치명적인 공격은 왼 손의 에스톡에서 발해진다. 몬스터를 상대로는 쓸 수 없는 공격법이지만 사람을 상대로는 다르다. 애당초 에스톡이라는 무기는 갑옷의 틈새로 찔러 몸을 해치기 위해 고안된 무기다.

'익숙해.'

놈은 사람과 싸우는 것이 익숙하다. 정확히 말하자면, 사람을 죽이는 것에 익숙하다. 에스톡은 정확히 갑옷의 틈새, 관절을 노리고 들어왔다. 긴장을 놓는 순간 관절에 에스톡의 날이 박힐 것이다. 그 뒤에는? 고통에 머리가 굳은 순간 저 묵직한 외날검이 목을 날려버리겠지.
뒤로 밀려서는 안 돼.

우현은 스위치를 가속으로 바꾸었다.

쐐액!

시뻘건 검이 매섭게 날았다. 단장이 막 검을 뒤로 빼
는 틈이었다. 이 타이밍에 쏘아진 공격은 막을 수 없다.

하지만 막혔다.

손아귀에 느껴지는 저릿한 감각에 우현은 확신했다.
우현은 부릅 뜬 눈으로 단장을 노려보았다. 단장 역시
우현과 똑같은 기분을 느꼈다. 착각이라고 생각했는데,
아니었다. 단장의 눈이 가늘어졌다. 우현은 단장을 노려
보면서 입술을 잘근 씹었다.

'확실해.'

놈은 스위치를 쓰고 있다.

착각이 아니었다. 공방의 전환, 힘과 속도의 전환. 아
무리 반응속도를 타고났다고 해도, 알아차리는 것과 움
직이는 것은 전혀 다른 문제다. 머리로는 알아도 몸이
생각하는 대로 따라 움직이리라는 보장은 없으니까.

몇 번이나 공격을 나누면서 불안감은 사실이 되었다.
놈은 스위치를 쓰고 있다. 스위치가 아니고서는 이렇게
빠르게 공속이 전환되는 것은 불가능하다. 그것은 우현
을 조금 멍하게, 그리고 또 경악하게 만들었다. 이전의

세계에서, 스위치를 처음 고안해 낸 것은 호정이었다. 투기로 육체를 강화하는 것은 대부분의 헌터가 알고 있고 사용하는 것이지만, 스위치는 육체의 밸런스를 극단적으로 기울이는 것이다. 온갖 변수가 가득한 전투 상황에서 상황에 맞게 밸런스를 뒤집는 것.

그것은 장점도 있겠지만 단점이 더 크다. 장점이라 함은, 효율을 최대한 끌어올릴 수 있다는 것. 탱킹하는 상황에서도 딜러와 버금가는 딜을 퍼부을 수 있다. 오히려 탱커기에 딜 조절을 하지 않아도 된다. 딜러의 경우에는 어그로가 자신에게 튀는 것을 걱정해야 하지 극단적으로 공격만 퍼부을 수는 없다. 하지만 탱커는 다르다. 그렇게 공격을 퍼부으면서 다시 밸런스를 뒤집어 몬스터의 공격을 피하고, 막고.

딜러도 똑같다. 딜러가 스위치를 사용한다면 폭발적인 딜을 퍼부을 수 있다. 그리고 헌터의 싸움은 네임드 몬스터와 싸우는 것이 전부가 아니다. 던전 공략에 있어 네임드 몬스터보다 일반 몬스터를 훨씬 더 많이 마주치니까.

하지만 그런 장점을 떠나서 스위치는 위험부담이 너무 크다. 판단을 잘못한 순간 최대로 끌어 올린 스위치의 효율은 매서운 비수가 되어 스스로에게 향한다. 밸런스가 조금만 비틀려도 몸은 균형을 잃는다. 몬스터의 공격이 들어오는 도중이라면, 그 상황에서 피할 수 있는 방법은 없다. 죽을 뿐이다.

'그 기술은 잡기야.'

그렇게 말했던 SSS급 헌터는 스위치가 가진 위험성을 꿰뚫어 보았다. 스위치를 쓰기 위해서는 많은 노력이 필요하다. 그렇게 노력하고서도 스위치가 가진 위험성을 완전히 극복할 수는 없다. 잡기라, 맞는 말이다.

그런 스위치를 눈앞의 남자가 사용하고 있었다. 우현은 속이 끓는 기분이었다. 스위치는 우현만의 것이 아니다. 생각해 낸다면, 누구나 연습에 연습을 통해 자신의 것으로 만들 수 있다. 투기를 다룰 줄 알고 신체 강화의 밸런스를 맞추는 것이 능숙하다면. 그리고 또 연습한다면, 쓸 수 있다.

그것쯤은 알고 있는데.

"너도 쓸 줄 아는구나?"

단장이 놀란 목소리로 말했다. 그는 내심 경악하고 있었다. 우현이 생각했던 것처럼, 단장은 스위치를 쓰고 있었다. 그 후로 그는 수많은 헌터를 만났지만 스위치를 사용하는 헌터는 단 한 번도 본 적이 없었다. 그런데 자신과 같은 기술을 쓰는 헌터를 이곳에서 만나게 될 줄이야.

'게다가 B급이.'

경력도 짧은 것이. 단장은 낮게 웃었다.

"신기한 기분이네. 난 이거 S급 돼서야 생각해내고 써먹었는데."

그는 그렇게 중얼거리면서 발을 슬쩍 뒤로 뺐다.

"그러니까, 그거지? 재능 있다고. 거참, 세상 불공평하네."

카앙!

쇳소리가 울렸다. 서커스의 단원들이 우현을 제외한 다른 파티원들을 덮친 것이다. 우현의 표정이 굳었다.

"목적이 뭐야?"

그는 빠르게 내뱉었다. 그 물음에 단장은 낄낄거리며 웃었다.

"뭐기는. 다 죽이는…."

단장의 말이 끝나기도 전이었다. 우현이 기습을 가했다. 단장은 뒤로 뻗던 발을 넓게 벌렸다.

카각!

우현이 휘두른 파브니르가 단장의 외날검에 가로막혔다.

'무거워.'

단장은 팔 근육이 긴장되는 것을 느꼈다. B급이라고는 믿을 수 없는 힘이었다. 아무리 밸런스를 기울였다고는 하지만… 이 정도의 무게는 이상할 정도다.

"마석 몇 개 먹었냐?"

단장이 물었다. 우현은 대답하지 않았다. 놈은 싸우는 것에 익숙하다. 몬스터와 싸우는 것이 아니라, 사람과 싸우는 것에. 등골이 싸늘하게 식는 기분이었다. 애당초 놈의 무장은 몬스터가 아닌 사람을 죽이는 것에 특화되었다. 저 가느다란 에스톡으로 몬스터의 방어벽에 치명적인 공격을 줄 수는 없을 테니까. 갑옷 사이로 비집어 살을 찌르기 위해 고안된 무기. 우현의 눈앞에 있는 것은 몬스터를 잡는 헌터가 아닌, 사람을 죽이는 살인자다.

"대답 안 해?"

카각! 칼날과 칼날이 튕겼다. 우현은 급히 허리를 옆으로 뺐다.

쐐액!

내지른 에스톡이 갑옷을 스쳤다.

"잘 피하네."

단장이 중얼거렸다. 여유가 흐르는 목소리였다. 실제로 상황은 그에게 절대적으로 유리했다. 정민석이 신호탄을 터트리기는 했지만 이쪽은 스무 명이고 저쪽은 고작 여섯 명. 데리고 온 단원들도 등급이 높은 놈들이다. B급쯤은 가지고 놀 수 있다.

"웃…!"

실제로 그랬다. 선하는 검에 느껴지는 묵직한 무게에 뒤로 비틀거리며 밀렸다. 일합을 부딪혔을 뿐인데. 양 손

목이 뻐근할 정도의 충격을 받았다. 자세를 추스를 틈도 없었다. 곧바로 검이 다시 떨어졌다. 선하는 입술을 잘근 깨물고서 몸을 비틀었다. 내리찍는 검을 피하는 것은 좋았지만 공격은 그 하나가 아니었다. 수가 많다. 선하는 기겁하며 몸을 날렸다. 흙밭 위로 몸을 굴렸지만 옳은 선택이었다. 가만히 있었다면 검에 목이 날아갔을 테니까.

몬스터와 사람은 다르다.

박희연은 그를 절감했다. 순수한 악의가 느껴졌다. 낄낄거리는 웃음사이로 싸늘하게 식은 시선이 오간다. 스멀거리며 움직이며 압박하는 그것은 죽이겠다는 살의였다. 사람에게서 살의를 느끼는 것. 죽이는 것이 당연하던 몬스터를 상대로는 느껴본 적이 없는 감각이다. 자신과 같은 사람이, 같은 사람을 죽이려 한다.

그 끔찍스러운 상황이 박희연의 몸을 굳게 했다. 그녀가 굳던 말던 마주친 이들은 공격을 자제하지 않았다. 사방에서 검이 휘둘러졌다.

"희연아!"

찢어지는 외침이 그녀의 정신을 깨어나게 만들었다. 이래서는 안 돼. 박희연은 뒤늦게 몸을 움직였다. 발을 뒤로, 더 뒤로, 더, 더. 팔을 가만히 두면 안 돼. 그녀는 급히 검을 올렸다.

까앙!

손아귀가 찢어질 것 같은 충격을 느꼈다. 검을 잡은 손에 제대로 힘을 주지 않은 탓이다. 그렇다고 검을 놓지는 않았다. 박희연은 입술을 잘근 씹었다.

"이…!"

왈칵하고 짜증이 들었다. 대체 이게 대체 뭐야? 왜 내가 이러고 있어야 해? 날씨도 더운데, 몸은 끈적거리고, 제대로 씻지 못한 몸에서는 냄새나고. 내, 몸에서 냄새가 나잖아. 비틀거리며 뒤로 물러서는 박희연의 표정이 독해졌다. 그녀는 급히 자세를 고쳐 잡고 몸을 아래로 내렸다. 똑같은 사람, 똑같은 헌터. 싸우고 싶지는 않았지만 죽고싶은 마음도 없다. 죽지 않으려면 이 상황을 타개해야 한다.

상대를 죽여야 한다.

"알아?"

단장이 소곤거렸다.

"헌터라는 것들은 말이야. 무기 쥐고, 몬스터 찌르고, 몸 썰고, 목 자르고… 맨날 피투성이가 되거든. 야, 내가 이런 말은 쪽팔려서 별로 하고 싶지 않은데, 응? 몬스터도 따지고 보면 생명이잖아."

단장은 쉬도때도 없이 떠들었다. 우현은 그 말을 무시하며 파브니르를 휘둘렀다.

까앙!

가로막힌다. 스위치를 계속해서 바꾼다. 우현이 스위치를 바꾸는 것처럼, 단장도 스위치를 바꿨다. 우현이 생각하는 것은 단장도 똑같이 생각했다. 단장이 보는 것은 우현도 똑같이 보았다. 서로의 틈이 틈이 아니게 되었다.

"그런 몬스터 마구잡이로 잡아 죽였던 것들이, 이상하게 사람은 잘 못 죽이거든. 사람이 사람을 죽이려 한다는 것을 알면 덜덜 떨고… 같은 사람 상대로 무기 못 휘두르고. 대부분의 놈들이 그래."

쐐액!

유들거리는 말 사이로 공격이 들어왔다. 매섭게 찌르는 송곳이 우현의 가슴을 노렸다. 발을 옆으로 뺀다. 발목을 비틀고, 상체를 뒤로 기울이고. 불안정한 자세지만 유지한다. 송곳이 가슴을 스쳤다. 아래로 내려간 파브니르가 매섭게 위로 솟구쳤다.

"그런데 너는."

단장의 목소리가 식었다. 단장은 우현의 공격을 받아내지 않았다. 그는 몇 걸음 뒤로 물러서는 것으로 우현의 공격 궤적에서 벗어났다. 덥네. 단장은 그렇게 생각하면서 검자루로 투구를 두드렸다.

"참, 이상하단 말이야. 투기 다루는 것도 그렇고, 밸런스 맞추는 것도 그렇고. 그래, 뭐 그 정도는 이해할게."

단장의 몸이 낮아졌다.

"그런데 난 몬스터가 아니잖아."

가속이다. 알아차렸고, 반응했다. 정답이었다.

꽈앙!

검과 검이 부딪힌 것이라고는 믿을 수 없는 굉음이 울렸다. 파브니르를 잡은 손이 욱신거렸다. 밀어붙인 검이 우현의 코앞까지 다가왔다. 파브니르가 내뿜는 화끈한 열기에 얼굴이 익는 기분이었다.

"난 몬스터가 아닌데… 사람인데. 너는 별 동요를 하지 않는군. 공격도 매서워. 맞는다면 죽을 거야. 죽을 수밖에 없지, 그렇게 큰 검을 휘두르는데."

단장이 소곤거렸다. 우현은 뿌득 이를 갈며 팔에 힘을 주었다. 끼긱거리는 소리와 함께 검이 뒤로 밀려났다. 양 손으로 검을 받아내고 있는데도 힘에서 밀린다. 저쪽은 한 손인데. 투기의 양에서 차이가 나는 것이다. 밸런스를 맞추는 것에 밀린다는 생각은 하지 않는다. 이 세계에서 헌터의 역사는 고작해야 삼 년. 놈이 말하기를, 스위치를 떠올린 것은 S급이었을 때라고 했다. 오래 전이라고 해 봐야 1년도 안 되었겠지.

반면에 우현은 몇 년 동안 스위치를 익혔고, 그를 사용해왔다. 투기를 다루는 것이 놈보다 밀린다는 생각은 하지 않는다. 머신이 다를 뿐이다. 드라이버의 실력이 달라도 머신의 차이가 크다면 거리를 좁힐 수 없다.

"네가 해리를 죽였지?"

끼긱거리는 금속음 속에서 단장이 물었다. 우현은 대답하지 않았다. 나는 지금 어떤 표정을 짓고 있을까. 문득 든 생각을 무시했다. 가슴 속이 끓는 기분이었다. 나만의 것이라고 생각했는데. 내가 다른 사람에게 알려주는 것은 상관없다. 나에게 비롯된 것이니까.

그런데 다른 녀석이 나와 똑같은 것을 생각했고, 그를 사용하고 있다는 것. 그것은 우현으로서는 처음 느껴보는 감정이었다.

"네가 죽였구나."

단장이 중얼거렸다. 무리도 아니지. 단장은 우현에 대한 생각을 고쳐먹었다. 처음 우현에 대한 이야기를 들었을 때만 해도, 운이 좋고, 재능이 있고. 그런 놈이라고 생각했다. 네임드 몬스터를 만난 것은 운이다. 네임드 몬스터에게서 마석이 나온 것도 운이다. 다만 네임드 몬스터를 잡은 것은 실력이다. 하지만 그렇게 생각하면서도 우현이 가진 경력은 얕잡아 보았다.

하지만 지금은 아니다. 꼭 죽여야 한다면, 지금 죽여야 한다. 놈은 위험해. 세 달 사이에 이렇게까지 강해졌는데, 앞으로 몇 달이 더 흐른다면?

'끔찍하네.'

악연으로 시작한 관계야. 지금 끊어두지 않는다면 나

중에 좆같아져. 단장의 눈이 차갑게 식었다. 해리를 죽인 장본인이건 말건 더 이상 중요하지 않다. 그냥, 위험하니까. 지금 죽인다. 애초에 이렇게 시작하지 않았더라면 죽일 필요도 없었을 텐데. 그건 어쩔 수 없는 거지, 나는 돈받고 의뢰 받은 대로 하는 거니까.

"계속 버틸래?"

단장은 손에 힘을 풀었다. 동시에 그는 거리를 벌리기 위해 뒤로 밀려났다. 단장의 검을 받아내며 힘을 주고 있던 우현의 표정이 순간 흔들렸다. 나는 몬스터가 아니거든. 사람이지. 단장은 균형을 잃고 비틀거리는 우현을 향해 소곤거렸다. 왼 손에 쥔 에스톡이 빙글 돌았다.

피슉!

내지른 에스톡이 옆구리를 스쳤다. 갑옷과 갑옷의 이음새를 정확히 파고든 공격이었다. 늦게라고 몸을 돌리지 않았다면 복부에 박혔을 것이다.

"네가 버텨도 별 소용은 없을 걸."

단장이 중얼거렸다. 비명이 들렸다.

"다른 놈들은 너처럼 못 버틸 테니까."

비명을 지른 것은 김현우였다. 그는 잘린 다리를 붙잡고 땅을 뒹굴었다.

"아으윽!"

절단면이 불로 지진 것처럼 화끈거렸다. 끈적거리는

피가 후둑거리며 떨어졌다. 그런 김현우를 서커스의 단원들은 감흥없는 얼굴로 내려 보았다. 그래도 오래 버텼다. 네 명을 상대로 몇 분은 버텼으니 칭찬해 주어야 한다. 물론, 칭찬은 입술 바깥으로 나오지 않았다.

"새끼가 귀찮게 하네."

"죽여. 갑옷 벗길 시간 없다. 죽이고 아공간에 넣어."

짜증 가득 담긴 목소리로 의견을 나누었다. 김현우는 흐려진 정신 속에서도 판데모니엄 내에서 사용되는 악마어를 저주스럽게 여겼다. 저런 끔찍한 이야기가 그대로 귀에 꽂힌다는 것. 김현우의 몸이 덜덜 떨렸다.

"현우야!"

하정환이 비명처럼 김현우의 이름을 불렀다. 김현우는 대답하지 못했다. 하정환 역시, 김현우를 챙길 정도로 여유로운 상황은 아니었다. 그도 김현우처럼 네 명의 서커스 단원들을 상대하고 있었다. 조금 시선을 돌린 순간을 놓치지 않고 공격이 들어왔다. 하정환은 기겁하면서 몸을 뒤로 뺐다.

촤악!

휘두른 검이 흉갑을 스치고 하정환의 가슴을 그었다. 다행히 피부만 베였을 뿐이지만 쓰라린 통증이 정신을 순간 뒤흔들었다.

"오빠!"

외친 즉시, 박희연은 몸을 날렸다. 하정환이나 김현우를 돕기 위해서는 아니었다. 당장 그녀가 처한 위기를 넘기기 위해서였다. 조금 잘린 머리카락이 나풀거렸다. 미용실 다녀온지도 얼마 안 됐는데.

정민석은 무력감을 느꼈다. 그는 다섯 명의 단원들을 상대하고 있었지만, 그들 중 누구 하나 쓰러트리지 못했다. 버티고 있는 것이 고작이었다. 이대로 가다가는 몰살이다. 그런 불길함을 삼키면서 정민석은 어떻게든 상황을 타개하려 했으나,

그에게는 무리였다. 모두가 불리했고, 모두가 위기였다. 선하는 숨을 헐떡거리며 뒤로 물러섰다. 몬스터를 상대하는 것과는 다르다. 상대는 같은 인간이었고, 인간 중에서 특히 인간을 죽이는 법을 잘 알고 있는 이들이었다.

"봐, 못 버티잖아."

단장이 소곤거렸다. 우현은 피가 흐르는 옆구리를 손으로 감싸 쥐었다. 괜찮아. 깊이 베이지는 않았어. 조금 스쳤을 뿐이야. 관통된 것도 아니고.

하지만 다른 사람들은?

"야, 너무 그런 눈으로 보지 마. 나도 마음 아파. 파릇파릇한 어린 새싹 짓밟는 것을 좋아하는 사람이 어디 있겠냐. 나는 그렇게 가학적인 사람이 아니라고."

단장은 그렇게 중얼거리면서 에스톡을 빙글 돌렸다. 우현의 피가 튀었다.

"하지만 뭘 어쩌겠냐? 받은 만큼 일은 해야지. 헌터는 돈 보고서 몬스터 잡잖아. 그치? 잡힌 적 없는 네임드 몬스터는 시간 지나서 현실에 나타난다. 그러니 몬스터를 잡아야 해! 현실 세계가 위험해! 지랄, 제패니즈 애니메이션도 아니고."

단장은 낄낄거리며 웃었다.

"돈 많이 버니까 몬스터 잡는 것 아냐. 목숨 걸고. 아냐? 요즘 애새끼들 되고 싶은 직업 1순위가 헌터인거. 새끼들이 편하게 돈 벌려고… 헌터가 돈 많이 버니까. 위험한 줄 모르고 되고 싶다고 징징거려. 되고싶다고 되는 것도 아닌데."

성큼거리며 단장이 다가왔다.

"그러니까, 뭐냐면. 결국 돈이라는 거야. 헌터가 몬스터 잡는 것도. 애새끼들이 헌터 되고 싶어하는 것도. 내가 너 죽이려는 것도. 네 친구들 죽으려는 것도. 내 부하들이 네 친구들 죽이려는 것도. 다, 돈 때문이라고. 좆같지? 어쩔 수 없어, 돈이 최고거든."

자본주의잖아.

"교회 많이 다녔냐? 다녔으면 천국 가겠지. 안 다녔으면 지옥 갈 것이고. 그것까지는 내 알 바 아니고, 죽어서

억울하면 귀신 되던가… 그렇게 해. 원망하지 말라는 말은 안 할테니까."

새끼가.

말 존나 많네.

비명소리, 칼이 부딪히는 소리. 금속의 소리. 두근거리면서 심장이 뛰는 소리. 바짝 날이 선 정신이 그 모든 것을 들었다. 단장의 목소리와, 그의 낄낄거리는 웃음이 우현의 귀에 멤돌았다. 돈이라. 그래, 확실히 그것도 있지. 헌터는 돈을 많이 벌거든. 아주 많이. 나도 옛날에는 돈이 좋아서 몬스터 잡았어. 돈 싫어하는 사람이 어디 있어? 늘어나는 통장 잔고랑, 사고싶은 것 다 사도 여유로운 지갑과, 멋진 스포츠카와… 좋은 집. 비싼 시계. 좋다고 다리를 벌리는 여자. 뿌리는 돈, 돈.

"교회 다닌 적은 없는데."

우현이 중얼거렸다. 그는 옆구리를 감싸던 손을 꽉 쥐었다. 아공간이 열리는 것에 소리는 동반되지 않는다. 아공간이라고 해 봐야 헌터의 의식으로 열리는 것이고, 타인은 그 안을 엿볼 수 없다. 마치 도라에몽의 주머니처럼, 손을 집어 넣으면 원하는 것이 잡힌다.

뜨거운 무언가가 우현의 손 안에 잡혔다. 우현은 헐떡거리는 숨을 내쉬었다. 단장이 들을 수 있도록. 단장이 들으라고. 피가 제법 많이 흘렀다. 딱 좋군. 적당한 현기

증. 머리가 아프지는 않았지만, 그를 가장했다. 단장이 볼 수 있도록.

"…얼마나 받았냐?"

"알아서 뭐하게?"

별로 궁금하지는 않아. 시간 끄는 거거든. 우현은 손에 잡힌 마석을 흡수하기 시작했다. 전투 도중, 투기가 고갈되었을 때. 그를 대비하여 만들어 둔 것인데, 이렇게 사용하게 될 줄은 몰랐다. 미리 준비해두기를 잘했어. 우현은 단장의 얼굴을 노려보면서 생각했다.

돈이라.

단장이 떠벌리던 말이 새삼 우스워졌다. 돈을 위해서 몬스터를 잡는다. 그래, 나도 예전에는 그랬지. 하지만 지금은 잘 모르겠어. 죽어서 원망하라고? 사실, 나는 따지고 보면 이미 죽은 몸이거든. 그래서 돈이 어쩌고 하는 네 말에 완전히 공감할 수 없는 거야. 우현은 옆구리를 감싸고 있던 손을 들었다. 피에 젖은 손을 털고, 파브니르를 잡았다.

"더 하게?"

단장이 눈썹을 씰룩거렸다. 우현은 대답하지 않고 호흡을 조절했다. 투기를 다루는 쪽은 내 쪽이 위야. 당연하지. 내가 놈보다 더 오래 묵었거든. SS급 헌터를 잡았다고, 박희연이 그렇게 말했었다. 확실히 그 정도는 되겠네. 당연한 문제다. 놈들은 사람을 죽이는 것에 특화되어 있으니까. 아무리 강한 헌터라고 해도, 상대가 사람이라면 조금 머뭇거릴 수밖에 없지.

하지만 나는.

"어."

땅을 박찼다. 검을 뒤로 들었다. 사람을 죽이는 것이 처음이 아니라서 다행이야. 우현은 진심으로 그런 생각을 했다. 이전에 사람을 죽이지 않았더라면 분명 망설였을 테니까.

'어?'

뭔가 이상한데. 뭐이리 빨라? 단장은 자신도 모르게 검을 들었다. 본능적인 방어의식이었다. 그리고 그것은 옳았다. 꽈앙! 단장의 몸이 뒤로 크게 밀려났다. 그는 경악한 눈으로 우현을 바라보았다.

"너 이 새…."

끝까지 듣지 않는다. 왜냐하면, 시간이 없으니까. 신호탄이 터진지 시간이 조금 흘렀지만 아직 다른 헌터들은 오지 않았다. 그러니, 이쪽에서 빨리 끝내야 돼. 내가 늦을수록 다른 사람이 더 위험해지니까.

카각!

검을 비틀어 뽑았다. 단장의 몸이 휘청거리며 밀려났다. 스위치에서 스위치. 내가 할 수 있는 것은 놈도 할 수 있어. 내가 볼 수 있는 것은 놈도 볼 수 있어. 마석을 하나 흡수한 것으로 머신의 스펙을 높였다. 이제는 놈과 동등해. 머신이 같아진다면, 그 다음은

드라이버의 역량이다. 우현은 검을 바꿔 쥐었다. 쌍검이라. 커다란 외날검, 그리고 에스톡. 에스톡은 사람을 쉽게 죽이기 위해 바꿔 쥔 것이겠지. 그렇다면 네가 원래 쓰는 무기는 뭐지? 원래부터 쌍검인가? 상관없어. 에스톡은 찌르는 것밖에 할 수 없는 무기니까. 네가 그 무기에 얼마나 익숙해져 있다고 해도, 상관없어.

내가 너보다 익숙하니까. 우현은 칼자루를 잡은 손을 벌렸다. 검을 아래로 내린다. 칼자루를 어떻게 쥐느냐에 따라 검은 전혀 다르게 움직인다. 무게가 다르고, 충격이 다르다. 알아? 내가 대검을 얼마나 오래 쥐고 있었는지. 김호정이라는 새끼는 대검만 존나 휘둘렀거든.

정우현도 똑같아.

콰직!

묵직한 일격이 내리 꽂혔다. 대검은 무거워. 크지. 위에서 아래로, 내리 찍을 때. 단장의 무릎이 굽혀졌다. 간신히 공격을 받아낸 외날검이 부들거리며 떨렸다. 에스톡을 써서 검신을 받치고 있었지만 힘이 제대로 들어가지 않는다.

계속 버텨 봐.

단장의 몸이 계속해서 밀려났다. 망나니의 검무처럼, 우현의 검은 멈추지 않았다. 시뻘건 참격과 열기가 공기를 불태웠다. 대체 뭐야? 단장은 스위치를 계속해서 바꾸며 우현의 공격을 받아냈지만, 좀처럼 공세를 바꾸지는 못했다. 단장은 혼란스러웠다. 방금 전까지만 해도 이쪽이 우세했는데. 분명 내쪽이 몰아 붙이고 있었는데.

"너."

우현이 입을 열었다. 우현의 검이 위로 올라갔다. 단장은 급히 몸을 튕겨 앞으로 달려들었다. 무리를 해서라도 공격을 넣어야 한다고 생각했기 때문이다. 흐름을 뒤집으려면 무리를 할 수밖에 없다.

"이거 할 수 있냐?"

다가오는 단장을 향해 우현이 소곤거렸다. 투기를 불어넣는다. 계속, 계속. 불어넣은 투기가 뭉치고 압축된다. 스위치가 생각해낸다면 누구나 쓸 수 있는 기술인 반면에, 이것은 우현밖에 쓸 수 없는 기술이다. 지금 당장 큰 위력을 낼 수는 없지만, 몬스터에게서 마석을 뽑아내는 능력을 가진 우현이기에 이 기술은 무한하게 성장할 수 있다.

투기를 최대한 몰아넣어서, 압축해서.

그렇게 휘둘러.

위험해.

본능이 경고했다. 오랫동안 헌터로, 그리고 고스트 헌터로 살아 온 경험이었다. 여기서 더 나가면 죽는다. 불확실한 예감이었지만 단장은 본능의 경고를 무시하지 않았다. 그는 공격을 포기했다. 에스톡을 놓았다. 놓은 왼 손을 써서 양 손으로 외날검을 잡았다. 그리고 그것을 높이 올렸다. 검을 막아내기 위해. 그렇게 하면서, 다리에 힘을 주었다. 몸을 뒤로 뺐다.

부질없는 일이었다.

파브니르는 살아 움직이는 불꽃이 되어 있었다. 압축에 압축을 더한 투기는 투명한 막이 되어 파브니르를 감쌌다. 그럼에도, 열기는 주변을 통째로 태울 것처럼 강렬했다. 내리찍는 검은 하늘에서 떨어지는 낙뢰와 같았고, 닿은 모든 것을 박살내고 또 베어내는 힘을 품고 있었다.

천천히, 천천히. 단장은 시간이 느려지는 것을 느꼈다. 그가 들어 올린 검이 파브니르와 닿았다. 금속과 금속이 부딪히는 쇳소리는 나지 않았다. 그저, 단장의 검은. 파브니르가 떨어지는 대로 베어졌을 뿐이다.

'미친.'

단장은 검을 놓았다. 현명한 판단이었다. 받아내는 것이 무의미하다. 차라리 최대한 거리를 벌리는 편이 낫다. 검을 놓은 단장은 급히 몸을 뒤로 뺐으나,

화끈거리고, 또 강렬한 통증을 느꼈다.

"으아악!"

단장의 몸이 뒤로 넘어갔다. 일직선으로 떨어진 파브니르는 단장의 외날검을 썰어버리는 것과 동시에 그의 몸을 길게 내리 그었다. 그가 입은 두꺼운 갑옷은 두부처럼 베였고 가슴에서 배까지 길게 내리 그은 상처는 열기로 지져져 피도 흐르지 않았다. 단장은 목이 찢어져라 비명을 질렀다. 내장이 상할 정도로 깊게 베이지는 않았으나 치명상이라 하기에 충분했다.

"단장!"

다른 이들을 공격하고 있던 서커스의 단원들이 기겁하여 단장을 돌아보았다. 말도 안 되는 일이 일어났다. 고작해야 B급 헌터의 애송이가, S등급 헌터였고 그 이후로 더 강해진 서커스의 단장을 쓰러트린 것이다. 선하를 상대하고 있던 여자가 경악한 얼굴로 우현 쪽을 보았다.

새끼, 피했네. 감이 좋아. 우현은 그렇게 생각하면서 단장을 끝내기 위해 움직였다.

"막아!"

여자가 고함을 질렀다. 서커스의 단원들이 상대하던 이들을 무시하고 우현을 덮쳤다. 우현은 까득 이를 갈며 검을 들었다.

우현이 휘두르는 파브니르는 재앙과 같았다. 마주 닿

는 무기가 박살났고 잘려나갔다.

"아악!"

검에 스친 이들은 피조차 흘리지 못하고 땅을 나뒹굴었다. 그러는 사이에 단장에게 달려온 여자가 그의 몸을 부축했다.

"단장, 괜찮아요?"

"…빼."

단장이 중얼거렸다.

"네?"

여자가 당황하여 물었다. 단장은 투구 너머로 숨을 헐떡거리면서 다시 뱉었다.

"애들 빼라고…!"

단장의 말에 여자가 표정을 굳히고서 말을 전달했다. 단장은 비틀거리며 일어섰다. 그는 땅에 굴러다니는 자신의 외날검을 보고서 얼굴을 일그러뜨렸다. 칼이 베였다. 부러진 것이 아니라, 베여서 잘렸다. 그런 일이 가능하리라고는 생각도 해 본 적이 없었다.

"…너, 이 새끼…."

단장은 뿌득 이를 갈며 내뱉었다. 슬금거리며 물러서는 단원들을 보면서 우현은 숨을 몰아쉬었다. 살이 익는 냄새, 피가 타는 냄새가 코끝을 맴돌았다. 단장은 그런 우현의 얼굴을 노려보면서 덜덜 떨리는 손을 들었다.

죽을 뻔 했다. 몸을 빼는 것이 조금만 뒤로 늦었어도. 무기를 놓는 것이 조금만 늦었어도, 몸이 둘로 썰렸을 것이다. 그렇지 않다면 칼날이 내장까지 들어왔던가. 파브니르가 조금만 더 깊이 들어왔어도 죽었겠지. 내장이, 피가 통째로 끓었을 테니까.

하지만 얕게 베여서 다행이다. 살이 지져진 탓에 피는 흐르지 않는다. 단장은 꽉 주먹을 쥐었다. 대체 뭐지? 이해할 수가 없었다. 사람이 완전히 달라진 것 같았다. 아까까지만 해도 제법 강하기는 했지만, 감당하지 못할 정도는 아니었는데. 갑자기 상대하기가 힘들어졌다. 아니, 힘들어진 정도가 아니라… 압도당했다.

"단장, 괜찮아요?"

여자가 소곤거리며 물었다. 괜찮기는. 지금도 기절할 것처럼 아프다. 단장은 숨을 몰아 쉬면서 손을 쥐었다 폈다. 설마 이렇게 될 줄이야. 이런 변수는 조금도 생각하지 않았다. 상대는 고작해야 B급 헌터 다섯이고, 거기에 A급 하나 껴있는 것이 고작인데. 그런데, 그런데… 단장의 얼굴이 일그러졌다. 내가 B급한테 졌다고? S급이었던 내가? SS급이던 루돌프의 길드 마스터도 죽인 내가?

"…도망친다."

단장이 내뱉었다. 지금 상황에서 교전을 더 이어가서 이쪽이 얻을 수 있는 것은 없다. 신호탄이 터진 이상 언제라도 협회 소속의 헌터들이 들이닥칠지도 모르는 일이다. 그렇게 됐다가는 진짜 끝이다. 도망치는 것이랑, 붙잡히는 것은 전혀 다른 문제다.

"부상자는?"

"걸을 수 없는 놈은 버리고 가."

단장은 당연한 얼굴로 대답했다. 그 대답에 반발은 없었다. 괜히 부상자 챙긴다고 움직임 느려졌다가는 전부 붙잡힐 뿐이다. 단장은 몸을 미련없이 몸을 돌렸다. 우현이 굳은 얼굴로 앞으로 나서려 하자, 단장이 내뱉었다.

"왜, 계속 하게?"

단장이 머리를 돌렸다. 그는 투구 너머로 눈을 번뜩이며 우현을 노려봤다.

"너는 몰라도 다른 새끼들은 내가 다 죽일 자신 있거든. 그래도 해 볼래?"

단장이 내뱉는 말에 우현은 작게 혀를 찼다. 단장의 말이 맞았다. 우현이 아무리 단원들을 붙잡아도, 우현은 결국 혼자다. 게다가 단장은 부상을 입기는 했지만 몸을 못 움직일 정도는 아니다. 그가 진짜 죽으려고 마음 먹고 덤벼든다면, 우현은 몰라도 다른 사람들 중 하나는 죽을 지도 모른다. 우현은 뒤를 힐끗 보았다. 김현우가 잘린 다리를 붙잡고 신음을 흘리고 있었고, 하정환은 베인 어깨를 잡고서 주저앉아 있었다. 선하와 박희연, 정민석도 지친 얼굴로 이쪽을 보고 있었다. 우현은 슬며시 한 걸음 뒤로 물러섰다.

"…가라."

우현이 내뱉었다. 마음 같아서는 이곳에서 단장을 죽이고 가고 싶었지만, 그렇게 될 때에 이쪽이 짊어져야 할 위험이 너무 많다. 게다가 보는 눈이 많아. 이쪽에 부상자가 있는데 도망치는 놈을 굳이 쫓아 죽일 필요는 없다. 정민석이 생각하기에도 그랬다. 서커스는 협회의 오랜 적이고 반드시 잡아 끝을 봐야 하지만, 당장은 부상자가 먼저다.

'게이트 쪽에도 협회 소속의 헌터가 있을 테니까…'

그를 기대할 수밖에 없나. 하지만 그것에 대한 대비는 되어 있겠지. 대비가 되지 않았다면 이런 과감한 범행을 저지를 리도 없으니까. 뒤로 물러서면서, 여자는 아공간을 열어 신호탄을 꺼냈다. 새빨간 색의 연기가 하늘로 솟구쳤다. 흩어진 서커스의 단원들에게 퇴각 명령을 내리는 것이다.

"너."

우현은 멀어지는 단장의 등을 보면서 내뱉었다. 그 말

에 단장이 머리를 돌려 우현을 보았다.

"다음에 또 보자."

다음에 만나면 죽인다. 그런 말은 굳이 하지 않았다. 굳이 말을 하지 않아도 알 테니까. 우현의 시선에 단장은 눈을 끔벅거리다가 보란 듯이 어깨를 부르르 떨었다.

"…어이구, 무서워라."

다음에 만나면 죽을 지도 모르겠군. 단장은 진심으로 그렇게 생각했다. 적어도 아까 전의 교전에서 압도되었던 것은 그쪽이었으니까. 이것 참, 알 수가 없는 일이네. 대체 무슨 일이 벌어진 거야? 그는 혀를 차며 몸을 돌렸다. 우현은 우두커니 서서 서커스가 이탈하는 것을 노려보았다. 그들이 멀어지고 나서야 우현은 몸을 돌렸다.

이쪽의 부상자를 제외하고서, 서커스의 단원 넷이 남아있었다. 부상을 입은 놈들이었다. 우현의 검에 팔이 잘리고, 몸이 베이고. 셋은 거의 죽어가고 있었고 팔이 잘린 한 명만이 그나마 숨이 붙어 있었다. 우현은 그들을 힐끗 보다가, 자신의 일행 쪽을 보았다.

"…괜찮습니까?"

우현이 한숨처럼 물었다. 그는 하정환 쪽을 보았다. 어깨가 베인 그는 그래도 상태가 양호했다. 위험한 것은 김현우였다. 그는 잘린 다리를 붙잡고 후욱거리며 숨을 몰아뱉고 있었다. 피가 웅덩이를 만들었고 그의 얼굴은 창백하게 질려 있었다. 박희연이 어쩔 줄 몰라하며 김현우에게 다가갔다.

"…너는 괜찮아?"

선하가 물었다. 그녀는 얼굴을 타고 흐르는 땀을 손으로 털어내면서 물었다. 우현은 무겁게 머리를 끄덕거렸다. 옆구리의 상처는 가볍게 스쳤을 뿐이다. 피가 흐르고는 있지만, 위험한 정도는 아니다. 정민석은 김현우에게 다가가 그의 상처를 살폈다. 그의 다리는 깔끔하게 잘려있었다. 붙일 수 있을까. 정민석은 일단 김현우의 다리를 수습했다. 정민석은 GPS를 꺼냈다.

"…그나마 다행이군요. 세이브 포인트와 거리가 크게 멀지는 않습니다."

"이동하는 것보다는 이곳에서 기다리는 편이 낫겠군요."

우현이 대답했다. 이동 중에 몬스터의 습격을 받는다면 난감하다. 차라리 이곳에서 협회의 헌터들이 오는 것을 기다리는 편이 낫겠지. 우현은 검을 쥐었다. 그는 박희연과 선하 쪽을 보았다.

"그나마 상태가 양호한 것은 저희 쪽이니, 호위를 서야겠습니다."

"…네."

냉정하군. 정민석은 내심 감탄하며 판단을 내리는 우현

을 바라보았다. 서커스의 습격을 겪었고, 이쪽에 부상자가 생겼다. 동요하는 것이 당연한데도 우현은 그를 보이지 않고 있었다. 오히려 상황을 주도하며 판단을 내리고 있다.

10분 정도 흐르고서, 협회 소속의 헌터들이 도착했다. 정민석에게 상황의 설명을 들은 그들은 굳은 얼굴로 김우현을 들것 위에 올렸다. 다시 이동이 시작되었다. 우현은 다른 협회 소속의 헌터들과 함께 몬스터의 습격을 대비했다.

"…심사에 대해서는."

세이브 포인트에 도착하고서, 정민석이 입을 열었다. 그는 난감하다는 얼굴이었다. 다른 협회 소속 헌터에게 듣기를, 다른 팀들 중 이렇게까지 세이브 포인트에 근접한 팀은 아직 없다고 했다. 1/3의 인원이 첫날 밤을 넘기지 못하고 탈락했고, 그리고 둘째날에 거기서 다시 1/3이 탈락했다고 한다. 애초에 심사는 선착순이었지만, 남은 팀이 너무 적은 탓에 세이브 포인트에 도착만 해도 합격일 정도였다.

"…일단, 규정상으로는 탈락입니다만… 아마 그렇게 처리하지는 않을 겁니다."

정민석은 머리를 돌렸다. 그는 들것에 실려있는 서커스의 단원들을 바라보았다. 그 중 그나마 상태가 멀쩡한 놈은 발악이 심하여 기절시켰고, 남은 셋은 협회 측 헌터가 손을 쓰기는 했지만 상처가 너무 심해 죽어가고 있었다.

"…서커스의 단원을 사로잡았다는 것은 큰 공이니까요. 제 쪽의 증언도 듣겠지만, 상황이 어쩔 수 없었고 우현씨의 반격이 정당방위였으니… 큰 문제는 없을 겁니다."

정민석의 말에 우현은 내심 한숨 돌렸다. 이틀간 던전에서 그 고생을 했는데 실격당한다면 억울했을 테니까. 정민석은 무거운 한숨을 쉬면서 머리를 벅벅 긁었다.

"…그러면, 일단 밖으로 나가죠."

게이트 밖으로 나갔다.

"나중에 따로 연락을 드리겠습니다. 오늘은 이만…."

정민석의 말에 우현이 머리를 끄덕거렸다. 그는 선하를 힐끗 보다가, 박희연 쪽을 보았다. 그녀는 입술을 잘근 깨물고서 김현우가 실린 들것 옆에 서있었다.

"희연씨."

우현의 부름에 박희연이 머리를 돌렸다. 우현은 창백하게 질린 박희연의 눈에 어린 증오를 보았다. 그는 한숨을 쉬며 박희연 쪽으로 다가갔다.

"…이번 일은…."

"우현씨가 사과할 일은 아니죠."

박희연이 딱딱하게 굳은 목소리로 대답했다.

"서커스가 우현씨를 노렸다는 것. 누가 우현씨를 서커스에 의뢰했는지는 모르겠지만… 거기에 얽혀 생긴 일이라고 해도, 우현씨가 사과할 일은 아니에요."

박희연은 머리를 흔들었다.

"우현씨와 같은 팀이 되기를 희망했던 것은 제쪽이에요. 우현씨가 책임을 느낄 필요는 없어요. 그러니까… 괜히 죄책감은 갖지 마세요."

"…하지만…."

"제 선택으로 일어난 일이에요."

박희연이 내뱉었다.

"현우 오빠도, 정환 오빠도. 제 판단에 따랐고, 그래서 이런 일을 겪은 거니까. 그러니까. 우현씨는 미안하다고 하지 말아요."

박희연은 흔들림없는 목소리로 말했다. 목소리에 실린 고집에 우현은 묵묵히 머리를 끄덕거렸다. 대신, 그는 박희연 쪽으로 손을 뻗었다. 박희연은 뻗은 우현의 손을 보고 머리를 갸웃거렸다.

"…뭐에요? 악수?"

"핸드폰 좀 빌려주십시오."

"…핸드폰?"

박희연이 머리를 갸웃거렸다.

"네."

우현이 머리를 끄덕거리자, 박희연은 별 생각없이 아공간을 열어 자신의 핸드폰을 꺼내 우현에게 건네주었다. 우현은 박희연에게서 받은 핸드폰의 액정을 켰다. 비밀번호는 걸려있지 않았다. 시간은 3시가 다 되어가고 있었다. 그것을 보고서, 우현은 핸드폰에 자신의 번호를 눌렀다.

"…뭐에요?"

핸드폰을 돌려받은 박희연은, 액정에 떠있는 우현의 번호를 보면서 머리를 갸웃거렸다.

"저장도 해 줘야 합니까?"

우현이 되물었다. 그 물음에 박희연은 눈가를 살짝 찡그리고서 머리를 저었다.

"그런 뜻이 아니라, 이게 뭐냐고요."

"제 번호입니다."

우현이 대답했다.

"나중에 밥이라도 한 끼 살 테니까. 시간 나면 연락해 주십시오."

그 말에 박희연은 눈을 깜박거리며 우현을 보았다. 그녀의 입술이 멍하니 벌어졌다. 저런 반응이니 말을 한 이쪽이 더 부끄럽군. 더 멋있게 말했어야 하나? 미안해서 밥 한끼 사겠다는데, 뭐, 부끄러울 것도 없지. 우현은 그렇게 생각하면서 머리를 끄덕거렸다.

풋, 하고 박희연이 웃었다.

"저, 입맛 되게 까다로워요."

"저는 돈 많이 법니다."

"그리고 보기와는 달리 많이 먹고."

"저도 많이 먹습니다."

우현의 대답에 박희연은 키득거리면서 웃었다.

"알았어요."

그녀는 우현의 번호를 저장하고서 핸드폰을 집어넣었다.

"그러면, 다음에 제가 연락을 드릴게요."

"던전에 들어가 있을 지도 모르니… 전화기가 꺼져있다면, 문자를 남겨 주십시오."

"네, 네. 이만 들어가 보세요. 저는 조금 더 여기에 있어야 할 것 같으니까."

박희연의 말에 우현은 몸을 돌렸다. 그는 이쪽을 보고 있는 선하를 향해 다가갔다. 묘하다는 듯이 우현을 흘겨보던 선하가 몸을 돌렸다. 우현은 손을 뻗었다. 우현의 손이 어깨에 닿자, 선하가 흠칫 놀라 우현을 돌아보았다.

"…뭐야?"

"아니, 흙 묻었길래."

우현은 그렇게 말하면서 선하의 머리카락에 묻은 흙을 털어주었다. 우현의 행동에 선하는 무어라 말을 하려 입술을 열었다, 곧 그것을 뻐끔거리며 다물었다. 그녀는 푹 숙인 머리를 좌우로 흔들었다.

"…헷갈리게 하지 마."

"…뭐?"

"아무 것도 아니야."

선하는 입술을 삐죽거리며 중얼거렸다.

판데모니엄을 나와 집으로 돌아왔다. 거실은 깔끔하게 정리되어 있었고, 음식의 냄새가 났다. 머리를 돌리니 식탁에 앉아있는 시헌과 민아가 눈에 들어왔다. 피자를 들고 눈을 깜박거리던 시헌이 몸을 일으켰다.

"형…?"

우현의 옆구리에 흐르는 피를 본 것이다. 민아 역시 그것을 보고 놀란 소리를 냈다.

"오빠! 괜찮아요?"

민아가 급히 우현에게 다가왔다. B급 심사가 난이도가 높다고는 들었지만, 우현이 상처를 입을 줄은 상상도 하지 못했기 때문이다. 둘에게 있어서 우현은 B급 그 이상의 헌터였다. 우현은 걱정스런 얼굴을 하는 민아와 시헌을 보면서 쓰게 웃었다.

"괜찮아. 긁힌 정도니까."

살이 찢어지기는 했지만 이 정도는 괜찮다. 투기를 치유 쪽으로 돌린다면 내일이 되기 전에 다 나을테니까. 지금도 피는 완전히 멎어 있다. 우현은 슬쩍 걸음을 뒤로 물리며 시헌과 민아랑 거리를 벌렸다.

"몸에서 냄새가 좀 심하거든. 샤워 먼저 할게."

이야기는 그 나중이다. 의식하고 싶지 않아 무시했지만, 우현과 선하의 몸에서는 지독한 악취가 풍기고 있었다. 고온 속에서 갑옷을 입고 험하게 움직인 덕에 땀도 많이 났고, 밤에는 라이칸슬로프의 가죽을 머리부터 뒤집어쓰고 있던 덕분이다. 그래도 한결 낫군. 에어컨이 켜진 거실이 천국처럼 느껴졌다.

선하는 1층 욕실로, 우현은 2층 욕실로 향했다. 우현은 벗은 갑옷의 정비를 미루고 곧바로 욕실로 들어갔다. 그는 온수를 키고 몸에 냄새가 나지 않을 때까지 깨끗이 샤워를 했다. 몸이 개운해지니 정신도 맑아지는 기분이었다.

의뢰.

단장이 했던 말이 떠올랐다. 누군가가 돈을 주고 우현을 죽이려고 했다. 우현을 정확히 노려서, 그렇게 의뢰했다. 도대체 누가? 우현의 눈이 가늘어졌다. 누군가에게 그 정도로 큰 원한을 산 기억은 없다. 우현은 자신이 만났던 이들, 그리고 자신에게 원한을 가질법한 이들을 떠올려 보았다.

가장 먼저 떠오른 것은 황주원이었다. 23번 던전, 바바론가를 레이드하기 전에 파티원으로 들였던 D급 헌터. 직접적인 원한이라고 해 봐야 그 정도로군. 하지만 황주원일 리가 없다. 저만한 집단을 움직이게 하는, 그것도 협회와 정면으로 반하는 의뢰인데 의뢰금도 어마어마하겠지. 황주원이 그 의뢰금을 낼 수 있을까? 애당초 그와의 원한이라고 해 봐야 말싸움을 조금 한 것인데.

'그럼 누구지?'

서커스라는 집단을 움직일만한 재력을 가진 사람. 그런 사람이 우현에게 원한을 품고, 우현을 죽이려 하고 있었다. 우현은 샤워기를 껐다. 그는 수증기로 찬 거울을 손으로 문질러 닦았다. 그는 희뿌연 거울 너머로 비치는 자신의 얼굴을 보면서 미간을 찡그렸다.

한 명, 떠오르는 사람이 있었다.

돈이 많은 사람. 그것만으로 특정되는 인물은 확 줄어들었다. 우현이 아는 사람 중에 돈이 많은 사람은 드무니까. 특히, 헌터 중에서는. 시헌과 민아일리는 없고, 선하일리는 더더욱 없다. 그렇다면 또 누가 남지? 강만석? 그럴 리가. 우현은 한 남자를 떠올렸다. 눈이 가늘게 찢어진 남자. 담배를 피우고, 달변가에, 또 수완가인.

"김상규."

그 외의 다른 누군가는 떠올릴 수 없었다. 김상규는 딱 조건에 부합했다. 돈이 많았고, 우현에게 사적인 원한을 품고 있었다. 원한. 길드의 가입을 거부한 것? 그 것도 원한이라면 원한이 될 수 있겠지. 프라이드가 높은 사람일수록 자신의 마음대로 되지 않는 것에 과민한 반응을 보이는 법이다. 우현이 보는 김상규가 딱 그런 사람이었다. 자신의 프라이드가 쓸데없이 높은 사람. 원하는대로 되지 않으면 짜증을 내고, 화를 내는 사람.

"개새끼가."

우현은 낮은 목소리로 욕설을 내뱉었다. 결국에 심증일 뿐이다. 이것을 협회에 증언한다고 해 봐야 김상규 쪽은 아무런 타격도 없을 것이다. 이쪽이 대응할 수 있는 방법은 조심하고 긴장하는 것 정도인가. 우현은 혀를 차면서 욕실을 나왔다. 수건으로 물기를 닦고 옷을 갈아입으니 이제야 살 것 같았다.

"선하는?"

1층으로 내려왔다.

"아직 씻고 있어요."

민아가 대답했다. 우현은 머리를 끄덕거리며 소파 쪽에 앉았다. 시헌과 민아도 우현의 맞은편에 앉았다. 선하가 씻는 동안 B급 등급 심사에서 있었던 일을 알려주어야 할 테니까.

그 전에,

"너희는 어떻게 됐어?"

우현은 시헌과 민아의 얼굴을 들여 보면서 물었다. 시헌과 민아가 서로 시선을 나누었다. 둘은 곧 씩 웃으며 우현을 바라보았다.

　"수석이에요."

　"수석?"

　"네. 수석이래봐야 D급이지만."

　민아가 머리를 긁적거리며 대답했다. H급 등급 심사에서 오를 수 있는 최대 등급이 D였기 때문이다. 우현은 머리를 끄덕거렸다. 등급 심사 내에서 오를 수 있는 등급의 제한이 있을 테니, D급 정도로 만족할 수밖에 없었다. 그래도 H급에서 몇 계급이나 오른 것이니 칭찬해야 마땅하다.

　"잘했어."

　우현은 미소지으며 말했다. 민아가 헤헤 웃었다. 우현은 낮게 헛기침을 하고서 분위기를 바꾸었다. 우현은 담담한 얼굴로 B급 등급 심사에서 있던 일에 대해 설명했다. 이야기가 진행될수록 시헌의 표정이 바뀌었다. 그는 차갑게 굳은 얼굴로 자신의 잘린 왼 팔을 움켜잡았다.

　"…심사는…."

　"아직은 몰라. 연락을 따로 준다고 했으니, 그것을 기다려야지."

　공기가 가라앉았다. 고스트의 습격으로 팔이 잘린 시

헌은 입술을 잘근 씹고서 머리를 숙였다. 우현은 그런 시헌을 보면서 한숨을 쉬었다. 팔이 잘리고나서, 무기를 펄션으로 바꾸고. 그것이 제법 익숙해졌다고는 하지만… 그렇다고 해서 잘린 팔을 완전히 대체할 수 있는 것은 아니다. 삐걱거리는 소리와 함께 문이 열렸다. 수건으로 머리를 털면서 선하가 욕실에서 걸어나왔다.

"…얘기는 끝난 거야?"

선하가 물었다. 우현은 머리를 끄덕거렸다. 선하는 짧게 한숨을 쉬고서 소파에 와서 앉았다.

"그래도… 다행이야."

선하가 중얼거렸다. 우현은 선하를 힐끗 보았다.

"나는 네가 죽을 줄 알았어."

선하가 시선을 내리깔며 중얼거렸다. 우현에게 하는 이야기였다. 우현은 픽 웃으면서 머리를 저었다.

"멀쩡한 사람 죽이지 마."

그 말에 선하가 시선을 흘겼다.

"네가 무모했다고 말하는 거야."

선하가 작은 목소리로 말했다.

"…실제로 다쳤잖아."

"죽지는 않았잖아."

우현의 말에 선하가 입술을 꾹 다물고 우현을 노려보았다. 그 시선에 우현은 어깨를 으쓱거렸다.

"앞으로 조심할게. 그리고… 미안해. 나 때문에 괜히…"

"그런 말 하지 마."

선하가 싸늘한 목소리로 말했다. 우현은 찔끔하여 입을 다물었다. 선하는 한숨을 쉬면서 젖은 머리를 벅벅 긁었다.

"이미 끝난 일이잖아. 그보다… 대체 누가 널 의뢰한 것이라고 생각해?"

"김상규."

우현이 대답했다. 그 대답에 선하의 얼굴이 하얗게 질렸다. 김상규. 선하는 그 이름을 작게 중얼거렸다. 곧, 그녀는 머리를 끄덕거렸다. 김상규 외에 우현을 의뢰할 만한 사람이 떠오르지 않았기 때문이다. 하지만… 선하의 미간이 찡그려졌다. 김상규가 그렇게까지 해서 우현을 죽이려 한 이유에 대해 납득이 잘 가지 않았다.

"똥은 조금 나중에 치우려고 했는데."

우현은 턱을 괴며 중얼거렸다. 그의 눈이 차갑게 식었다.

◎

협회에서 부름을 들은 것은 그 후로 이틀이 지난 후였다.

우현은 선하와 함께 차를 타고 시청의 헌터 협회로 향했다. 안내원에게 찾아 온 용무를 말하니, 우현과 선하는 곧바로 안쪽의 응접실로 안내받았다.

응접실에는 박희연과 하정환이 있었다. 다리가 잘린 큰 부상을 입은 김현우의 모습은 보이지 않았다. 중앙에는 한국 협회 지부장인 김태완이 앉아 있었다. 그는 우현과 선하를 보고 일어서더니 머리를 꾸벅 숙였다.

"우선, 불미스러운 일이 있었던 것에 대해 사과하네."

침통함이 느껴지는 어조였다. 김태완은 한숨을 쉬면서 숙였던 머리를 들었다.

"…일단 앉게."

박희연이 몸을 옆으로 빼고서 우현과 선하가 앉을 자리를 만들어주었다. 둘이 앉고 나자 김태완이 입을 열었다.

"…오늘 이렇게 모이게 된 것은, 이틀 전에 있던 심사에 대해서 결정이 내려졌기 때문일세."

최종으로 세이브 포인트에 도달한 팀은 3팀. 그리고 서커스의 습격에 한 팀이 전멸했다. 협회는 비상이 걸렸고 서커스의 잔당을 추적하러 나섰지만, 그 넓은 던전을 헤집는 것에는 한계가 있다. 어쩌면 서커스는 모습을 감추고 이미 던전을 빠져나갔을 지도 모르는 일이다. 김태완의 이야기를 들으면서 우현은 아무런 말도 하지 않았다.

"…규정대로라면, 자네들은 원래 실격일세."

김태완이 입을 열었다.

"애당초 심사의 탈락 조건은 팀 내에 부상자가 생기는 것도 들어있었으니 말일세. 하지만… 이번 일은 경우가 다르지. 몬스터의 공격을 받아 부상을 입는 것과, 고스트의 습격을 받아 부상을 입는 것. 확실히 다른 경우야."

"…그 말은?"

선하가 물었다.

"예외로 둔다는 것일세. 이번 일은… 불가항력이었으니까."

김태완의 시선이 우현에게 향했다.

"민석에게 이야기를 들었네."

"어떤?"

"고스트의 습격을 막아내는 것에 자네가 큰 공헌을 하였다고. 자네가 직접 고스트의 단장을 상대하였다고 했는데… 그것이 사실인가?"

"…놈이 단장인지 아닌지는 모르겠습니다만. 다른 고스트들이 놈을 단장이라고 부르더군요."

우현의 대답에 김태완이 놀란 표정을 지었다. 정민석에게 이미 이야기를 듣기는 했지만, 직접 사실이라고 확인을 받으니 놀랄 수밖에 없었다.

"자네는 서커스의 단장이 어떤 인물인지 아는가?"

그 물음에 우현이 머리를 갸웃거렸다.

"서커스의 단장은 파블로브 파블로비치 세르게이로, 1년 전에 자격이 박탈당한 S급 헌터일세. 박탈 사유는 의도적 파티의 전멸. 실력이 뛰어난 헌터였지만 인성은 실력을 따르지 못했던 인물이지."

"…의도적 파티의 전멸?"

"말 그대로일세. 그는 파티의 전멸을 의도했지. 네임드 몬스터의 사냥 도중이었고, 세르게이의 포지션은 탱커였네. 하지만 그는 의도적으로 어그로를 관리하지 않았고… 파티는 전멸했어. 우연히 그의 사냥을 보았던 다른 헌터의 신고로 인해 세르게이의 죄가 증명되었지. 헌터는 그의 자격을 박탈하였지만, 세르게이는 도망쳤네. 그리고 서커스가 만들어졌지."

김태완이 머리를 흔들었다.

"그 후 서커스는 협회의 골칫거리가 되었지. 그런 세르게이를 단신으로 막아냈다는 것은… 엄청난 일이라네. 루돌프의 길드 마스터였던 SS급 헌터와 상위 헌터들이 서커스의 습격에 몰살당한 것은 유명한 일이니까."

파블로브 파블로비치 세르게이. 우현은 단장의 이름을 입 안에서 중얼거렸다.

"어찌되었든, 덕분에 협회는 서커스의 잔당을 사로잡

게 되었네. 협회 측은 사로잡은 잔당을 통해 서커스의 본거지를 알아낼 생각이네. 이 모든 것이 자네들의 덕분이야. 해서, 협회는 자네들의 실격을 예외로 두고… A급 헌터로의 승급을 승인하기로 하였네."

승급 승인. B급 헌터에서 A급 헌터가 되었다는 말이다. 김태완은 머리를 끄덕거리는 우현을 신기한 눈으로 바라보았다. 현재 헌터 협회에서 가장 주목하고 있는 헌터는 다름 아닌 우현이었다. 경력 세 달만에 A급 헌터로 오른다는 것은 전례가 없는 일이다. 그것은 선하도 마찬가지였지만,

'신비로운 인물이군.'

정민석이 했던 말을 떠올렸다. 던전에서 능숙하게 길을 찾았고, 던전에서 밤을 보내는 것에 능숙하고. 어떤 상황에도 크게 동요하지 않았으며, 서커스의 단장을 압도하여 그를 물러서게 만들었다고. 말도 안 되는 일이었다. 서커스의 단장, 세르게이는 S급 헌터다. 그것이 일 년 전이니 지금은 더욱 실력이 올랐을 터. 그런 세르게이를 압도하였다니.

'실적만 쌓인다면 S급 헌터로 올라갈 거야. 어쩌면 그 이상으로…'

정우현과 강선하. 김태완은 그 둘의 이름을 확실히 기억했다. 그러고 보니, 둘이 만든 길드가 있었지. 제네시

스… 김태완도 제네시스는 기억하고 있었다. 소수였지만 나래나 화랑을 뛰어넘었던 길드.

'제네시스는 빠르게 성장할 거야.'

다른 길드가 견제를 하지 않을 때의 이야기지만.

REVENGE

4. 박희연

HUNTING

NEO MODERN FANTASY STORY & ADVANTURE

REVENGE HUNTING

4. 박희연

"실패했다고?"

멍하니 되물었다. 입술에 걸친 담배가 기우뚱 떨어지려 하길래, 아차차. 김상규는 손을 들어 담배를 잡았다. 그는 혀를 차면서 재떨이에 담배를 지져 껐다. 내가 잘못들었나? 아니, 잘못들을 리가 없지. 취할 정도로 마시지는 않았거든. 김상규는 몸을 일으켰다. 그는 재떨이 옆에 둔 글라스를 들어 독한 위스키를 단숨에 비워냈다.

"다시 말해봐. 뭐라고?

[실패했습니다.]

니미, 씨발. 뭐라는 거야. 김상규는 허허 웃었다. 그는 머리를 벅벅 긁으면서 거실을 거닐었다. 한쪽 벽을 통째로 차지하고 있는 창문의 아래에는 서울의 야경이 그대로 내려보이고 있었다. 김상규는 답답한 마음에 담배를 하나 더 물었다. 답답하다기보다는, 짜증이 났다는 것이 더 옳겠지만.

"자세히 말해 봐."

김상규의 통화 상대는 이번 일을 연결해 준 브로커였다. 중간다리의 존재는 당연한 것이다. 김상규가 직접적으로 서커스에 의뢰를 넣었다가는 꼬리가 밟힐 수 있을 테니까. 브로커는 김상규의 목소리에 실린 진한 짜증을 느꼈다. 그는 목소리를 가다듬고서 이번 일에 대해 자세히 설명했다.

김상규는 브로커가 전하는 말을 묵묵히 들었다. 이야기를 들으면서 그는 몇 번 가래침을 뱉었고, 담배를 두 개 정도 더 피웠다. 이야기가 끝났을 때, 김상규의 얼굴은 차갑게 식어 있었다. 가슴이 부글거리면서 끓었지만 정신이 싸늘한 것은 전혀 다른 이야기다. 김상규는 소파로 가서 털썩 앉았다.

"그렇군."

튀어나온 것은 의외로 담담한 말이었다.

"그러니까, 그 새끼가. 그 좆도 아닌데 건방지고, 내가 기껏 생각해서 준 파격적인 제안을 발로 뻥 걷어 찬 개새끼가. 내 돈을 허공에 날려버렸다… 이거네?"

굳이 말하자면. 브로커가 긍정했다. 김상규는 낄낄 웃었다. 와, 이거 열 받네. 김상규는 테이블 위에 놓인 리모컨을 들었다. 에어컨의 온도를 낮추고, 그는 셔츠의 단추를 풀었다.

"이걸 어쩐다."

김상규는 크게 숨을 몰아쉬었다. 얼마나 썼지? 꽤 썼지. 사람 죽이는건 돈 많이 드는 작업이거든. 거기에 한 명도 아니고, 협회 심사 도중에 저지른 일이니 플러스가 더 붙었어. 믿을만하고 실력도 확실하다고 해서 그쪽에 의뢰 넣었더니, 씨발. 내 돈을 허공에 날려? 김상규는 글라스에 위스키를 부었다. 달그락거리는 얼음을 짜증스런 눈으로 노려보던 그는, 수화기 너머의 브로커에게 내뱉었다.

"그래서, 그 새끼들은 뭐라는데?"

일단 돈은 받았으니 기회 봐서 처리하겠답니다. 그 대답에 김상규는 미간을 찡그렸다. 위스키를 한 모금 마셨다. 속이 더 뜨거워졌지만 반대로 정신은 차갑게 식었다. 이성적으로 생각하자. 김상규는 턱을 어루만졌다.

"일단 대기하라고 해."

그는 그렇게 말하고서 전화를 끊었다. 실패라니. 이건 생각하지도 못했는데. 전화기를 내려놓고서 김상규는 혀를 찼다. 그는 막대한 거금을 주고서 서커스에 우현을 죽일 것을 의뢰했다. 정확히 말하자면, 우현과 우현의 팀 전부를. 그 팀 안에 선하가 있을 것이라고 생각했다.

'둘 다 죽였어야 하는데.'

사사로운 원한이라. 동기로서 작은 것이기는 하지만, 그것이 없었던 것은 아니다. 하지만 그 원한이 동기의 전부는 아니다. 놈은 위험해. 김상규는 미간을 찡그리면서 생각했다. 우현과 선하가 붙어서 길드를 만들었다는 것은 들었다. 그 길드의 이름이 제네시스라는 것도, 들었다. 그래서 위험하다고 생각했다. 놈이 가진 성장력과, 선하가 가진 강상중의 장비. 거기에 길드까지 만들었다고? 이름은 또 제네시스야. 가만히 둘 수가 없잖아.

'자라기 전에 짓밟으려 했는데 말이야.'

커지면 귀찮아. 성장력 있는 놈은 무럭무럭 자라거든, 주변에서 뭐 던져주면 그거 잘 먹고 너무 커버린다고. 그러니가 밟을 수 있을 때 밟아야 돼. 머리 들지 못할 정도로 확실하게. 죽이는 것이 가장 빠르고. 김상규는 혀를 찼다. 하지만 안 되네. 새끼가, 벌써부터 커버렸어.

'세르게이는 S급 헌터인데.'

그것도 일 년 전의 이야기다. 지금의 세르게이는 어쩌면 SS급 헌터에 근접했을 지도 모른다. 애당초 S급과

SS급의 차이라고 해 봐야 몬스터를 얼마나 죽였고 던전 공략에 얼마나 기여했느냐 정도니까. 실질적인 실력은 세르게이가 더 우위일지도 모르지.

특히 사람 상대하는 것에 있어서는. 김상규는 기분이 조금 심란해지는 것을 느꼈다. 상대가 몬스터라면 또 모를까. 사람을 죽이는 것에 있어서 세르게이는 프로 다. 그런 세르게이를 혼자서 막아냈다고? 게다가 듣자 하니 세르게이와 단신으로 붙어서 그에게 치명상을 입 혔다고 했다. 대체 뭐하는 새끼야? 김상규는 작게 혀를 찼다.

"새끼가, 머리 아프게 하네."

자아, 그러면 어떻게 할까⋯ 이대로 얌전히 물러서는 것도 돈이 아까워서 안 돼. 서커스 쪽에서도 돈을 받았 으니 기회를 봐서 처리하겠다고 했고. 기회라, 기회. 기 회가 와도 놈들이 제대로 할 수 있을까? 김상규는 피식 웃었다.

"판을 깔아야지."

확실하게.

"그 새끼 대체 뭐야?"

세르게이는 거울을 노려보면서 내뱉었다. 벗은 상체는 단단한 근육이 고루 퍼져있었다. 왼쪽 어깨에서 오른쪽 허리. 세르게이는 이를 갈면서 손을 들어 상처를 어루만졌다. 상처는 치유되었지만, 흉터는 사라지지 않았다. 게다가 화상이니 더더욱. 그는 얼룩진 상처를 손으로 쓸면서 몸을 떨었다.

'그때, 뒤로 물러서는 것이 조금만 더 느렸더라면 죽었어.'

아예 파고들었다면 어떻게 했을까? 놈의 검이 완전히 떨어지기 전에 내 검을 찔렀다면? 아니, 그래도 안 돼. 세르게이는 당시 우현이 보였던 움직임을 떠올렸다. 그 움직임은, B급 수준이 아니었다. 세르게이와 동등⋯ 아니, 그를 압도했다. 말도 안 돼. 몇 번이고 했던 생각이다. 그는 머리를 벅벅 긁었다.

'대체 어떻게 한 거지?'

투기의 밸런스를 바꿨나? 아니, 놈의 최속이 어느 정도인지는 이미 확인했었다. 놈과 교전하면서 세르게이는 자신의 밸런스를 바꿔가며 우현을 압박했고, 우현은 그것을 간신히 따라잡는 것이 고작이었다. 하지만 그것이 갑자기 바뀌었다. 밸런스를 조절하고 있었나? 견주어 보이던 것은 오히려 이쪽인가? 놈이 나를 살피고 있었나?

"단장?"

등 뒤에서 목소리가 들렸다. 세르게이는 상념에서 깨어나 뒤를 돌아보았다. 금발 보브컷, 파란 눈동자. 새하얀 피부의 여자가 그를 바라보고 있었다.

"갑자기 왜 그래요?"

"아니, 그냥. 그 새끼 생각하고 있었어."

세르게이는 그렇게 중얼거리며 혀를 찼다. 이미 끝난 일이다. 지금 와서 그 새끼에 대해 생각을 해 봤자 그때로 돌아갈 수는 없다. 대비는 해둬야겠지만, 의뢰인 쪽에서 일단 대기하라고 말을 전했으니 이쪽에서 멋대로 움직일 수는 없다. 세르게이는 소파에 가서 털썩 앉았다. 달그락거리는 소리가 들렸다. 머리를 돌리니, 여자가 찻잔을 들고 세르게이 쪽으로 다가오고 있었다.

"그래도 의뢰인 쪽에서 돈 돌려달라고는 안했잖아요. 당분간 던전에 갈 필요는…."

"의뢰 실패하면 돌려줘야지."

세르게이가 중얼거렸다. 계산은 확실해야만 한다. 의뢰금이 클수록 더더욱. 의뢰도 끝나지 않았는데 괜히 의뢰금에 손을 대는 것은 세르게이가 절대로 하지 않는 금기였다. 세르게이에게 의뢰금에 대해 말하지는 했지만, 여자는 세르게이가 의뢰금에 손대지 않으리라는 것을 알았다. 그녀는 담담히 머리를 끄덕거렸다.

"그러면 단장, 이제는…."

"언제까지 단장이라고 부를 거야?"

세르게이가 중얼거렸다. 그는 여자가 가져다 준 커피를 한 모금 마시고서 한숨을 내쉬었다. 그는 입맛을 쩝 다시며 여자를 바라보았다.

"…오빠."

여자가 시선을 피하며 중얼거렸다. 파블로브 파블로비치 발레리아. 세르게이의 동생이다. 그다지 닮지는 않았지만. 세르게이는 한숨을 쉬면서 몸을 일으켰다. 이번 의뢰가 실패하면서 서커스도 타격을 입었다. 네 명을 두고 왔다. 놈들이 불어봤자 세르게이까지 닿을리는 없지만, 가뜩이나 적은 단원이 줄었다는 것은 치명적이다.

'해리 새끼가 열 명 데리고가서 돌아오지도 않았고.'

죽었겠지. 세르게이는 확신했다. 우현과 검을 나누면서 알았다. 놈은 사람을 죽여본 경험이 있었다. 살인에 익숙한 놈이 아니라면, 사람을 상대로 무기로 싸울 때에 몸이 굳을 수밖에 없다. 하지만 놈에게 그런 모습은 보이지 않았다. 천성적으로 살인에 무감하거나, 아니면 익숙해졌거나. 후자라고 생각했다.

'악연이야, 악연.'

이쪽도 망신을 당했으니 가만히 있을 수는 없는데. 그

렇다고 정면으로 덤비기는 좀 그렇단 말이지. 무섭거든.
다음에 또 보자고 했지? 다음에 보면 죽을 거야. 너, 아
니면 내가.

'그리고 아마 내가 죽을 것이고.'

죽기는 싫은데. 세르게이는 입맛을 다셨다.

◎

박희연의 연락을 받은 것은 A급으로 등급이 정해지
고 나서 일주일 정도 지난 후였다. 저녁에서 조금 이른
시간이었고, 약속 장소는 강남이었다. 원래는 그 날 선
하와 함께 40번 던전까지 올라가서 사냥을 하기로 했었
다.

"이쪽이 선약이니까, 어쩔 수 없어."

우현의 말에 선하는 납득한다고 말은 했지만, 표정은
영 그렇지가 않았다. 그러고 보니 던전에서도 박희연과
는 사이가 끝까지 어색했었지. 우현은 머리를 갸웃거렸
다.

"희연씨랑 무슨 일 있었어?"

그 말에 소파에 앉아서 태블릿 PC를 내려보던 선하가
시선을 힐끗 들어 우현을 바라보았다.

"아니, 아무 일도."

그녀가 대답했다. 얼음처럼 싸늘한 목소리였다. 오늘을 휴일로 잡고서 얌전히 TV를 보던 시헌과 민아가 찔끔하여 이쪽의 눈치를 살폈다. 시헌은 슬며시 몸을 일으켰다.

"…담배 좀 피우고 올게요."

시헌은 헛기침을 하면서 계단으로 향했다. 혼자 남은 민아는 어쩔 줄 몰라 하며 우현과 선하의 표정을 살폈다.

"…정말로?"

"아무 일도 없었어."

선하가 대답했다. 그녀는 태블릿 PC의 전원을 껐다. 내가 신경쓸 바는 아니지. 둘이서 밥을 먹건, 뭘 하건. 선하는 그렇게 생각하며 몸을 일으켰다. 애당초 내가 지금 왜 짜증을 느끼는 것인지도 모르겠고.

"슬슬 나가야 되지 않아? 약속 시간에 늦는 남자는 별 매력 없어."

"너와 약속했을 때 늦은 기억은 없는데."

"…누가 뭐래?"

선하가 투덜거렸다. 우현은 피식 웃으면서 몸을 돌렸다.

"그러면, 갔다 올게."

우현은 그렇게 말하고서 신발을 신고 집을 나섰다. 선

하의 차를 쓸까 했지만, 술을 마실지도 모르는 일이니 그냥 택시를 타기로 마음먹었다.

약속장소에 도착했을 때, 시간은 약속했던 시간보다 30분 정도 빨랐다. 우현은 가까운 카페로 들어가서 커피를 주문했다. 박희연 쪽에게 카페의 이름과 위치를 알리니, 도착하고 나서 이쪽으로 오겠다는 답장이 돌아왔다.

우현은 자리에 앉아 커피를 마시며 핸드폰을 들여 보았다. 게임도 하지 않고, 다른 게시판을 쓰지도 않는다. 보는 것은 슬레이어즈와 뉴스 정도. 멕시코에 네임드 몬스터가 나타났고, 그것이 토벌되었다는 기사가 1면이었다.

'61번 던전도 공략했고.'

럭키 카운터와 화랑의 연합으로 61번 던전이 어제부로 완전히 공략되었다. 그리고 오늘 막 62번 던전의 공략이 시작되었다고 한다. 우현은 김상규의 얼굴을 떠올렸다. 커피가 조금 더 쓰게 느껴졌다.

전화기가 울렸다.

"여보세요?"

박희연이었다.

또각거리는 구두소리가 났다.

우현은 머리를 들었다. 이쪽을 향해 다가오는 박희연

이 보였다. 그녀는 늘씬하게 뻗은 다리를 과시하듯 검은 가죽 레깅스를 신었고, 상의로는 흰색 블라우스에 검은 무스탕을 입은 모습이었다. 박희연이 사복을 입은 모습은 지난번 협회에서도 보았지만, 저렇게 힘을 준 모습은 처음 보는 것이라 우현의 입술이 자신도 모르게 벌어졌다.

"제가 지각한 것은 아니죠?"

박희연은 활짝 웃으며 말했다. 새삼스럽게 느껴졌는데, 박희연은 미인이었다. 실제로 그녀가 카페에 들어오고 나서 몇몇 남자들이 그녀 쪽을 힐끗거리면서 보고 있었다. 이거야 원, 괜히 내 쪽이 민망해지잖아. 우현은 그렇게 생각하면서 몸을 일으켰다. 그래도 나름대로 신경써서 입고 왔는데. 그는 걸친 코트를 손으로 털면서 머리를 저었다.

"제가 먼저 와서 기다리고 있었으니, 굳이 말하자면 희연씨 쪽이 지각한 것이겠죠."

"상대가 저같은 미인이잖아요. 그 정도는 예의 아니에요?"

박희연은 생긋 웃으면서 말했다. 뻔뻔한 말이었지만 저렇게 대놓고 말을 하니 싫은 기분은 들지 않았다. 우현은 피식 웃으면서 머리를 끄덕거렸다.

"그렇다 칩시다."

그는 반쯤 남은 커피 잔을 잡았다. 박희연이 손을 뻗었다.

"밥 먹기에는 아직 이르잖아요?"

"…그러면?

박희연은 걸치고 있던 무스탕을 벗더니 우현의 맞은편 의자에 걸쳤다.

"잠깐 이야기라도 하죠."

그녀는 눈을 빛내며 우현을 바라보았다. 우현은 눈을 깜박거리며 박희연을 바라보았다. 곧, 그는 피식 웃었다. 밥 한 끼 사려고 했던 것이 전부인데. 아무래도 박희연에게는 이쪽이 본론이었던 모양이다.

"알겠습니다."

"제가 마실 커피는 제가 살 테니까, 걱정하지 마시구요."

박희연이 웃으며 말했다. 우현은 마주 웃어주곤 다시 자리에 앉았다. 5분 정도 지났을까. 박희연이 커피잔을 들고 돌아왔다. 그녀는 우현의 맞은편에 앉고서는 우현의 얼굴을 빤히 보았다. 우현은 그녀의 시선에 머리를 갸웃거리며 물었다.

"제 얼굴에 뭐 묻었습니까?"

"아뇨. 새삼 보니까, 우현씨도 꽤 괜찮게 생긴 것 같아서요."

괜찮게 생겼다니. 대체 무슨 뜻이야? 우현은 손을 들어 자신의 얼굴을 어루만졌다.

"그거, 칭찬입니까?"

"아마 그런 것 같은데요. 저, 눈은 꽤 높다고 생각하거든요."

박희연은 커피를 홀짝거리며 말했다. 조금 쓰네. 그녀는 혀를 살짝 빼물면서 투덜거렸다. 설탕을 넣고 스틱으로 커피를 젓던 그녀는 우현을 힐끗 보았다.

"최근에 어떻게 지내셨어요?"

박희연이 물었다. 그 물음에 커피를 한 모금 마시던 우현은 시선을 들어 박희연을 바라보았다. 그녀는 손으로 턱을 괴고서 우현을 빤히 보고있었다. 시선이 부담스럽다. 박희연 정도의 미인이라, 더욱. 선하와 민아도 예쁜 얼굴이기는 하지만, 박희연의 분위기는 민아와 선하와는 확실히 달랐다. 상대하기 조금 어렵다.

"똑같지요."

아무래도 그녀는 대화를 원하는 것 같았다. 무슨 대화를? 단순히 평소의 신변잡기인가. 그 정도라면 어울려주지 못할 것도 없다.

"35번 이상 던전에서 최근 활동하고 있었습니다. A급이 되었다고는 하지만, 저와 선하는 경력이 너무 적으니까요. 당분간은 경력을 쌓은 것에 주력할 생각입니다."

"그래요? 우현씨나 선하씨 정도의 실력이면 그보다 높은 던전에서도 충분히 먹힐 것 같은데."

"그래서 오늘은 원래 선하와 40번 던전에 가기로 약속을 했었습니다만, 희연씨 덕분에 내일로 미뤘습니다."

"그거, 저보고 미안해하라고 하는 말이에요?"

"그럴 리가 있겠습니까? 그만큼 희연씨와의 약속을 중히 여겼다고 말하는 겁니다."

우현이 웃으며 말했다. 잘 빠져나가네. 주도권을 잡기 힘들어. 박희연은 입술을 삐죽거렸다.

"희연씨는 어떻게 지냈습니까?"

우현이 물었다. 그 물음에 박희연은 움찔하고서 우현의 얼굴을 힐끗 보았다. 우현은 평소와 다름없는 얼굴로 박희연의 얼굴을 바라보았다. 박희연은 낮게 헛기침을 했다.

"저도 평소와 똑같죠."

똑같지는 않았다. 이번 등급심사는 난이도가 너무 높았고, 서커스까지 개입했다. B급 등급심사에 지원했던 나래의 헌터들 중에서 A급으로 승급한 것은 박희연과 하정환 뿐이었다. 그리고 김우현. 다리가 잘린 그는, 나래와 협회 측에서 보상금을 받고서 헌터를 은퇴했다.

입맛이 썼다. 커피가 너무 써. 설탕을 넣었는데도.

"…뭐, 거짓말이지만."

박희연은 한숨을 쉬면서 커피잔을 내려놓았다.

"할 말이 있어요."

빙빙 둘러서 말하는 것은 성미에 안 맞아. 차라리 대놓고 말하는 편이 낫지.

"어떤?"

우현이 물었다. 박희연은 우현의 얼굴을 빤히 보다가 입술을 열었다.

"우현씨와 선하씨의 길드. 제네시스."

"네."

"나래는 제네시스와의 연합을 원해요."

갑작스러운 말이었다. 우현은 조금 놀란 얼굴로 박희연을 바라보았다. 박희연은 우현의 시선을 받으면서 다시 커피를 한모금 마셨다. 쓴 커피가 정신을 조금 깨워주었다.

"우현씨에 대한 이야기를 했어요."

그녀의 오빠인 박광호와, 길드 마스터인 최우석에게.

"우현씨가 서커스의 단장인 파블로브 파블로비치 세르게이를 물러서게 했다는 것. 우현씨가 아니었다면 저희는 전멸했을 것이라는 것. 그 이야기를 듣고서, 길드 마스터인 우석 오빠가 말하더군요."

최우석. 알고 있는 이름이다. 실제로 만난 적은 없지만, 그가 사냥한 영상을 본 적은 있다. 한국이 보유한 두 명의 SS급 헌터 중 하나. 김상규가 탱커에서 딜러로 전향하게 한 장본인. 천재적인 감각을 지닌 탱커.

"…우현씨는 모르겠지만, 과거의 나래는. 1년도 더 전의 이야기지만… 나래는 제네시스에게 몇 번 지원을 받았던 적이 있어요."

과거, 선하의 아버지인 강상중이 길드마스터로 있던 제네시스는 소규모 길드였다. 그들은 직접 몬스터의 레이드를 뛰거나 상위 던전을 공략하는 것이 아니라, 다른 길드나 파티에 지원하는 식으로 활동했다. 나래 역시 그들의 지원을 받았던 적이 있다.

"당시의 저는 등급이 낮아서 제네시스의 길드원과 함께 파티를 이룬 적은 없지만. 우석 오빠와 제 오빠가 그러더군요. 제네시스의 길드원들은 모두가 뛰어났다고."

"…그래서?"

"그 이름을 계승한 길드가 지금의 제네시스라는 것에 우석 오빠가 관심을 갖는 것이에요. 그리고 우현씨의 실력에 대해서도. 서커스의 단장인 세르게이는 S급 헌터였죠. 아마 지금은 SS급이라 해도 손색이 없을 테고. 그런 세르게이를 단독으로 상대하여 물러서게 했다는 것은 대단한 일이에요. 그래서 우석 오빠도 우현씨에게 관심을 갖는 것이고."

"…너무 갑작스럽군요."

우현은 낮게 헛기침을 하며 말했다. 설마 박희연이 이런 제안을 건넬 것이라고는 생각하지 못했다.

"나쁜 제안은 아니라고 생각해요."

박희연은 커피잔을 어루만지며 말했다.

"화랑이 럭키 카운터와 연합하는 것으로 나래의 입지가 작아지기는 했지만… 나래는 A급 길드예요. 화랑보다 인원이 적기는 하지만 평균 등급은 화랑보다 높죠. SS급 헌터인 우석 오빠가 마스터로 있고, 제 오빠인 S급 헌터 박광호를 포함해서 S급 헌터가 한 명 더 있어요."

화랑은 SS급 헌터, 길드 마스터인 김상규를 정상으로 두고 그 아래에 S급 헌터가 한 명 밖에 없다.

"A급 헌터는 현재 20명. B급 헌터는 31명. C급 헌터는 43명, D급은 61명을 데리고 있죠. 총 인원이 150에 달하는 대형 길드예요. 모두가 실력이 뛰어난 헌터들이죠. C급 헌터들도 절반은 다음 등급 심사에서 B급으로 오를 실력이 되는 이들이고, D급도 마찬가지예요."

"저희는 넷 뿐입니다."

우현이 말했다.

"저와 선하가 A급, 그리고 그 아래에 D급 헌터가 둘 있을 뿐입니다. 나래와 연합하기에는…."

"모두가 잠재력이 뛰어난 헌터들이죠."

박희연이 머리를 저었다.

"나름대로 알아봤어요. 모두가 8월에 초기 등급심사를 보았던 헌터들이더군요. 그 중 둘은 이번 등급 심사에 수석을 차지하여 E급에서 D급으로 올랐고, 우현씨와 선하씨는… 뭐 말할 것도 없죠. 이 정도 잠재력을 가진 헌터들이라면 나래와 연합할 자격은 충분하다고 생각해요."

"…저희를 너무 높게 보시는 군요."

"맞게 보는 것이겠죠."

박희연이 우현의 말을 고쳐 말했다.

"그리고 당장은 넷이라고 해도, 다른 길드원을 받을 용의는 있지 않으신가요? 소규모 인원으로 길드 등급을 올리는 것에는 한계가 있으니까요."

"…아직은 아닙니다."

"하지만 실적은 미리 쌓아두는 것이 나을 거에요. 지금의 제네시스가 정말로 과거의 제네시스를 계승하고 싶은 것이라면."

박희연의 말에 우현은 작게 머리를 끄덕거렸다. 언젠가는 길드원을 추가로 모집하고 실적을 올려야겠지. 하지만 당장은 아니다.

"…제안해 주셔서 감사합니다만, 제가 결정할 문제는 아닌 것 같습니다. 저는 길드 마스터도 아니니까요."

"이야기를 전해주는 것으로 족해요."

박희연은 선하의 얼굴을 떠올리며 말했다. 단 둘이 마주 앉아서 이야기를 나누기에는 거북한 상대다.

"만약 연합하는 것에 동의한다면."

박희연이 입을 열었다.

"나래는 제네시스에게 지원을 아끼지 않을 생각이에요. 물론 지금 우현씨나 선하씨가 착용한 것 이상의 장비를 제공할 수는 없겠죠. 하지만 이후 추가로 들어오는 길드원들의 착용 장비는 저희가 지원할 수 있을 것 같네요. 나래의 보급 장비는 퀄리티가 뛰어나니까."

"…당장 길드원을 받을 생각은 없습니다."

"그러면 이건 어때요?"

박희연이 가느다란 미소를 지었다.

"62번 던전이 열린 것. 알고 계시죠?"

"예. 어제 밤에 럭키 카운터와 화랑의 공격대가 61번 던전의 보스 몬스터를 쓰러트렸고, 62번 던전이 새로 열렸다고 들었습니다."

"유빈투스의 성."

박희연이 소곤거렸다.

"62번 던전의 이름이에요. 그곳에는 낮이 존재하지 않아요. 밤뿐이죠. 입구 게이트를 지나면 숲과, 그 너머에 거대한 성이 있어요. 현재 화랑과 럭키 카운터, 그리고 다른 대형 길드들은 숲을 공략하고 있죠. 아마 곧 성에 다다를 듯 해요."

갑자기 왜 62번 던전의 이야기를 하는 것일까.

"나래와 제네시스가 연합한다면, 나래는 유빈투스의 성을 공략하는 공격대에 우현씨와 선하씨를 합류시킬 생각이에요."

"…예?"

의외였다. 우현은 놀란 얼굴을 하고서 박희연을 바라보았다. 박희연은 얌전한 얼굴로 커피를 한 모금 마셨다.

"나래는 화랑보다 S급 헌터를 한 명 더 보유하고는 있지만, 화랑은 럭키 카운터와 연합하고 있죠."

"예."

"결국 공격대의 평균 등급이 떨어지게 되는거에요. 그거 아세요? 최상위 던전에서 길드가 투입할 수 있는 공격대는 15인까지에요. 대형 길드의 독점을 막기 위한 방안이죠. 럭키 카운터와 화랑은 서로 연합하여, 두 길드의 에이스들로 15인 공격대를 구성했어요. 만약 제네시스가 나래의 연합 제의를 받는다면, 나래의 15인 공격대에 우현씨와 선하씨가 포함되는 거구요."

우현은 조금 멍한 기분으로 박희연의 얼굴을 마주 보았다. 62번 던전, 유빈투스의 성. 낮이 없는, 밤뿐인 던전. 숲과 성.

'조건은 최악이군.'

박희연의 제안을 말하는 것이 아니다. 유빈투스의 성이 가진 던전 조건이 최악이다. 낮이 없다는 것. 그것은 결국 밤에 이동할 수밖에 없다는 말. 그리고 밤은 몬스터에게 절대적으로 유리한 시간이다. 사람은 어둠 너머를 보기 위해서는 불빛을 필요로 하니까. 하지만 대부분의 몬스터는 밤에도 대낮처럼 활보하며 시야에 문제를 갖지 않는다.

"어때요?"

박희연이 물었다. 그녀는 우현의 얼굴을 빤히 보았다. 나래는 화랑과 같은 A급 길드로, 화랑보다 길드원의 수는 적지만 평균 등급은 화랑보다 높다. 이번 62번 던전에 투입하는 공격대에는 길드 마스터인 최우석과 박희연의 오빠인 박광호, 그리고 A급 헌터들이 참가할 예정이다. 박희연 역시 공격대에 참가하기로 되어 있었다.

"한가지 묻겠습니다."

우현이 입을 열었다. 박희연은 귀를 열고 우현의 말을 경청했다.

"저와 선하는 A급 헌터입니다. 등급만 놓고 보면요. 상위 던전에 대한 경력은 전무합니다. 그런 저희를 뭘 믿고 62번 던전의 공격대에 집어넣겠다는 겁니까?"

"실력이죠."

박희연이 망설이지 않고 대답했다.

"우현씨가 한 말처럼, 등급만 놓고 보면 선하씨와 우현씨는 A급 헌터에요. 등급만, 놓고 보면 말이죠. 투기의 컨트롤과 전투의 능숙함, 임기응변 등을 놓고 보았을 때 선하씨는 경력이 얕아도 A급 헌터로서 손색이 없어요. 게다가 장비도 좋고."

그리고. 박희연이 말을 덧붙였다. 이쪽이 본론이다. 박희연은 우현의 얼굴을 들여 보았다.

"우현씨의 경우에는 말할 것도 없죠. S급 헌터였던 세르게이를 압도했을 정도니까."

나래가 보유하고 있는 S급 헌터는 박희연의 오빠인 박광호를 포함해서 둘이다. 그 위에는 SS등급인 길드 마스터 최우석. 그 셋을 공격대에 포함시키고, 나머지는 A급 헌터로 데리고 가려는 것이 애초의 공격대 편성이었다.

하지만 문제는 화랑이다. 나래와 화랑은 라이벌 관계로, 화랑이 나래를 견제하듯 나래 역시 화랑을 견제하고 있다. 그 화랑이 럭키 카운터와 연합하여 최상위 던전 두 개를 공략하는 실적을 올려버렸다. 이대로 가다가는 화랑이 나래를 완전히 제칠 지도 모르는 일이다.

S급 길드는 럭키 카운터를 포함해서 더 있기는 하지만, 그쪽 길드들은 나래와의 연합을 거절했다. 럭키 카운터와 괜히 대립하고 싶지 않은 것이리라.

럭키 카운터와 연합한 화랑의 공격대에는 S급 이상의 헌터들이 대거 참가하게 되었다. 나래가 제네시스와의 연합을 원하는 이유가 이 때문이었다. 정확히 말하자면, 나래는 우현의 도움을 원하고 있었다.

"나를 S급 이상의 헌터로 보고 계시는 것이군요."

우현의 중얼거림에 박희연은 머리를 끄덕거렸다. 나래 내에서도 불만의 목소리가 없었던 것은 아니다. 하지만 최우석이 그 불만을 찍어 눌렀다. 그만큼 나래는 62번 던전, 유빈투스의 성을 공략하는 것에 총력을 들이고 있는 것이다.

"결정을 내린 것은 우석 오빠에요. 조건은 나쁘지 않다고 생각해요."

박희연의 말대로였다. 조건은 나쁘지 않다. 최신 던전의 공격대에 들어가게 해 주겠다는 것은 화랑의 길드 마스터인 김상규도 했던 제안이지만, 나래의 제안은 김상규의 제안과는 형태가 다르다. 김상규의 제안은 우현과 선하가 화랑의 길드원이 되는 것을 전제로 두고 있었으니까. 연합이라면 이쪽의 행동도 자유롭다. 나래의 덕을 보아 최신 던전의 공격대로 들어가는 것도 큰 이점이 된다.

'아직은 제네시스가 너무 작아.'

최신 던전의 공격대를 꾸리기 위해서는 다른 곳에서

헌터를 끌어와야 한다. 하지만 최신 던전에 들어갈 만큼 등급이 높은 헌터가 무소속으로 활동하는 것이 드문데 다가, 무소속 헌터가 있다고 해도 제네시스같은 작은 길 드의 공격대에 들어와 줄 리가 없다. 나래와 연합한다면 나래 쪽에서도, 제네시스 쪽에서도 필요한 인력을 보충 할 수 있으니 윈윈 이라 할 수 있다.

"제가 결정할 사안은 아닌 것 같습니다."

일단 우현은 한 발 물러섰다. 그는 길드마스터가 아니 다. 선택에 영향력을 행사할 수는 있겠지만, 사안을 결 정하는 것은 길드 마스터인 선하의 몫이다. 우현의 대답 에 박희연은 머리를 끄덕거렸다. 그녀는 후련하다는 듯 이 숨을 뱉으면서 방긋 웃었다.

"긍정적인 대답, 기대하고 있을게요."

"노력해보겠습니다."

식사는 박희연이 정한 레스토랑에서 했다. 박희연이 미리 예약을 해두었던 탓에 제법 괜찮은 자리에 앉을 수 있었다. 사사로운 이야기를 나누었다. 서로에 대한 신변 잡기였다. 박희연은 웃음이 많았다. 그녀는 연신 키득거 리면서 우현의 별 것 아닌 이야기를 듣고, 자신의 이야 기를 들려 주었다.

그녀가 헌터가 된 것은 일 년 조금 전으로, 그녀의 오 빠인 박광호는 3년 전에 각성한 초창기의 헌터라고 했다. 덕분에 그녀는 헌터 생활을 상당히 쉽게 하였노라고 인정했다. 그녀가 헌터가 되었을 때, 이미 나래는 한국을 대표하는 길드였다. 그녀는 박광호의 조력을 받아 등급에 맞는 장비를 쉽게 얻을 수 있었다.

"오빠는 걱정이 많았어요. 예전부터 그랬지만, 제가 헌터가 되고 나서는 더 심해졌죠."

오빠랑 안 닮은 동생이니까. 박희연은 자기가 말해놓고서는 킥킥 웃었다.

"이렇게 예쁜 동생이 있으면 당연히 걱정이 되겠죠. 장비를 지원해주고, 거기서 더 해서 나래의 길드원을 써서 절 호위하려고 하더라고요."

거절했다.

"저는 예전부터 그랬어요. 고집이 셌죠. 쓸데없을 정도로. 남의 도움을 받는다거나, 예쁘다고, 여자라고. 그렇게 취급받는 것이 싫었어요."

냠. 박희연은 썬 스테이크를 입 안에 넣었다. 그녀는 입술을 오물거리며 고기를 오랫동안 씹었다. 우현은 그녀의 빈 잔에 와인을 채워주었다.

"그래서 오빠가 파티원을 구해준다고 했을 때, 오빠랑 엄청 싸웠죠. 나는 공주님이 되고 싶지도, 세상 물정 모르는 아가씨가 되고 싶지도 않았거든요. 낮은 던전에서 혼자 사냥하고, 슬레이어즈에서 직접 파티원을 구하고… 그렇게 해서 D급 까지 올라가서, 나래의 입단 지원을 했어요."

고마워요. 박희연은 우현에게 눈을 찡긋하면서 와인잔을 들었다. 서로의 잔이 가볍게 부딪혔다.

"…뭐, 오빠의 조력이 아예 없었다고는 할 수 없죠. 제 장비를 지원해 준 것은 오빠였으니까. 그리고, 나래에 입단했을 때도. 당시 부길드장이었던 오빠의 입김이 없었다고는 할 수 없었을 거에요."

하지만. 박희연이 말을 끊었다.

"등급 심사는 저 혼자 힘으로 했어요. 파티를 구하는 것도, 레이드를 하는 것도. 제가 왜 우현씨한테 이런 말을 하는 줄 알아요?"

"…잘 모르겠습니다만."

"저희 처음 만났을 때, 그리 유쾌하지는 않았잖아요."

좋은 만남도 아니었고. 박희연의 말에 우현은 무안함에 웃어버렸다. 그때, 박희연의 거듭된 스카웃 제의에 짜증을 냈던 것을 떠올린 것이다.

"첫인상에 오해가 있을 것 같아서. 나는 이런 사람이다, 라고 설명하는 거에요. 제법 괜찮은 여자라고 생각하지 않아요?"

"…뭐, 네."

"힘 빠지는 대답이네요. 아, 우현씨도 여동생이 있다고 했죠?"

"네. 다섯 살 차이 나는 동생이죠. 올해 수험생입니다."

"우현씨는 어떤 오빠에요? 저희 오빠처럼, 여동생한테 끔찍이 잘해주고… 걱정많고, 그런 오빠인가요?"

"…무심한 오빠였을 겁니다."

였을 겁니다. 그렇게 말했다. 그에게 남은 기억으로는, 정우현은 여동생인 정현주에게 무심했다. 별 대화도 하지 않았다. 그것은 여동생 뿐만이 아니라, 정우현이 어머니, 여동생, 그리고 타인에게 기본적으로 취하던 스탠스였다. 그는 방에 틀어박힌 폐인이었고, 게임와 인터넷으로만 소통하던 인물이었다.

지금의 우현에게는 낯선 기억이다.

"…지금은 나름대로 신경 써 주고 있지만요."

벌어들이는 돈의 일부는 꾸준히 가족에게 보내고 있다. 현주에게 용돈도 주고 있고, 카톡이나 전화, 페이스북 같은 것으로 연락도 나누고 있다. 너무 무리하지 마라. 조심해라. 우현의 어머니나 현주는 언제나 우현에게 그렇게 말했다.

우현의 대답에 박희연은 의외라는 듯 우현을 보며 눈을 깜빡거렸다.

"우현씨는 동생한테 껌벅 죽을 것 같았는데."

그 대답에 우현은 피식 웃었다.

"아마, 지금은 그럴 겁니다."

애매한 대답이었고, 박희연이 머리를 갸웃거렸다. 우현은 자세히 이야기하지 않았다. 지금의 자신과, 과거의 정우현에 대해 설명할 이유는 없었다. 와인 한 병을 비우고 조금 더 이야기를 한 뒤에 둘은 레스토랑을 나왔다.

"오늘 즐거웠어요."

박희연이 말했다. 그녀의 얼굴은 조금 붉게 물들어있었다. 취기 때문이리라. 입을 열 때마다 하얀 김이 새어나왔다. 11월이었고, 겨울이 다가오고 있었다. 우현은 코트 주머니에 손을 넣고서 머리를 끄덕거렸다.

"즐거웠다니 다행입니다."

어떻게 할까. 조금 더 꼬셔볼까. 박희연은 옷깃을 여미며 우현을 바라보았다. 술 한 잔 더 할래요? 맥주는 어때요? 소주도 좋은데. 머릿속으로 그런 생각을 하다가, 그만두었다. 오늘은 이 정도로만 하자.

"데려다 주실 필요는 없어요."

박희연이 말했다. 별로 취하지도 않았고. 덧붙이는 말에 우현이 머리를 끄덕거렸다.

"오늘 한 얘기에 대해서는 최대한 빨리 대답해 주셨으면 해요."

"아마 내일 안에는 대답을 들으실 수 있을 겁니다."

우현이 대답했다. 그 말에 박희연이 눈을 동그랗게 떴다.

"그렇게 빨리요?"

되묻는 말에 우현은 머리를 끄덕거렸다. 이 문제가 시한을 요구한다는 것은 굳이 설명을 듣지 않아도 알 수 있었다. 최신 던전의 공략. 지금 이 순간에도 다른 길드는 앞으로 나아가고 있을 것이다.

"그러면, 늦어도 내일 안에 연락을 드리겠습니다."

"…네. 조심해서 들어가세요."

박희연은 택시를 탔다. 창문 너머의 뒤편을 보니, 우현이 서있는 것이 보였다. 카톡. 핸드폰이 울렸다. 우현에게 온 카톡이었다. 카톡의 내용을 확인하고, 박희연은 피식 웃었다. 택시의 차번호가 적혀있었기 때문이다.

"매너 좋네."

그러고 보니, 오늘은 말을 놓고 오빠라고 부르고 싶었는데. 박희연은 피식 웃으면서 창밖을 보았다.

집으로 돌아 왔을 때, 시간은 10시가 조금 넘어 있었다.

"벌써 왔어요?"

문을 열고 들어오자 TV를 보고 있던 민아가 놀란 얼굴로 우현을 돌아보았다.

"응."

"왠일이래, 나는 내일 올 줄 알았는데."

민아가 키득거렸다.

"그런 사이 아니라니깐."

우현은 투덜거리면서 신발을 벗었다. 코트를 벗고 셔츠의 단추를 풀면서 주변을 돌아보았다.

"선하랑 시헌이는?"

"시헌이는 자기 방에 있고, 언니도 자기 방에 있어요."

"밥은 먹었어?"

"네, 아까 먹었죠."

그런데 진짜 그런 사이 아니에요? 들어보니까, 그 박희연이라는 여자 오빠한테 관심 있는 것 같던데. 민아의 물음에 우현은 머리를 저었다.

"그쪽이 나한테 관심이 있어도, 나는 그쪽에게 별 관심은 없어."

"우와… 철벽… 우현 오빠 보기와는 다르게 은근히 가드 높다니까."

"보기와는 다르게는 뭐야?"

우현은 투덜거리면서 선하의 방으로 향했다. 문은 닫혀 있었고, 우현은 손을 들었다. 똑, 똑. 문을 두 번 두드렸다. 안쪽에서 목소리가 들렸다.

"잠깐만."

조금 기다리자 문이 열렸다. 자고 있었던 것일까. 선하는 부스스하게 뜬 머리를 손으로 누르면서 우현을 바라보았다.

"일찍 왔네?"

"할 말 있어."

대뜸, 우현이 말했다. 그 말에 선하의 눈이 동그래졌다.

"중요한 이야기야."

REVENGE

5. 유빈투스의 성

HUNTING

NEO MODERN FANTASY STORY & ADVANTURE

REVENGE HUNTING

5. 유빈투스의 성

　설명했다. 박희연과 어떤 이야기를 나누었는지. 나래가 어떤 제안을 하였는지. 굳이 선하에게만 하지 않았다. 방에 있는 시헌도 불렀고, 거실에 모두 모은 체로 이야기를 했다. 이야기가 끝났을 때, 선하는 조용히 생각에 잠겼다.

　"나쁘지 않은 제안이야."

　우현이 말했다. 그것에 선하 역시 동감했다. 원래는 우현과 둘이서 40번대 던전에 갈 생각이었지만, 나래와 연합하여 오늘 막 열린 62번 던전에 들어가는 것은 제네시스에게 있어서 큰 기회였다. 선하가 머리를 끄덕거렸다. 동의한 것이다. 우현은 시헌과 민아를 힐끗 보았다.

"너희는….'"

"알아요. 저희는 20번대 던전에서 활동할게요."

시헌이 대답했다. 둘의 등급은 D다. 등급을 떠나서, 시헌과 민아는 우현과 선하처럼 투기를 다루는 것에 능숙하지 않다. 투기의 양만 놓고 보면 C급 헌터 수준까지는 되겠지만, 투기가 많다고 해서 헌터로서 뛰어난 것은 아니다.

"아마 며칠 동안 돌아오지 못할 지도 몰라."

우현이 말했다. 세이브 포인트도 특정되지 않은 던전이다. 중간에 돌아오는 것도 마땅치 않으니, 아마 며칠은 던전에서 야영하게 되겠지. 세이브 포인트를 특정할 때까지는 그렇게 할 수밖에 없다.

"그러면, 희연씨에게 연락할게. 최대한 빨리 전하는 편이 좋으니까."

나래에게도, 제네시스에게도. 선하가 머리를 끄덕거렸다. 나래와 연합하여 62번 던전을 공략하는 것에 성공한다면, 제네시스의 길드 등급도 올릴 수 있다. 나래 쪽에서 장비를 지원해주겠다고 했으니 추가로 길드원을 받을 수도 있겠지. 나래의 제안은 긍정적이다. 실패하지만 않는다면.

'그만큼 위험도 커.'

공략되지 않은 미지의 던전. 몬스터도 특정되지 않았

다. 어떤 네임드 몬스터가 출현할 지도 모른다. 파악된 정보는 극히 적다. 그 미지를 던전을 헤치면서 알아가고, 공략해 가야 한다. 위험요소는 차고 넘친다. 조금이라도 방심한다면 죽는다. GPS의 사용을 제한했던 43번 던전에서, 우현은 길을 찾는 방법으로 나무에 새겨진 흔적을 이용했다. 하지만 62번 던전에서는 그런 방법을 쓸 수 없다. 던전 넘버는 20번 가까이 차이가 난다. 몬스터의 수준도 다를 것이다.

박희연에게 카톡을 보냈다. 곧바로 대답이 돌아왔다. 잠깐만 기다려달라는 요청이었고, 얼마 지나지 않아 카톡이 다시 왔다. 바로 내일 판데모니엄 내의 나래의 길드 하우스로 올 수 있냐는 물음이었다.

◎

판데모니엄 내의 건물들은 협회의 건물, 장비와 소모품의 상점으로 쓰인다. 모든 건물이 그렇게 쓰이는 것은 아니다. 등급이 높고, 영향력이 높은, 몇몇 대형 길드는 협회로부터 판데모니엄의 건물을 사들여 길드 하우스로 사용하고 있다.

나래 역시 그랬다. 협회의 홈페이지에서 판데모니엄 내의 GPS를 다운받을 수 있었기에, 우현과 선하는 GPS

를 따라 나래의 길드 하우스 앞으로 도착했다. 나래의 길드 하우스는 3층짜리 건물이었다. 입구 팻말에는 나래를 상징하는 날개가 그려져 있었다.

"실례합니다."

문을 열고 안으로 들어갔다. 안은 한적했다. 처음 안의 정경을 보고 느낀 것은, 맥주집이었다. 테이블의 배치와 의자, 한쪽 벽에는 맥주잔들이 진열되어 있었다. 같은 한국인이라고 해서 모두가 같은 지역에 사는 것도 아니다. 그런 이들에게 있어서 판데모니엄은 훌륭한 만남의 장이었다. 어느 지역에 있어도 헌터는 판데모니엄으로 들어올 수 있으니까. 아무래도 1층은 길드원들끼리의 친목을 도모하는 공간인 것 같았다. 실제로 맥주잔 옆에는 와인부터 해서 다양한 술들이 비치되어 있었다.

"우현씨?"

목소리가 들렸다. 박희연의 목소리였다. 머리를 돌리니 이쪽을 보며 활짝 웃는 박희연의 모습이 보였다. 바로 어제 박희연의 사복 차림을 보았기 때문일까. 갑옷을 입은 박희연의 모습이 조금 어색하게 보였다.

"약속 시간보다 일찍 오셨네요?"

"늦는 것보다는 나으니까요."

우현이 대답했다. 그 대답에 박희연은 배시시 웃더니 시선을 돌려 계단을 가리켰다.

"따라오세요."

그녀를 따라 3층으로 올라갔다. 1층은 널찍한 홀이었
지만, 2층부터는 복도와 방이 나뉘어져 있었다. 3층에
도착해서 박희연은 복도 끝에 있는 방문을 두드렸다.

"우석 오빠."

박희연이 입술을 열었다. 최우석. 우현의 눈빛이 바뀌
었다. 나래의 길드마스터. SS급 헌터. 천재. 최우석에게
따라 붙는 수식어들이 머릿속을 맴돌았다. SS급 헌터로
는 김상규를 만났던 적이 있기는 하지만, 최우석의 사냥
영상을 직접 보았었기에 최우석을 직접 만나는 것은 묘
하게 우현의 가슴을 뛰게 만들었다.

"응."

문 안쪽에서 목소리가 들려왔다.

"들어가도 되요?"

박희연이 물었다.

"들어 와."

곧바로 대답이 들렸다.

문이 열렸다.

깔끔한 방이었다. 벽에는 넓은 창문이 있었고, 그 앞
에는 책상과 의자. 가장 먼저 눈에 들어온 것은 벽 쪽에
서있는 박광호였다. 박희연의 오빠. 그는 지난번에 보
았을 때보다 어깨가 더 넓어진 느낌이었다. 갑옷을 입

었기에 더욱 그리 느껴지는 것일지도 모른다. 박광호가
사람 좋은 미소를 지으며 우현과 선하를 향해 손을 흔
들었다.

그리고 그의 옆, 창문 앞의 의자에는 한 남자가 앉아
있었다. 조금 놀랐다. 체격은 그리 크지 않았다. 박광호
가 워낙 거구라서 그런 것일까. 하얀 얼굴과, 가지런한
머리카락. 그는 의자를 뒤로 빼고 몸을 일으켰다. 그리
큰 키는 아니었다. 보통의 키, 보통의 체격. 입은 것은
새하얗게 빛나는 순백의 전신 갑옷이었는데, 그 하얀 갑
옷은 남자의 깔끔한 생김새와 어울려져 어딘가 성스러
운 느낌마저 전하고 있었다.

"최우석이라고 합니다."

많게 잡아봐야 우현과 동갑일까. 실제로 본 최우석은
우현이 가지고 있던 인상과는 정 반대의 느낌이었다. 천
재적인 탱커라고 들었다. 최우석의 바바론가 사냥 영상
을 보았을 때, 그는 전형적인 방어형 탱커의 모습을 보
여주었다. 몬스터의 공격을 받아 넘기고, 공격을 버티다
가 틈이 보이면 공격을 찔러 넣고.

우현이 상상한 최우석은 박광호에 버금가는 거구였
다. 하지만 실제로 눈앞에 선 최우석은 체격도 그리 크
지 않았고 근육이 다부진 것도 아니었다. 머릿속의 인상
과는 정 반대였다.

"먼저, 나래의 제안을 받아들여 주신 것. 감사합니다."

최우석이 머리를 숙였다. 우현과 선하도 엉거주춤 머리를 숙였다.

"…저희 쪽이야말로. 좋은 기회를 주셔서 감사합니다."

선하가 말했다.

"바로 본론으로 들어가죠."

최우석이 입을 열었다.

"공격대의 편성은 이미 끝났습니다. 물론, 선하씨와 우현씨의 포지션을 넣어서요. 일단 포지션은 제 쪽에서 임의로 정했습니다만, 혹 이의가 있으시다면 곧바로 반영하여 수정하겠습니다."

"일단 들어보죠."

우현의 대답에 최우석이 머리를 끄덕거렸다.

"공격대의 인원은 15명입니다. 그 중에서 탱커는 5명으로, 제가 메인 탱커를 맡습니다. 상황에 따라 로테이션을 돌릴 예정이며, 우현씨의 포지션은 서브 탱커입니다."

"…제가 탱커를?"

우현의 얼굴에 놀람이 담겼다. 아무리 높게 봐준다고 하지만, 이제 막 A급이 된 헌터를. 그것도 경력이 짧은 헌터를 최신 던전의 서브 탱커로 둔다니. 너무 파격적이다 못해 위험하다 생각 될 정도였다. 우현의 말에 최우석이 머리를 갸웃거렸다.

"우현씨의 주 포지션은 탱커라고 들었습니다만. 탱커 포지션에 불만이 있으신 겁니까?"

"…아니, 그건 아닙니다. 다만, 너무 위험하지 않을까 생각해서."

"위험이라."

최우석이 중얼거렸다. 그는 턱을 긁적거리면서 곁에 선 박광호 쪽을 힐끗 보았다. 박광호는 굳이 말을 하지 않고 어깨를 으쓱거렸다.

"위험이 생긴다면, 제 판단이 틀린 것이겠지요."

최우석은 피식 웃었다.

"베드로사, 바바론가, 카로비스. 세 마리의 네임드 몬스터의 탱킹을 훌륭히 마치셨다고 들었습니다. 영상이라도 촬영했다면 제가 판단을 내리는 것에 조금 더 도움이 되었을 텐데… 영상이 없으니, 다른 쪽 정보에 의지할 수밖에 없지요."

"…어떤?"

"희연이가 말하더군요. 서커스의 단장인 파블로브 파블로비치 세르게이를 압도하였노라고."

최우석의 눈이 가늘어졌다.

"세르게이는 S급 헌터입니다. 헌터였을 시절 주 포지션은 탱커였죠. 세르게이가 헌터 자격이 박탈되고 일 년. 그는 고스트 헌터로 활동하면서 서커스를 만들었습니다. 일 년 동안 서커스에게, 세르게이에게 죽임을 당한 헌터는 굉장히 많지요. 루돌프의 길드 마스터도 그 중 하나고."

최우석은 잠시 말을 멈추었다.

"그런 세르게이를 혼자서 막아내고, 쓰러트렸다는 것. 제가 우현씨를 높게 보는 것은 그 이유입니다. 세 마리의 네임드 몬스터를 성공적으로 레이드하였다는 것도 이유 중 하나고 말입니다. 저는 제 판단이 옳다고 생각합니다. 우현씨 정도의 실력이라면 공격대의 서브 탱커로 두어도 충분합니다."

"…하지만…"

"그리고, 메인 탱커는 저입니다."

최우석이 머리를 흔들었다.

"탱킹은 로테이션으로 합니다. 제가 지치면, 다른 탱커가 그 자리를 메우는 식이지요. 우현씨를 서브 탱커로 두기는 했지만 우선도는 다섯 번째로 두었습니다. 우현씨의 걱정대로, 혹시 모를 위험이 생길지도 모르는 일이니까. 탱커 중 몇 명이 죽는다면 모를까, 우현씨까지 순서가 돌아가지는 않을 겁니다."

"그렇다면?"

"포지션은 서브 탱커이지만 사실상 딜러 포지션을 잡고 계시면 된다는 말입니다. 물론 서브 탱커로서의 자각은 가지고 계셔야겠지만."

최우석의 시선이 선하에게 향했다.

"선하씨의 포지션은 딜러입니다. 자세한 포지션에 대해 설명해드리겠습니다. 일반 몬스터를 상대로 싸울 때에는 상황에 따라 대처하겠지만, 상대 몬스터가 다수일 경우에는 각 탱커를 메인으로 둬서 3인으로 파티를 나눕니다."

상대가 일반 몬스터라고 해도, 마주친 경험이 없는 몬스터다. 어떤 위험이 생길지도 모른다. 그러니 탱커는 탱커답게, 딜러는 딜러답게 포지션을 마춘다.

"그럴 경우 파티는 숫자로 구분합니다. 우현씨의 경우에는 5번 파티. 5번 파티는 우현씨가 탱커로 들어가고, 선하씨와 희연이가 딜러를 맡을 겁니다."

"상대가 대형몬스터라면?"

"대형 몬스터라면 포지션을 다시 맞춰야지요. …일단, 유빈투스의 성에 등장하는 대형 몬스터가 어떤 형태인지 파악이 되지는 않았습니다만… 몬스터의 종류에 따른 포지션은 정해두었습니다."

흠. 최우석이 낮게 헛기침을 뱉었다.

"짐승형의 경우. 아, 이 경우에는 네발짐승을 기준으로 둡니다. 메인 탱커인 제가 몬스터의 전면을 맡습니다. 그리고 서브 탱커인 네 명은 제 주변, 몬스터의 앞다리 쪽을 마크해주셔야 합니다. 언제고 로테이션을 돌릴 수 있도록 말이지요. 다른 딜러진들은 좌우측과 뒷다리 쪽을 맡아주시면 됩니다. 괴수형 역시 짐승형과 동일합니다. 복수의 머리를 가진 놈은 서브 탱커의 우선 순서에 따라 탱커로 들어갑니다. 인간형과 인수형은 제가 중앙, 나머지 서브 탱커는 제 양측으로 둘씩. 딜러는 좌우측과 후방을 맡습니다. 비행형일 경우에는 아예 뒤로 빠져주십시오. 탱커인 제가 확실히 놈의 시선을 끌고, 아래로 내려오게 해야 하니까요."

최우석은 막힘없이 포지션에 대해 설명했다. 능숙했고, 우현이 듣기에도 문제는 없었다.

"알겠습니다."

"다른 이의사항은 없으십니까?"

"예, 없습니다."

"그러면 바로 가도록 하죠."

최우석이 대뜸 말했다. 그 말에 우현의 눈이 동그랗게 떠졌다.

"지금 바로 말입니까?"

묻는 말에 최우석이 머리를 끄덕거렸다.

"예. 최대한 빨리 진행하는 편이 좋으니까요."

"나래랑 제네시스가?"

김상규는 벙찐 표정이었다. 나래의 길드 하우스에 우현과 선하가 들어갔다는 것을 전해들은 것이다. 그는 얼굴 가득 짜증을 담고서 자리에 털썩 앉았다. 61번 던전의 공략이 끝내고, 선발대를 보내 62번 던전의 정보를 확인했다. 그리고 오늘부로 럭키 카운터와 연합하여 본격적으로 던전 공략에 나서려 했는데.

자세한 내막에 대해서는 충분히 추측할 수 있었다. 화랑이 나래를 견제하여 길드 하우스 쪽을 감시하는 것처럼, 나래 역시 화랑을 견제하고 있다. 나래가 타국의 S급 길드에게 연합을 제의했다가 거절을 들은 것도 알고 있다. 결국 어쩔 수 없이 나래의 전력 만으로 공격대를 꾸릴 것이라고 생각했는데, 설마 제네시스를 끌어들일 줄이야.

'인원은 적지만 무시하면 안 돼.'

제네시스라는 이름을 계승했다. 이전의 제네시스도 인원은 적지만 길드원들의 실력이 출중했다. 이번의 제네시스도 그랬다. 비록 만들어진지 얼마 되지 않았다고는 하지만, 무시할 생각은 없다. 실제로 제네시스 소속 길드원들은 모두가 8월에 초기 등급 심사를 본 애송이들이지만, 그 중 둘은 이번 등급 심사에 H급에서 D급으로 오르는 기염을 토했다. 재능이 있다는 말이다.

그리고 강선하와 정우현. 김상규는 혀를 찼다. 세 달 만에 A급에 오른 그 둘은 말할 것도 없다. 특히 정우현은 위험해. 세르게이를 압도했다는 것은 S급 이상의 실력을 가지고 있다는 것. 어쩌면, 최대로 쳤을 때. 놈은 SS급 헌터에 비견 될 지도 모른다.

'…잠깐.'

이거, 좋은 기회잖아. 김상규는 담배를 물었다. 불을 붙이고, 연기를 마시고, 생각에 잠겼다. 뿌연 머리가 맑아지는 기분이었다. 생각이 빠르게 회전했다. 62번 던전은 미공략된 던전이다. 루트도 특정되지 않았다. 세이브 포인트의 위치도 모른다. 어떤 몬스터가 출현할지, 또 어떤 네임드 몬스터가 출현할지도 모른다. 낮이 없다. 그 던전에 있는 것은 칠흑같은 밤 뿐이다.

"좋군."

김상규의 입 꼬리가 올라갔다. 그는 핸드폰을 들었다.

◎

"지금 당장."

세르게이는 몸을 일으켰다. 그는 발레리아를 힐끗 보았다.

"우리 포함해서 열 셋. A급 이상으로, 실력 되는 놈들로 불러."

세르게이의 말에 발레리아는 내키지 않는다는 표정이었다. 그녀는 머뭇거리며 입을 열었다.

"…오빠, 의뢰금이 올랐다고는 해도… 이건 너무 위험하지 않아요?"

"조건이 너무 좋아."

세르게이가 중얼거렸다. 의뢰인 쪽에서 모험을 걸었다. 그만큼 이번 일을 중요시 여긴다는 것이겠지. 이전의 의뢰금은 받지 않는 조건이었고, 그의 배나 되는 의뢰금을 제시했다. 분배를 한다 해도 평생은 이 일을 하지 않아도 될 정도였다.

"돈 받으면 돈 받은만큼 일을 해야지."

세르게이는 가슴의 상처를 어루만졌다. 사적인 원한도 있고 말이야. 세르게이와는 달리 발레리아는 여전히 불안한 얼굴이었다. 그도 그럴 것이, 62번 던전이다. 공략이 전혀 되지 않은 미지의 던전.

서커스에 속한 헌터들은 모두가 위조된 헌터 등록증을 가지고 있다. 그것은 죽은 헌터의 등록증으로, 브로커를 통해 등록증의 정보를 바꾸어 사용한다. 물론 그것만으로는 부족하다. 얼굴이 노출된 헌터의 경우에는 얼굴을 바꿔야 한다. 정교한 위장을 하던, 성형을 하던.

협회는 최상위 던전의 공략에 나선 길드의 공격대를 15인으로 제한했다. 그것은 파티도 마찬가지다. 이번 습격에서 서커스는 위조된 등록증을 사용하여 15인 파티로 던전에 입성할 예정이다. 최상위 던전이라고 해서 길드가 독점할 수는 없다. 길드에 가입하지 않은 일반 헌터가 파티를 맺어 던전에 들어가기를 희망하여도, 협회로서는 그를 막을 수 없다. 아무리 위험하다고 경고해도 제 목숨을 걸겠다는 것은 자기 의지니까.

'불안해.'

발레리아는 입술을 잘근 씹었다. 지난번에도 죽을뻔하였는데, 이번에도 또. 게다가 62번 던전이라니. 43번 던전의 습격에 나섰을 때, 서커스는 다른 헌터들보다 우위에 있는 사냥꾼이었다. 헌터들의 등급도 높았고, GPS의 사용이 제한 된 다른 심사자들과는 달리 GPS를 자유롭게 쓸 수 있었으니까.

하지만 이번에는 다르다. GPS는 사용할 수 없다. 던전 공략이 전혀 되지 않았으니까. 서커스 쪽의 등급이 완전히 높다고도 할 수 없다. 위험요소가 너무 많다.

"준비해."

세르게이가 몸을 일으켰다. 발레리아는 결국 아무런 말도 하지 못했다.

62번 던전의 입구에는 협회 측 헌터들이 모여 있었다. 최우석이 가서 몇 마디 말을 주고 받고, 협회 측 헌터가 머리를 끄덕거렸다. 나래와 제네시스의 연합 공격대가 던전에 입장하겠다는 뜻을 전하는 것이다. 얼마 지나지 않아 최우석이 돌아왔다.

"위험이 많을 겁니다."

최우석이 운을 뗐다.

"피해가 아예 없을 것이라는 장담은 할 수 없습니다. 그 피해를 최대한 막기 위해 있는 것이 포지션이고, 맡은 역할을 최대한 숙지해주셔야 합니다. 포지션이 꼬이면 손 발이 꼬입니다. 손 발이 꼬이면 한 명 죽을 것이 몰살로 이어지고."

비단 우현과 선하에게 하는 말은 아니었다. 메인 탱커인 최우석을 따르는 모두에게 하는 말이었다. 우현은 귀를 열었다. 생각해 보면, 이 몸으로 헌터가 되고 나서 다른 사람의 지시를 따르는 것은 이번이 처음이었다. SS급 헌터. 이전의 세계에서 호정의 등급과 같다.

"죽고 싶은 사람은 없겠죠."

최우석은 피식 웃었다. 그는 체격에 맞지 않는 거대한 랜스와 방패를 들었다. 장비의 중량만 하여도 어마어마

할 텐데, 최우석은 그 무게를 조금도 느끼고 있지 않은 것처럼 보였다. 투기를 다루는 것이 능숙하다는 말이겠지. 아니면 저 크기와는 달리 장비의 중량은 생각보다 크지 않거나. 몬스터의 사체를 쓴 장비니까 그럴 지도 모른다.

"저도 죽고 싶지는 않습니다. 화랑에게 밀리고 싶지도 않고."

아무렇지 않게 덧붙인 말이지만 최우석의 진심이었다. 화랑에 밀리고 싶지 않다. 화랑이 럭키 카운터와 연합한 덕에 나래는 화랑보다 뒤에 처지게 되었다. 그를 역전하기 위해 제네시스와 연합하여 우현을 끌어 온 것이고. 우현 역시 최우석의 진심을 알았다. 진심으로 그렇게 생각하는 것이 아니라면 우현을 끌어오지 않았을 테니까.

"갑시다."

최우석이 몸을 돌렸다. 자연스럽게 우현은 박희연과 선하와 같은 위치에 섰다. 난전이 되었을 때 셋은 5번 파티가 되고, 우현이 메인 탱커를 맡기 때문이다. 박광호가 다가왔다. 최우석이 게이트를 지나고, 다른 공격대원들이 그를 따르던 중이었다.

"동생을 잘 부탁합니다."

박광호가 머리를 숙였다.

"쪽팔리게, 뭐해?"

박희연이 투덜거렸다. 박광호는 숙인 머리를 들지 않았다.

"…최선을 다하겠습니다."

반드시 지켜주겠다는 말은 할 수 없다. 위험을 끌어안는 것은 이쪽도 마찬가지니까. 오히려 우현이기에 잘 알고 있었다. 미지의 던전을 공략해 나간다는 것이 얼마나 위험한 일인지. 몬스터는 다른 던전에서도 마주칠 수 있다. 습격도 다른 던전에서 당할 수 있다. 하지만, 미공략된 던전은. 어떤 몬스터가 출현할지 모른다.

'그리고 네임드 몬스터.'

최신 던전에 다른 길드와 헌터들이 공격대를 만들어 어떻게든 들어가려는 이유가 있다. 네임드 몬스터의 존재 때문이다. 이미 공략된 던전에는 네임드 몬스터가 일정 주기, 혹은 랜덤으로 출현하지만 이제 막 열린 던전에는 던전에 출현하는 모든 네임드 몬스터가 활보하고 있다. 그들은 일정 시간, 머리 위에 떠오른 숫자가 사라지면 현실에 출몰하지만 그 전에 잡는다면 문제는 없다.

네임드 몬스터를 잡는 것. 네임드 몬스터에 대한 정보를 일시적 독점하는 것. 네임드 몬스터의 사체를 얻는 것. 마석을 얻는 것. 그 모든 것이 최신 던전에서 얻을 수 있는 이득이다.

하기에 반드시 지켜주겠다 확답할 수 없는 것이다. 네임드 몬스터와의 싸움에서 피해가 생길지도 모르니까. 네임드 몬스터에 대한 정보가 아예 없으니, 패턴을 예측할 수 없다. 하지만 박광호는 우현의 대답에 만족한 기색이었다. 그는 씩 웃으면서 머리를 들었다. 그리고는 박희연을 힐끗 보았다.

"조심해."

"오빠나 조심해. 괜히 앞에서 나대다가 죽지 말고."

박광호의 포지션은 서브탱커. 서브탱커 중에서 우선도가 가장 높다. 최우석이 죽거나, 부상을 입거나, 로테이션을 돌릴 경우. 그의 공백을 메워야 하는 것은 박광호의 몫이다. 박희연의 투덜거림에 박광호는 웃으면서 박희연의 머리를 손으로 꾹 눌렀다.

"안 죽어."

박광호는 그렇게 말하며 몸을 돌렸다. 그가 게이트를 지났다. 우현은 낮게 숨을 마시고선 앞으로 발을 뻗었다.

"갑시다."

게이트를 지났다.

긴장하지 마. 괜찮아. 오히려 이런 상황이 너에게 익숙하잖아. 최상위 던전, 몇 번이고 갔던 곳이야. 그곳에서 몇 번이나 죽을 뻔 했고. 몇 번이나 무력을 절감했었지. 네가 얼마나 무능했는지를 절감했어.

바로 이곳에서.

이런 곳에서.

칠흑의 밤이 우현을 반겼다. 시선을 들어 하늘을 보았다. 새빨갛고, 불길한. 그런 달이 하늘에 걸려 있었다. 그 달의 주변에 퍼진 붉은 월광이 전율스럽게 느껴졌다. 숨을 내쉴 때, 차가운 밤공기가 우현의 폐를 시리게 만들었다. 몸 안에 맴도는 피가 얼어붙는 기분이었다.

괜찮아.

우현은 앞으로 걸었다. 묵묵히, 아무런 말도 하지 않고. 음산하고, 날뛰는, 그런 밤이었다. 눈앞의 숲은 부는 바람에 흔들려 유령이 춤을 추는 것 같았다. 어디선가 울부짖음이 들렸다. 늑대인가, 혹은 다른 짐승인가. 아니, 괴물의 울음이었다. 손끝이 가늘게 떨렸다. 긴장, 또 긴장. 언제 어디서 무언가가 튀어나올 지도 모른다. GPS는 꺼내지 않았다. 꺼내 봐야 의미가 없으니까. 이전처럼 나무를 살피며 흔적을 쫓을 수는 없다. 이정표를 남기는 것은 이제 이쪽이 해야 할 역할이다. 길잡이는 누구지? 선두에 선 것은 최우석이다. 그가 던전 내에서 길을 정한다. 그것을 쫓는다.

"각 파티에서 한 명씩 조명을 잡겠습니다."

각 파티에게 랜턴이 전달되었다. 랜턴을 잡는 역할은 선하가 맡았다. 주변이 금세 밝아졌다. 이것으로 시야는 확보했지만, 그것은 몬스터 쪽도 마찬가지다. 시커먼 숲에서 환한 빛무리가 움직이는 것이다. 몬스터에게 이쪽으로 오라고 신호하는 것과 마찬가지다.

그것을 의도한 것이기도 하다. 괜히 조명을 줄이고 움직였다가 몬스터의 습격을 받는다면 대처가 힘들다. 오히려 노골적으로 알리는 편이 대처를 강구할 수 있다.

이동시의 진형은 파티 별로 나누었다. 최우석의 파티가 선두, 그리고 그 바로 뒤에 박광호의 파티가 선다. 좌우측을 경계하여 두 파티가 뒤에 붙고, 우현의 파티가 후방을 경계한다. 언제 어디서, 어떤 위치에서 몬스터가 튀어나올지 모른다. 우현은 귀를 열었다. 감각을 곤두세웠다. 자신의 가슴이 뛰는 소리가 들렸다.

아.

그는, 이런 순간이 좋았다.

어둠 속에서 눈동자가 빛이 났다. 노란, 짐승의 눈. 뒤쪽이었다.

"랜턴 돌려."

우현이 소곤거렸다. 그 말에 선하가 반응했다. 우선, 우현의 시선을 살핀다. 우현이 어느 곳을 보는지. 좌측, 후방. 랜턴을 돌렸다.

카악!

빛이 비춰진 순간 놈이 튀어나왔다.

"습격!"

박희연이 소리쳤다. 전방의 공격대원에게 신호를 보냈다. 이동이 멈췄다. 우현은 파브니르를 뽑았다. 시뻘건 검신이 어둠을 갈랐다.

카각!

베어내지 못했다. 무게가 뒤로 밀려났다.

낮이 없는 던전. 해가 뜨지 않는 던전. 조명이라고는, 하늘에 떠오른 붉은 달 뿐. 필연적으로 놈들은 빛에 약할 수밖에 없다. 강렬한 빛을 눈앞에 쏘아낸다면 발작하고 순간이나마 시야를 잃는다. 경험에서 뽑아낸 판단이었고, 그는 유효했다.

'인수형.'

인수형 몬스터의 대표라 할 수 있는 것은 라이칸 슬로프다. 짐승의 냄새, 그리고 발톱. 자연스럽게 라이칸슬로프를 떠올렸다. 하지만 아니었다. 우현의 눈이 실룩거렸다. 냄새가 달라. 짐승의 냄새가 아니라, 조금 더 고약한…

썩은 냄새.

"좀비?"

중얼거림에 돌아온 것은 썩은 구취였다. 놈이 입을 쩍 벌리고 소리를 지른 탓이다. 우현은 미간을 찡그리면서 검을 고쳐 잡았다. 다행스럽게도, 놈은 한 마리였다. 우현은 검을 잡은 손에 힘을 주었다. 놈을 밀어냄과 동시에 발을 뒤로 뻗어 거리를 두었다. 그렇게 만든 틈을 박희연이 꿰뚫었다. 자세를 낮추고 앞으로 쏘아진 그녀는 검을 크게 휘둘렀다.

떠엉!

베어지지 않는다. 방어벽이 견고해. 박희연은 손아귀에 느껴지는 저항감에 혀를 차면서 발을 뒤로 끌었다. 소형 일반몬스터. 인수형, 아니, 인간형. 이런 작은 몬스터를 상대로는 쓰는 전법은 히트 앤 런이다. 공격을 넣고, 타이밍을 봐서 빠지고. 당장 선하는 움직일 수 없다. 랜턴을 들고 있으니까.

그러니 탱커가 들어간다.

쩌엉!

휘두른 검이 좀비의 몸을 뒤로 밀어냈다. 상당히 힘을 주었는데도 버틴다. 이전까지의 일반 몬스터들과는 다르다. 하긴, 이전까지의 던전보다 넘버가 엄청나게 높아졌으니까. 낮은 던전에서는 일반 몬스터쯤이야 일격에 베어낼 수 있었지만, 이곳에서는 그렇게 할 수 없다. 일반 몬스터여도 네임드 몬스터를 상대하는 것처럼, 그렇게.

한 번, 두 번, 세 번. 좀비는 우현과 희연의 공격을 번갈아 세 번이나 버텨냈다. 아니, 처음의 공방까지 합한다면 다섯 번을 버틴 것이다.

써걱!

박희연의 검이 좀비의 목을 베어냈다. 뒤로 빠지려는 박희연을 향해 우현이 경고를 발했다.

"다리!"

"네?"

박희연이 놀란 소리를 냈다. 좀비는 애초에 죽은 존재다. 목을 베어낸다고 해서 안심해서는 안 된다. 다시 공격이 들어올 지도 모르는 일이니까. 머리가 없는 좀비가 박희연을 향해 손톱을 휘둘렀다. 우현이 튀어나가기 전에, 랜턴의 빛이 크게 흔들렸다. 선하가 튀어나갔다. 그녀는 랜턴을 떨어트리고서 박희연의 허리를 끌어 안았다.

콰당탕!

두 여자가 땅을 뒹굴었다. 그 틈에 우현이 검을 휘둘렀다. 좀비의 몸이 양단되어 쓰러졌다.

"…고… 고마워요."

박희연이 얼떨떨한 얼굴로 말했다. 선하는 숨을 몰아쉬며 몸을 일으켰다. 그 아래에 깔려 있던 박희연은 꿀꺽 침을 삼켰다. 선하는 몸에 묻은 흙을 털면서 중얼거렸다.

"조심해요."

"…네."

이쪽의 실수니까, 박희연은 반발 없이 시선을 내리깔았다. 선하가 손을 뻗어 박희연을 일으켰다.

"괜찮아요?"

선하가 물었다. 상처는 없다. 다만, 조금 놀란 것이 전부다. 박희연이 머리를 끄덕거렸다. 우현이 랜턴을 들어 선하에게 돌려 주었다.

"…출현하는 몬스터는 좀비인가."

최우석이 중얼거렸다. 좀비라. 그는 밤하늘을 힐끗 보았다. 불길한 붉은 달이 흉흉한 빛을 내고 있었다.

"…조심합시다. 머리를 자르는 것보다는, 몸을 자르는 것으로. 조우한 몬스터는 좀비기는 하지만, 앞으로 어떤 몬스터가 더 출현할지 모릅니다."

최우석의 말에 다들 머리를 끄덕거렸다. 다시 이동이 시작됐다. 속도는 그리 올리지 않았다. 괜히 속도를 올려 이동하는 것에만 중점을 두었다가는 괜히 처질 지도 모르니까.

선두의 최우석은 가까운 나무로 가서 얇은 유리판을 붙였다. 우현은 내심 머리를 끄덕거렸다. 저것은 일종의 이정표다. 이 길을 한 번 지나갔다는, 그런 이정표. 얇은 거울판은 몬스터의 시선에 띄지 않으면서도, 랜턴의 빛이 향한다면 빛을 반사할 것이다.

"그래도 목표가 확실하니 낫네."

우현이 중얼거렸다. 후방 쪽을 비추면서 주의하여 움직이던 선하가 우현을 힐끗 보았다.

"무슨 말이야?"

그 물음에 우현은 어깨를 으쓱거리며 손을 들었다. 숲의 너머, 거대한 성. 우현의 손가락이 그곳을 향했다.

"일반적인 밀림형 던전이라면 길을 찾는 것이 힘들어. 도대체 어디가 밀림의 끝인지, 그리고 어디가 세이브 포인트인지 알 수 없으니까."

그런 경우에는 정말 던전 전체를 뒤져야 한다. 이정표를 남기고, 왔던 길을 되짚으면서 루트를 조금씩 바꾸고. 하지만 밀림이나 초원이 아닌, 미궁이나 성, 탑 같은 던전은 비교적 편한 쪽이다. 미궁에는 끝이 있다. 성과 탑에도 끝이 있다. 유빈투스의 성도 같다. 당장은 밀림이지만, 성이라는 확실한 이정표가 있다.

"목적지가 확실하다면, 왜 굳이 표식을 남기는 거에요?"

"돌아가는 길을 위해서죠."

박희연의 물음에 우현이 대답했다. 성이라는 목적지는 이곳에서도 보이지만, 입구 게이트의 위치는 보이지 않는다. 만약 세이브 포인트를 발견하지 못하고 던전을 돌아가려면 왔던 길을 거스를 수밖에 없다. 물론 그것은 어디까지나 최악의 상황이다. 이런 경우 입구 던전으로 돌아가는 것은 더 이상 던전 진행이 불가할 상황뿐이니까.

"잘 아네."

선하가 중얼거렸다. 우현의 시선이 선하에게 향했다.

둘의 시선이 얽혔다.

"가끔, 너는. 내가 아는 네가 아닌 것 같아."

"별로 그렇지도 않아."

말을 너무 많이 했군. 우현은 내심 그렇게 생각했다. 우현의 말에 선하는 더 이상 캐묻지 않았다. 공격대가 움직였다. 시커먼 숲속에서 빛이 움직였다. 빛은 하나가 아니었다. 다른 길드의 공격대, 혹은 길드에 속하지 않은 헌터들의 파티. 잡은 방향은 다르더라도 그들이 노리는 것은 숲 너머에 있는 성이다. 유빈투스의 성. 저 성의 어딘가에는 이 던전의 주인인 보스 몬스터 유빈투스가 있을 것이다.

'보스 몬스터를 마주하는 것은 처음이로군.'

적어도, 이 몸으로는.

◎

"의뢰인의 말대로야."

세르게이가 중얼거렸다. 그가 쥔 랜턴이 향할 때마다 나무에 붙은 유리판이 빛을 반사했다. 세르게이는 미간을 찌그리면서 나무쪽으로 다가갔다. 그는 손을 뻗어 유리판을 어루만졌다.

"버릇이라고 하더니."

브로커를 통해 저쪽의 상황은 전해 들었다. 정우현은 나래의 공격대에 들어갔다. 나래, 라. 세르게이가 작게 혀를 찼다. 나래의 길드 마스터인 최우석에 대해서는 알고 있다. 직접 마주하고, 함께 레이드를 뛴 적은 없지만 좁디 좁은 헌터 세계에서 소문은 굉장히 빠르다.

미공략된 던전을 공략할 때, 최우석은 항상 유리판을 사용한다. 그 나름대로 길을 찾는 방법이다. 굳이 밤이 아니더라도 유리판은 빛을 받아 반짝거리니까. 그것에 대해 알려준 것은 의뢰인 쪽이었다. 얼굴도 누군지 모르지만.

'놈은 최우석을 알고 있어.'

그것도 아주 잘. 나래 쪽의 내분인가? 세르게이는 미간을 찡그리며 머리를 갸웃거렸다. 아니, 나래는 이번 일에 관련이 없다. 정우현을 죽여 달라는 의뢰는 정우현이 나래에 들어가기 전이니까. 그렇다면 누굴까. 아니, 괜한 생각이다. 의뢰인을 알아봐야 세르게이 쪽에서 취할 스탠스는 마땅치 않다. 무시하는 편이 속 편하지.

"정신 바짝 차려라. 일 치르기 전에 뒈지지 말고."

세르게이가 경고했다. 나름대로 엄선하여 데리고 오기는 했지만, 글쎄. 던전 공략하는 것은 오랜만이라서 이쪽도 긴장되는데. 헌터를 상대하고, 헌터를 죽이고. 그렇게 거의 일 년을 보냈는데 대뜸 최전선이라니. 세르게이는 작게 혀를 차면서 앞을 향해 랜턴을 비췄다.

"가자."

빛을 받은 멀찍이서 유리판이 반짝거리며 빛이 나는 것이 보였다. 이쪽도 열다섯, 저쪽도 열다섯. 하지만 곤란하군. 세르게이는 작게 혀를 찼다. 이쪽의 전력이 부족하다. 지난번과는 경우가 달라. 지난번에는 B급 다섯에 A급 하나였고, 이쪽의 전력이 더 많았다. 하지만 이번에는 수가 똑같다. 오히려 전력 면에서는 이쪽이 밀릴지도 모른다. 상대는 S급 이상의 헌터가 둘. 정우현을 S급 이상이라 친다면 셋이나 된다. 반면에 서커스 쪽은 S급 이상이 세르게이 하나뿐이다.

'…뭐, 그건 어디까지나 전면전의 경우고.'

정면에서 당당하게 도전할 생각은 없다. 구린 일이다. 지저분한 일이야. 그럼 그만큼 더 지저분하게 해야지. 뒤통수에 눈이 있을까?

세르게이는 아직까지 뒤통수에 눈을 가진 사람을 본 적이 없었다.

◎

"제네시스?"

남자가 머리를 돌려 놀란 표정을 지었다. 김상규는 실

실 웃으면서 머리를 끄덕거렸다. 김상규는 남자의 눈썹이 순간 실룩거리는 것을 놓치지 않았다. 막시언 밀리베이크. 세계 제일이라는 럭키 카운터의 길드 마스터이자, 이 세계에서 10명이 채 안되는 SSS급 헌터.

"모르고 계셨습니까? 제네시스 길드 마스터에게 딸이 하나 있지 않았습니까. 그 딸이 헌터가 되어서, 죽은 아버지의 길드를 재건한다는 모양입니다."

막시언은 대답하지 않았다. 잠깐 동안 그는 아무런 말도 하지 않았다. 김상규는 막시언의 얼굴에서 표정이 사라지는 것을 바라보았다. 막시언은 턱을 어루만졌다. 제네시스, 제네시스라. 오랜만에 떠올리는 이름이다. 좋은 길드였지. 실력도 뛰어났고. 특히 길드 마스터의 실력이 뛰어났어. 이름이 뭐였더라, 아, 맞아. 강상중. 분명히 일 년 전에…

"뭐, 그런가."

막시언이 중얼거렸다. 그는 묘한 얼굴로 김상규를 바라보았다. 자신을 향하는 막시언의 시선에 김상규는 턱끝을 당겼다. 살피는 듯한 시선이다. 왜, 자신에게 제네시스의 이야기를 하는가. 그에 대한 무언의 질문이었다. 김상규는 입을 열었다.

"그 제네시스가 나래와 연합하고 있습니다."

나는 딱히 당신을 의심하지 않는다. 일 년 전, 43번 던전을 공략할 때. 그곳의 보스 몬스터인 고쿤 모르쟈를 잡을 때. 럭키 카운터를 포함한 다른 길드의 연합 공격대가 모두 전멸하고, 럭키 카운터만이 살아남았을 때. 그 일에 대해서 어떠한 의심도 없다. 그에 대해서는 굳이 입 아프게 떠들지 않았다.

그저, 아무 것도 모른다는 표정을 지었다.

"나래라."

막시언이 중얼거렸다. 나래의 길드 마스터에 대해서는 알고 있다. 최우석. 실력이 뛰어난 헌터지. 그 작은 나라에는 어울리지 않을 정도로. 막시언의 머릿속이 엉키기 시작했다. 나래와 제네시스가 연합했다는 것. 강상중의 딸이 나래와 붙었다는 것. 그리고, 이곳에 있다는 것. 강상중에게 딸이 있고, 그 딸이 뭔 짓거리를 하던 막시언은 신경 쓰고 싶지 않았다. 일 년 동안 막시언은 43번 던전에서의 일을 잊고 있었다. 그는 그런 사람이었다. 일 년 전의 일은 그저 비즈니스의 일환이었을 뿐이다. 성공적이었고, 굳이 떠올리며 흐뭇해할 만큼 유쾌한 기억도 아니다.

하지만. 그 딸이 굳이 제네시스라는 이름을 다시 꺼내는 것은 조금 불쾌하다. 막시언은 머리를 끄덕거렸다.

"이쪽도 서둘러야겠군."

그는 아무렇지도 않다는 얼굴로 그렇게 말했다. 막시언

은 그렇게 말하면서 등 뒤에 걸친 도끼자루를 움켜잡았다.

그리고 휘둘렀다.

콰직!

뒤에서 덮치던 좀비가 일격에 박살났다.

◎

최우석을 보았다.

'깔끔해.'

가장 먼저 느낀 인상은 그것이었다. 최우석의 탱킹은 군더더기를 찾을 수 없었다. 흠도, 틈도, 아무 것도 없다. 완벽하다는 인상을 강하게 받았다. 전방에서 출몰한 다수의 좀비. 다수의 몬스터를 마주했을 때, 공격대는 삼인 파티로 나뉘어 대처한다. 애초의 브리핑에서 최우석은 그렇게 말했었다.

하지만 굳이 그럴 필요가 있을까. 우현이 나설 틈은 없었다. 우현까지 순서가 돌아오지도 않은 탓이다. 최우석의 탱킹은 완벽했다. 또 완전했다. 방패를 전면으로. 저렇게 큰 방패는 민아의 방패처럼 다채로운 공격에 응용할 수는 없다.

하지만 크고 견고하다. 민아의 방패와는 다르다. 공격에 밀려나지 않는다. 네임드 몬스터의 공격도 그 자리에서 받아 넘기는 정도인데, 일반 몬스터의 공격은 간지럽지도 않다. 방어형이라고는 하지만 잠자코 가만히 서서 방패만 들고 있는 것은 아니다.

콰앙!

저돌적인 돌진이었다. 방패를 전면에 세우고 밀어 붙였다. 다수의 좀비들이 통째로 밀려났다. 밀어내고서, 발을 옆으로 끌었다. 스텝을 밟는 것이 자유로웠다. 콰앙! 다시 충돌음이 울렸다. 방향을 바꾼 최우석이 방패를 밀어내며 좀비들을 땅에 나뒹굴게 만들었다. 아무리 방어벽을 덮어 쓰고 있다고 하더라도 방어벽은 물리력을 완전히 무시하는 것은 아니다. 밀어낸다면, 밀려난다.

나뒹구는 좀비들을 향해 무자비한 공격이 쏟아졌다. 상황판단, 위치선정, 스텝, 방패를 다루는 기술. 최우석의 행동은 짤막한 단편이었지만 그의 실력을 엿보기에는 충분했다. 그는 강하다. 어쩌면, 우현이 보았던 이 세계의 어떤 헌터보다 높은 곳에 있을 지도 모른다. 과거의 나와 비교하면 어떻지? 순간 떠오른 의문에, 우현은 대답하지 않았다.

하고 싶지 않았다.

"숲에 출현하는 몬스터는 좀비 뿐인 것 같군요."

최우석이 입을 열었다. 그는 방패에 달라붙은 좀비의 살점을 털어내면서 시체를 내려 보았다. 애당초 죽은 존재라고는 하지만, 저렇게 넝마짝이 되었으면 움직이는 것이 불가능하다. 시간이 지나고 좀비의 움직임이 멎었다.

최초의 습격과는 다른 형태의 좀비다. 좀비로서 가공된 소재가 다르다는 것인가. 뭐, 이쪽에서 신경쓸 바는 아니다. 최우석은 머리를 돌렸다.

"계속해서 갑시다."

성과의 거리는 제법 가까워져 있었다. 서두른다면 앞으로 몇 시간 이내에 성까지 도착할 수 있을 것이다. 그렇다면, 이쪽이 첫 번째인가?

아니.

던전 공략 파티는 크게 둘로 나뉜다. 세이브 포인트를 찾고, 보스룸까지 찾는 진정한 의미에서의 공략파. 그리고 두 번째는 일반 몬스터와 네임드 몬스터만을 노리는 사냥파. 공략파는 던전 공략이라는 목적을 두고서 움직인다. 몬스터와의 교전을 최소한으로 배제하며 앞으로, 또 앞으로 나아간다. 그들이 있기에 GPS에 쓰이는 던전 맵이 완성되는 것이다. 또 그들이 있기에 세이브 포인트의 위치가 특정되고, 그들이 있기에 보스 룸까지의 최단거리가 특정되는 것이다.

사냥파는 공략파와는 다르다. 그들은 딱히 세이브 포인트를 특정하거나 보스룸까지의 최단거리를 특정하는 것에 목적을 두지 않는다. 그들에게 있어서 세이브 포인트의 발견이나 보스룸의 발견은, 발견하면 좋고 안해도 별 상관없는 그런 것이다.

사냥파는 철저하게 몬스터를 사냥한다. 던전에 등장하는 모든 일반 몬스터와 네임드 몬스터를 사냥하는 것이 그들이 둔 목적이다. 던전이 열리고 난 직후에는 던전에 등장하는 모든 네임드 몬스터가 활보하고 있으니, 그런 네임드 몬스터가 사냥파의 먹잇감이다. 그들이 원하는 것은 몬스터 정보의 독점과 사체의 독점. 처음으로 사체를 얻고나서 그것을 유통하여 이익을 얻는 것이 사냥파의 목적이다.

화랑과 럭키 카운터는 공략파. 그리고 나래와 제네시스 연합 역시 공략파라고 할 수 있다. 네임드 몬스터를 쓰러트려 얻는 실적보다 세이브 포인트를 특정하는 것, 그리고 보스룸을 특정하는 것으로 얻는 실적이 더 크기 때문이다. 최우석의 눈썹이 살짝 찡그려졌다.

'화랑이 어디까지 진행했는지 모르겠군.'

경쟁상대는 화랑과 럭키 카운터 뿐만이 아니다. 현존하는 모든 S급 길드가 경쟁 상대라 할 수 있다. 러시아의 S급 길드인 '볼프'는 사냥파 길드지만, 중국의 '송하'와 유럽의 '카멜롯'은 공략파 길드다. 럭키 카운터가 연달아 세 개 던전 공략에 성공했기에, 그들 역시 몸이 달아있을 것이다.

차라리 송하와 카멜롯이 던전 공략에 성공했으면 좋겠군. 최우석은 진심으로 그렇게 생각했다. 만약 이번에도 또 럭키 카운터와 화랑이 던전 공략에 성공한다면, 나래는 국내에서 완전히 화랑의 뒷전으로 밀리게 될 테니까.

다시 이동이 시작되었다. 속도가 조금 올랐다. 공격대원들은 점차 어둠에 눈이 익숙해졌고, 습격하는 몬스터에 익숙해졌다. 우현은 시간을 확인했다. 던전에 들어오고서 네 시간이 흘렀다. 아직까지 습격으로 인해 부상자는 없었고, 숲은 거의 끝나가고 있었다. 앞으로 조금만 더 가면 성에 도착할 것이다.

"여기서 조금 쉬겠습니다."

최우석이 말했다. 네 시간 동안 연달아 이동했다. 휴식이 필요한 시점이다.

"수면은 어떻게 합니까?"

우현이 물었다. 그 물음에 물통을 꺼내던 최우석이 어깨를 으쓱거렸다.

"교대로 자야겠죠."

최우석이 대답했다.

"지금 시간은… 17시가 조금 넘었군요. 23시까지 이동하고, 그 후에는 불침번을 세워 취침하겠습니다. 불침번은 각 파티마다 한 시간씩. 일단 그렇게 짜두었습니다만, 혹 건의사항 있으십니까?"

"없습니다."

이 정도의 인원이고, 공략되지 않은 던전이다. 안락한 잠자리는 기대할 수 없다. 그렇다고 잠을 아예 재우지 않을 수도 없는 노릇. 불침범을 돌리면서 밤을 보내고, 수면시간을 최소로 줄이는 편이 현명하다. 3인 파티가 다섯, 네 시간은 자겠군. 그 정도면 충분하다.

휴식은 30분 동안 주어졌다. 그 동안 공격대원들은 참고 있던 볼 일을 보고, 간단한 식사를 하여 요기를 때웠다. 우현 역시 그렇게 했다. 그는 육포와 물을 마셨다. 우현은 깨작거리며 식사를 하는 선하를 힐끗 보았다.

"괜찮아?"

"뭐가?"

대답이 곧바로 돌아왔다. 선하는 눈을 올려 뜨고 우현을 바라보았다.

"그냥, 긴장하는 것 아닌가 해서."

우현의 중얼거림에 선하가 머리를 흔들었다.

"별로 그렇지도 않아. 생각보다 할만한 것 같고."

"그럼 다행이고."

묻고 싶은 것은 전혀 다른 것이었지만, 선하가 내색하지 않기에 우현도 굳이 그러지는 않았다. 지금 이 던전에는 김상규와, 화랑과, 럭키 카운터가 있다. 선하의 아버지인 강상중의 직접적인 원수들이 모두 모여있는 것이다. 하지만 그를 안다고 해서 이쪽이 대응할 방법은 없다. 똥이 더러우면 치워야 한다. 다만, 치울 준비가 아직 안되었을 뿐이다.

휴식 시간이 끝나고 다시 이동을 시작했다. 공격대는 숲을 빠져나와 성을 목전에 두었다. 웅장한 성이었다. 우현은 성을 올려다보면서 무언가를 깨달았다. 저리도 큰 성인데 성에는 창문이 하나도 없었기 때문이다. 그저 벽과, 벽으로 이루어진 조형물이었다.

"기묘하군."

우현이 중얼거렸다. 모두가 그 심정에 동감하였다. 최우석 역시 마찬가지였다. 그는 SS급 헌터로서 무수히 많은 던전을 오갔고, 누구보다 먼저 최상위 던전에 입성하여 활동했지만, 지금같은 불길함을 느낀 적은 없었다. 저 성은 뭔가 다르다. 최우석은 본능적으로 그것을 느꼈다. 그리고 그 심정은 최우석 뿐만이 아닌 다른 모두가 느끼는 것이기도 했다. 헌터로서의 직감이 아니다.

인간으로서의 본능이었다. 저 성에 가까이 가고 싶지 않다는, 그런 본능. 최우석은 입술을 열었다. 내가 뭐라고 말을 하려 했더라? 일단 퇴각 합시다? 던전에 들어오고 나서 고작해야 다섯 시간이 조금 넘게 지났을 뿐이다. 그런데 이제 와서 퇴각이라니. 그럴 수는 없다. 위기감? 불길함? 그런 것이야 여태까지 던전을 돌파하면서 항상 느끼던 것이다. 최우석은 입을 열었다.

"갑시다."

최우석이 앞으로 향했다. 다들 머뭇거리며 최우석의 뒤를 따랐다. 가고 싶지 않다. 무언가가 발목을 붙잡는 것 같았다. 우현은 홀린 듯이 굳게 닫힌 성문을 바라보았다. 대체, 이게 무슨 기분이지? 끈적끈적한 늪에 몸이 잠겨 들어가는 듯한. 시커먼 먹물이 몸 안으로 흘러들어오는 듯한. 그 들어온 먹물이, 몸 안에서 얼어붙는 것 같은, 그런,

지독한 불길함.

'처음이야.'

긴장과는 다르다. 이것은, 우현이 모르는 감각이었다. 공포? 데루가 마키나를 처음 마주했을 때를 떠올렸다. 세상을 멸망시키는 그 끔찍스런 괴물을 직접 마주하였을 때. 모든 헌터가 데루가 마키나에게 달려들었을 때. 그리고 그 모든 헌터가 전멸하였을 때. 그리고, 마지막까지 살아남은 우현이 데루가 마키나와 단 둘이 섰을 때. 그 괴물이 천변만화하여 우현을 농락했을 때. 그때 우현이 느낀 감정은 공포였다.

우현은 공포라는 감정을 알고 있다.

하지만 지금 느끼고 있는 감정에 대해서는 알지 못했다. 미지의 것에 대한 공포? 아니, 그런 것이 아니다. 단순히… 생리적으로. 그리고 또 인간적으로, 가까이 다가가고 싶지 않은. 정문으로 다가서면서 우현은 자신이 느끼는 감정이 무엇인지 깨달았다.

위기감.

굳게 닫힌 거대한 문은 걸음을 다가설수록 천천히 열리기 시작했다. 마치 그런 장치가 애초에 되어있는 것처럼. 천천히, 천천히. 고요한 침묵을 끼긱거리는 금속음이 찢었다. 문이 열리는 속도는 너무 늦었다. 열다섯 명이 서서 문이 열리는 것을 기다렸다. 문의 틈새로 보이는 것은 시커먼 어둠. 그 너머에 무엇이 있는지는 보이지 않는다. 랜턴을 비춰 보아도 아무 것도 보이지 않는다. 어둠은 너무 진했고, 빛은 너무 약했다.

다만, 소리가 났다. 빠드득거리는 소리였다. 무언가가 부러지는 소리. 냄새가 났다. 진한, 그리고 역겨운.

'이건….'

문이 완전히 열렸다. 문이 열림과 동시에 어둠이 사라졌다. 문 너머에서 조명이 켜진 것 같았다. 갑자기 터져 나온 밝은 빛에 몇몇이 놀란 소리를 내며 뒤로 물러섰다. 우현 역시 미간을 찡그리면서 한 걸음 뒤로 물러섰다. 자연스럽게 우현의 시선이 위로 올라갔다. 빛이 그곳에서 터져나왔기 때문이다.

눈에 보이는 것은, 커다랗고 화려한 샹들리에였다. 들렸던 시선이 천천히 아래로 내려온다. 샹들리에 너머에는 나선형의 계단이 있었다. 조금 더, 시선이 아래로 내려온다. 널찍한 홀을 본다. 너 멀리서 보이는 것은 고풍스러운 조각품들. 그리고 조금 더, 시선이 아래로. 누군가가 입을 틀어막았다. 신음을 흘리는 이도 있었고, 말도 안 된다는 말을 중얼거리는 이도 있었다.

"또 왔네."

낄낄거리는 목소리가 들렸다. 거구의 남자가 몸을 일으켰다. 우현은 굳은 얼굴로 일어서는 남자를 바라보았다. 크다. 3m, 아니, 4m는 될 것 같았다. 놈은 그 거구의 위에 흑백의 턱시도를 입고, 붉게 젖은 입술을 손끝으로 훔쳤다.

또 왔네.

누가 한 말이지?

"오늘은 만찬이구나."

놈이 입술을 일그러트리며 웃었다. 놈의 손이 움켜 쥐고 있던 시체가 아래로 떨어졌다. 떨어진 시체는 피 웅덩이 위로 철벅거리며 떨어졌다.

187643

[라스 프라다.]

째깍, 하는 소리와 함께 놈의 머리 위에 있는 숫자가 하나 줄어들었다.

놈이 말을 했다.

라스 프라다. 우현은 놈의 머리 위에 떠오른 이름을 보았다. 네임드 몬스터가 네임드 몬스터라고 불리는 이유. 그것은 놈들이 제각각 고유한 이름을 가지기 때문이다. 일반 몬스터의 경우에는 이름이 특정되지 않는다. 하지만 네임드 몬스터는 다르다. 베드로사, 바바론가, 카로비스. 여태까지 우현이 잡았던 모든 네임드 몬스터들은 제각각 다른 이름을 머리 위에 가지고 있었다.

놈 역시 그랬다. 라스 프라다. 우현의 눈이 파르르 떨렸다. 이름을 가졌다. 그리고 이름 위의 숫자. 187642. 시간이 흐를수록 숫자는 점점 줄어든다. 초단위로 숫자가 하나, 둘. 얼마나 남았지? 그에 대한 생각을 할 수는 없었다. 우현은 지금 큰 혼란을 느끼고 있었다. 과거, 그는 이 세상과는 다른 세상에서 헌터로 살았다. SS급 헌터였고, 최상위 던전에서 수많은 네임드 몬스터를 상대했었다.

하지만 그가 만난 네임드 몬스터 중에서 말을 걸어 온 놈은 단 한 마리도 없었다. 보스 몬스터들도 마찬가지다. 유일하게 말을 걸어왔던 것은 데루가 마키나 뿐이었다. 그런데, 지금, 데루가 마키나가 아닌 다른 네임드 몬스터가 말을 걸어오고 있었다.

"…이게 대체…."

모두가 같은 혼란을 느끼고 있었다. 최우석은 창백하게 질린 얼굴로 라스 프라다를 바라보았다. 그 역시 말을 걸어오는 몬스터를 만난 것은 처음이었다. 사실, 이전에도 몬스터와 의사소통이 가능한가 가능하지 않은가에 대해서 여러 가지 실험이 행해졌었다. 일부 몬스터가 무리를 지으며 제들끼리 의사소통을 하고 있다는 것은 이미 여러 번 확인되었던 바다. 그것을 실마리로 하여 몬스터와 의사소통, 혹은 지능이 낮은 몬스터를 길들일 수 있지 않을까. 이런 취지로 몇 번이나 실험이 행해졌지만, 결과로는 아무 것도 남지 않았다. 인간은 몬스터와 대화할 수 없다. 인간은 몬스터를 길들일 수 없다. 그것이 유일한 소득이라면 소득이었다.

그런데, 갑자기 말을 걸어오는 몬스터가 나타났다. 그것도 네임드 몬스터. 최우석의 시선이 아래로 향했다. 그는 라스 프라다의 주변에 널브러진 시체들을 보았다. 최우석의 눈이 가늘게 떨렸다. 라스 프라다의 발치 아래에 나뒹구는 시체가 보였다. 검은색 갑옷. 최우석의 눈이 부릅떠졌다. 갑옷에 새겨진 문양은 그가 알고 있는 것이었다.

"…송하?"

최우석이 멍한 목소리로 중얼거렸다. 갑옷에 새겨진 문양은 송하의 것이었다. 최우석의 시선이 움직였다. 뻣뻣하게, 기계처럼. 감각이 붕 떠올랐다. 그의 상식으로는 이해할 수 없는 일이었기 때문이다. 나뒹구는 시체의 갑옷을 모조리 확인했다. 전부 다, 송하의 문양이 새겨져 있었다.

'전멸?'

송하가? 말도 안 된다. 송하는 S급 길드다. 나래보다, 그리고 화랑보다 급이 높은 길드란 말이다. 송하의 길드 마스터인 차이 펑은 SSS급 헌터고, 부길드장인 바이 셴 역시 SSS급 헌터다. 그 외에도 SS급 헌터와 S급 헌터를 보유하고 있다. 그런 송하가 전멸이라고? 네임드 몬스터 한 마리에게?

"친구들이야?"

라스 프라다가 웃으며 물었다. 최우석은 자신도 모르게 한 걸음 뒤로 물러섰다. 기묘한 위화감. 그리고 공포, 위기감. 그 모든 것이 최우석의 정신을 휘감았다. 말을 걸어오는 네임드 몬스터. 나뒹구는 송하의 시체. 피에 젖은 놈의 입술. 문이 천천히 열렸을 때, 안에서 들렸던 소리. 와드득거리는 소리였다. 그리고 진하고 역한 피 냄새. 이런 경우는 처음이다. 이런 상황은 최우석의 예상에 없었다. 그렇다면? 어떻게 해야 하지? 도망쳐야 하나? 최우석의 발이 뒤로 끌렸다.

쿠웅.

묵직한 소리가 울렸다.

문이 닫혔다.

"…우석아."

박광호 역시 굳은 얼굴이었다. 그는 꿀꺽 침을 삼키며 등 뒤에 걸치고 있던 검을 움켜잡았다. 굳이 덧붙이지는 않았지만, 최우석은 박광호가 마저 하지 않은 말이 무엇인지 알고 있었다. 어찌할 것인가. 싸울 것인가? 아니면 뒤로 물러설 것인가. 하지만 문은 닫혀있다. 문을 다시 열어야 하나? 저 묵직한 문을 밀어 여는 순간에 몇 명이나 죽을 것인가. 그렇다면 다른 곳으로 도망칠까? 이 성의 어딘가로? 아니면 싸워야 하나?

"…포메이션."

최우석이 말을 뱉었다. 그는 결정을 내렸다. 등을 돌릴 수는 없다. 도망칠 수도 없다. 그렇다면 맞서 싸울 뿐이다. 송하가 저 괴물의 체력을 어느 정도 빼주었기를 바랄 수밖에 없나. 아니, 송하가 전멸했다고 해도. 나래는 송하보다 길드 등급이 낮기는 하지만, 결코 송하보다 약한 길드는 아니다. 최우석은 까득 이를 갈았다. 그는 방패를 높이 쳐들고, 앞으로 걸었다.

"상대는 인간형 몬스터입니다. 그에 대한 포메이션은

이미 알렸을 터."

박광호가 무겁게 머리를 끄덕거렸다. 검을 뽑았다. 모든 공격대원들이 최우석의 목소리를 들었다. 우현 역시, 들었다. 인간형 몬스터를 상대로 했을 때, 메인 탱커인 최우석이 몬스터의 정면을 맡는다. 그리고 서브 탱커들은 최우석의 양쪽에서 그를 보조하면서, 언제고 로테이션을 돌릴 준비를 한다.

"긴장 풀지 마."

우현이 내뱉었다. 선하와 박희연에게 하는 말이었다. 둘은 그의 파티원이었으니까. 상대는 인간형, 그것도 이쪽과 대화가 가능한 놈이다. 고등한 지능을 가지고 있다 봐야 옳다. 이전까지의 몬스터는 정면에서 탱커가 시선을 잡는 것으로 어그로 관리가 가능했지만, 이번에는 어떨까?

확신은 없다. 저런 몬스터를 상대하는 것은 우현도 처음이었기 때문이다. 대체 뭘 어떻게 해야 하지? 말까지 걸어오는 놈을 상대로 앞에서 시선 끈다고 깔짝대봐야 놈이 얼씨구나 좋다고 맞장구를 쳐줄까. 글쎄, 나라면 어떻게 할까. 파브니르를 들고 최우석의 곁으로 다가가며, 우현은 생각을 계속했다.

내가 네임드 몬스터라면? 나를 죽이겠답시고, 조그마한 놈들이 무기 처들고. 내 방어벽을 존나게 두드린다면? 나는 어떻게 할까. 앞에서 깔짝거리는 새끼들. 방패 치켜들고, 내 공격 막아내고, 슬쩍슬쩍 밀어대는 새끼들을 상대할까. 아니면 내 등 뒤에서 존나게 무기 휘둘러 대는 새끼들 먼저 죽일까.

나라면?

"포메이션 바꿉시다."

우현이 내뱉었다. 그 말에 방패를 들던 최우석이 우현을 힐끗 보았다.

"갑자기 무슨 말입니까?"

최우석이 물었다. 라스 프라다는 성급하지 않았다. 놈은 오히려 이 상황을 즐기는 듯 했다. 실실 웃으면서 이쪽이 하는 꼴을 가만히 보고 있다. 단지 그것 뿐인데도, 우현은 확실히 느낄 수 있었다. 놈이 여태까지 상대하던 몬스터와는 전혀 다른 존재라는 것을.

"놈은 여태까지 몬스터와 다릅니다."

"압니다."

최우석이 대답했다. 그는 바보가 아니다. 라스 프라다가 여태까지 몬스터와는 다르다는 것. 놈이 지금 보이는 여유가 이유가 있는 것이라는 것. 여태까지 상대했던 몬스터처럼 포메이션을 짰다가는 틀림없이 일이 잘못되리라는 것. 송하가 전멸한 것에는 분명 이유가 있을 것이다.

"…노 탱킹이라고 생각해 주십시오."

최우석이 중얼거렸다. 그 말에 우현의 눈이 크게 떠졌다.

"예?"

되묻는 말에 최우석은 대답하지 않았다. 직접 봐라. 그는 그렇게 말하듯, 땅을 걷어 차며 라스 프라다를 향해 달려들었다.

"우하!"

라스 프라다가 웃음을 터트렸다. 최우석이 달려든 순간, 놈은 이미 준비하고 있었다. 높이 치켜 들은 손톱이 최우석을 향해 내리 찍혔다.

탁, 타악.

최우석의 발이 빠르게 움직였다. 몸을 비틀고, 다리를 뻗고.

콰직!

라스 프라다의 손톱이 땅에 내리 찍혔다. 놈의 공격은 최우석에게 닿지 않았다.

콰앙!

최우석의 방패가 라스 프라다의 무릎을 갈겼다. 하지만 놈은 조금도 휘청거리지 않았다. 오히려 즐거운 웃음을 터트리며 다시 손을 들었다. 놈의 손이 휘둘러지려는 순간, 최우석의 손이 들렸다. 그는 랜스를 쥐고 있지 않았다. 우현의 눈이 크게 떠졌다. 최우석의 손에 잡힌 랜스는 그가 여태까지 사용하던 것과는 형태가 달랐다. 끝부분이 뭉툭하게 각이 져 있는 랜스. 찔러 꿰뚫는 용도의 랜스가 아니다.

꽈앙!

라스 프라다의 오른쪽 어깨를 최우석의 랜스가 갈겼다. 놈의 팔이 순간 움찔거렸다. 공격이 멎었다. 그 타이밍이었다. 딜러들이 뛰쳐나갔다.

"너도 조심해."

선하가 소곤거리는 소리가 들렸다. 노 탱킹. 우현은 그 말을 이해했다. 최우석은 여태까지 보였던 탱커로서의 모습 대신에, 마치 딜러처럼 적극적으로 라스 프라다를 향해 공격을 넣고 있었다.

'시선만 끌어서는 안 돼.'

우현은 라스 프라다를 향해 달렸다. 방어형 탱킹으로는 안 된다. 놈이 확실히 나를 보도록 만들어야 한다. 다른 딜러보다, 내가 위협적이라고 판단하게 해야 한다. 그것으로 충분할까? 글쎄, 확신은 없다만. 파브니르의 검신이 붉게 달아올랐다.

공격형 탱킹은 여태까지 우현이 해 오던 것이다.

."거리 유지해! 다닥다닥 붙지 마!"

"씨발! 거리 유지하라고!"

"앞만 보냐, 이 등신아! 옆 봐, 옆! 무기 휘두를 때 조심하라고!"

악을 쓰는 외침이 시끄러이 울렸다. 그만큼 모두가 당황하고, 필사적이었다. 여태까지와는 전혀 다른 형태의 몬스터. 게다가 크기가 애매하다. 완전히 대형이라면 적당한 거리를 유지하고서 이쪽의 공격을 집중할 수 있을 텐데, 라스 프라다는 거구이기는 했지만 대형이라고 할 정도는 아니었다. 열다섯이라는 인원이 모두 달라붙어서 무기를 휘두를 수는 없다.

그러니 잉여 인력이 생긴다.

"공간 안 남는 놈은 뒤로 빠져!"

박광호가 고함을 질렀다. 일단 공격이 가능한 인력만 빙 둘러 싸고, 나머지는 뒤로 빠져서 로테이션을 돌린다. 하지만 공간이 남지 않는 것은 정면을 맡은 탱커 쪽도 마찬가지였다. 새끼가, 크기가 애매해서는.

"크윽!"

최우석의 몸이 크게 뒤로 밀려났다. 대체 뭐냐, 이 공격은. 단순히 손을 휘두를 뿐이잖아. 그런데도… 뒤로 밀려난다고? 내가? 최우석의 눈이 가늘게 떨렸다. 이런 경우는 처음이었다. 헌터가 되고, 여기까지 오면서. 그는 단 한 번도 제대로 된 위기를 느껴본 적이 없었다. 처음 상대하는 네임드 몬스터여도 크게 무리는 없었다. 공격은 단조로웠고, 막아내는 것은 어렵지 않았다. 흘리는 것도, 피하는 것도. 눈을 돌리면 여기를 공격하라 소곤거리는 것처럼 노골적인 틈이 보였고, 그곳으로 공격을 넣으면 모두가 정답이었다.

하지만 지금은? 지금은 어떻지? 틈은 보인다. 공격을 넣을 수 있다. 하지만 몸이 버티지 못해. 원하는 만큼의 위력을 낼 수 없다. 비집고 들어가 박살내기 위해서는 그만한 힘이 있어야 되는데. 이쪽은 공격을 막고 버티는 것으로 한계다.

"카하하! 카핫!"

라스 프라다의 웃음은 멈추지 않는다. 놈은 변칙적이었다. 어그로를 관리할 수가 없다. 사방으로 날뛰고, 손톱을 휘두르고, 발을 걷어차고. 아직까지 부상자가 생기지는 않았지만, 놈의 방어벽이 뚫릴 기미가 보이는 것도 아니다. 최우석은 울렁거리는 속을 누르며 다시 방패를 들었다. 노렸다.

쾅아앙!

라스 프라다의 주먹이 최우석의 방패를 정면으로 갈겼다. 최우석은 내장이 뒤집히는 것 같은 충격을 느꼈다.

"욱…."

최우석의 몸이 밀려난 순간이었다. 박광호가 그 자리를 메우기 위해 급히 발을 뻗은 순간. 그보다 우현의 움직임이 더 빨랐다.

스위치를 바꾸고,

압축하고, 또 압축하고.

"으득!"

양 손으로 잡고, 크게 휘둘렀다.

REVENGE

6. 분기점

HUNTING

NEO MODERN FANTASY STORY & ADVANTURE

REVENGE HUNTING

6. 분기점

꽈앙!

커다란 폭음이 울렸다. 라스 프라다의 손이 위로 튕겨 올랐다. 놈의 표정이 바뀌었다. 여유 가득한 웃음뿐이던 표정이 순간 굳는다. 뭐지? 라스 프라다의 눈이 아래로 내려왔다. 상대를 판단할 여유가 사라졌다. 뜨거운 열기가 몰아쳤다. 라스 프라다의 발이 뒤로 밀려났다.

꽈앙!

다시 휘두른 검이 라스 프라다의 가슴을 갈겼다.

"뭔…"

라스 프라다가 놀란 소리를 냈다. 우현은 반응하지 않았다. 공격을 이어가는 것에 모든 신경을 집중했다. 투기를 압축하고, 스위치를 바꾸고, 그 어느 때보다 강하고 빠르게. 그것만을 생각했다. 그렇게 휘둘러 부딪힌 격돌음은, 검이 내는 소리라고 믿을 수 없을 정도로 컸다. 라스 프라다의 몸이 휘청거렸다. 아픔은 없지만 충격이 라스 프라다의 몸을 뒤 흔들었다.

"이런 미친!"

라스 프라다가 경악한 소리를 냈다. 생각하지도 못한 곳에서 복병이 튀어나왔다. 방금 전 까지 앞에서 방패를 들고 있던 놈이 제일 쓸만한 놈이라고 생각했는데. 이런 놈이 어디서 튀어나왔단 말인가? 라스 프라다는 급히 손톱을 뽑았다. 그 정도로 위기감을 느꼈다. 이 놈은 위험해.

'손톱?'

손톱이라기보다는 칼날이라 해야 할까. 손 끝에 튀어나온 예리한 날붙이를 보면서 우현은 표정을 굳혔다. 리치가 길어졌군. 맞으면 타격이 아니라 절단이 날 거야. 어떻게 하지? 이쪽의 장비는? 공격대원의 상황은? 아직 부상자는 없다. 하지만 시간문제겠지.

놈은 강하다.

이성적이고, 지성이 있기에 더더욱.

인간과 똑같은가? 아니면 그 이상? 생각은 나중이다. 당장은 내가 할 수 있는 일을 해야 한다. 아니, 할 수 있는 일로는 부족해. 하지 못하는 것까지 해야 해. 투기가 들끓는다. 막대한 양의 투기가 파브니르로 유입되었다. 놈을 여기서 쓰러트리지 못한다면 후퇴도 전진도 없다. 유입된 투기가 압축 되었다. 라스 프라다의 손톱이 휘둘러졌다.

정면으로 받아낸다. 굉음이 고막을 찢는 것 같았다. 라스 프라다의 손톱이 뒤로 튀어 오르고, 우현은 검을 잡은 양 팔에 부러질 듯 아픈 통증을 느꼈다. 괜찮아. 버틸 수 있어. 우현은 숨을 크게 삼켰다.

"고, 공격!"

최우석이 급히 외쳤다. 그 역시 당황한 것은 마찬가지였다. 우현을 공격대로 포함하기는 했지만 그가 이 정도의 실력을 지니고 있을 것이라고는 상상도 하지 못했으니까. 하지만 놀랄 틈은 없다. 그는 공격대의 메인 탱커였고, 또 오더였다. 지휘를 내려야 한다. 상황판단은 그의 몫이다.

"방어는 제가 합니다."

최우석이 내뱉었다. 공격은 우현에게 맡긴다. 최우석은 우현과 같은 화력을 낼 수는 없었으니까. 반대로, 우현은 최우석같은 방어는 할 수 없다. 최우석의 말에 우현이 머리를 끄덕거렸다. 즉석에서 손발을 맞추게 되었군. 할 수 있을까? 이건 호정에게도 경험이 없는 일이다. 과거, 호정은 딜러였다. 탱커가 어그로를 잡고 있을 때 뒤편에서 몬스터를 공격하는 것이 우현의 역할이었다.

이렇게, 몬스터의 정면에서 싸우는 것은 경험이 적다.

하지만 해야 해. 할 수 없는 일이라도. 라스 프라다가 손톱을 휘두른다. 우현은 뒤로, 최우석은 앞으로. 최우석이 방패를 들었다.

꽈앙!

휘두른 손톱이 방패를 긁었다. 최우석은 이를 악물고 공격을 버텨냈다. 최우석이 방어한 순간 우현이 치고 나갔다. 최대한 몸을 낮춘 우현은 라스 프라다의 몸 안으로 파고들었다. 라스 프라다의 얼굴이 일그러졌다. 빌어먹을 자식이. 라스 프라다가 고함을 질렀다. 라스 프라다가 우현을 잡으려 했지만, 우현은 가속 스위치를 올리고 곧바로 뒤로 빠져버렸다.

'대체 뭐야?'

라스 프라다는 지금의 상황을 이해할 수가 없었다. 저렇게 빠르고, 또 저렇게 강한 놈이 어떻게 있을 수 있는 것이지? 이건 말이 안 된다. 내가 쫓을 수 없다고? 아직까지 인간은, 헌터라는 저 족속들은 저 수준에 올라서는 안 되는데.

"네놈!"

라스 프라다가 으르렁거렸다. 무언가가 잘못되었다. 아까 전에 잡아 죽였던 인간들은 제법 귀찮게 굴기는 했지만 라스 프라다로 하여금 위협을 느끼게 하지는 못했다. 잡아 죽이는 것은 쉬웠다. 하지만 지금은 달라. 고작 한 명이라고는 하지만 충분히 위협적인 놈이다. 라스 프라다는 닫힌 문을 힐끗 보았다. 시간을 끌면 다른 인간들이 올 지도 모른다. 그렇게 되면 귀찮아진다.

그러니까, 이쯤에서 정리할까. 라스 프라다가 그렇게 생각한 것과 우현의 검이 들어 온 것은 동시였다. 라스 프라다의 얼굴에서 표정이 사라졌다. 여유를 완전히 덜어낸다. 전력이 되었다.

콰앙!

파브니르가 라스 프라다의 방어벽에 부딪혔다. 라스 프라다의 발이 비틀거렸다. 괜찮다. 방어벽이 버티고 있으니까. 우현은 라스 프라다의 표정이 바뀌는 것을 보았다. 그의 얼굴이 굳었다.

"뒤로!"

최우석 역시 그를 알아 차렸다. 그는 라스 프라다의 눈이 움직이는 것, 발이 움직이는 것을 보았다. 외쳤다. 라스 프라다의 후방에 포지션을 둔 딜러들에게 하는 외침이었다. 우현은 이를 악 물었다.

어그로가 튀었다!

튈 수 없는 상황이다. 일반적인 네임드 몬스터가 상대였다면 어그로가 튀지 않았을 것이다. 하지만 라스 프라다는 일반적인 몬스터가 아니었다. 몸을 돌린 라스 프라다의 팔이 움직였다. 붉은 폭풍이 불었다. 비명과, 피와, 그런. 우현의 얼굴이 창백하게 질렸다.

"이, 씨발…!"

욕설이 튀어나왔다. 더, 더. 스위치를 올리고, 투기를 압축하고, 더. 부족하다. 이것으로는 안 돼. 하지만 더 이상은 무리다. 이것이 우현이 낼 수 있는 최대 출력이었다. 그러니까, 제발. 뒤를 봐라. 파브니르가 라스 프라다의 등을 찍었다. 라스 프라다의 무릎이 아주 조금, 아래로 굽혀졌다.

하지만 놈은 뒤를 보지 않았다. 다시 놈의 손톱이 위로 오른다. 손톱을 적신 피가 후두둑거리며 떨어졌다. 우현의 얼굴이 흔들렸다. 놈은 우현을 무시하고 있었다. 우현을 무시하고, 다른 딜러들을 우선해서 정리하려 하고 있었다. 그런 식으로 행동하는 몬스터는 처음이다. 이제 와서 의문이 들었다.

놈은 정말 몬스터인가.

"희연아!"

박광호가 고함을 질렀다. 최우석 역시 당황했다. 탱커진이 굳었다. 이 상황에서 어떻게 행동하는 것이 정답이란 말인가? 박희연의 얼굴이 하얗게 질렸다. 그녀는 주춤거리며 뒤로 물러섰고, 선하 역시 마찬가지였다. 운이 좋았다. 로테이션의 뒤편이었기에, 박희연과 선하는 라스 프라다의 공격에 닿지 않았다. 하지만 다른 이들은 달랐다. 다섯 명의 딜러가 순식간에 죽었다. 공격대의 1/3, 딜러진의 1/2가 삽시간에 몰살당한 것이다. 고작 일격. 대응할 틈도 없이.

누구의 실수도 아니다. 탱커의 실수도, 딜러의 실수도 아니다. 그들은 이전까지 몬스터의 사냥과 레이드에 길들여져 있었다. 굳이 실수를 꼽자면 그것일 것이다. 그리고 라스 프라다는 이전까지의 몬스터와 달랐다. 죽음의 이유를 찾자면, 그것이 전부였다.

"개새끼야!"

우현이 고함을 질렀다. 어디서 이런 놈이, 아니, 왜 갑자기 이런 놈이. 여태까지 몬스터와는 전혀 다른 이런 놈이 대체 왜 튀어나왔단 말인가. 호정의 세계에서 이런 몬스터는 존재하지 않았다. 어그로를 무시하고 딜러를 공격하는 몬스터도 없었고, 말을 걸어오는 몬스터도 없었다. 우현의 머릿속에 데루가 마키나의 얼굴이 떠올랐다. 그 빌어먹을 년의 농간인가? 대체 왜? 이제 와서 왜?

이건,

분기점이다.

우현의 몸이 붕 날았다. 라스 프라다의 앞으로 튀어나가, 놈의 공격과 부딪혔을 때였다. 양 팔에서 욱신거리는 통증이 올라왔다. 등 뒤에서 우현을 부르는 목소리가 들렸다. 비명과 섞인 채였다. 박희연인가? 아니면 선하? 잘 모르겠다.

콰당탕!

우현의 몸이 땅을 뒹굴었다. 신음을 지를 틈도 없었다. 기회라 생각한 것일까. 지금 확실히 죽이려고? 라스 프라다의 손톱이 땅을 내리 찍었다. 우현은 어떻게든 몸을 굴려 라스 프라다의 손톱을 피해냈다.

무슨 소리인지 알아?

이건 분기점이야.

머릿속에 목소리가 웅웅 거렸다. 어딘가에서 말을 걸어오는 것처럼. 대체 뭔 개소리야. 우현은 몸을 일으켰다.

"우현씨!"

최우석이 고함을 질렀다. 시끄러워. 비틀거리며 몸을 일으켰다. 라스 프라다의 눈을 마주 보았다. 놈의, 그 시뻘건 눈동자에 자신의 모습이 비춰 보였다. 참 초라하고 작군. 결국 그런가.

돌아왔든, 돌아오지 않았든. 죽을 운명이라던가. 이미 죽었다던가. 어차피 멸망할 운명이니, 나 까짓 것이 바꿀 수 없다는 것인가. 자조 섞인 웃음이 나왔다. 개, 씨발. 빌어먹을 년. 결국 광대 노릇이군. 아무 것도 바꿀 수 없어. 바꿀 수 있다고 희망만 품었을 뿐. 빌어먹을 데루가 마키나.

아냐.

바꿀 수 있어.

아니, 바꾸지 못해. 왜냐하면, 나는 지금 한계거든. 팔이 부러졌다. 진짜로 부러졌는지, 부러지지 않았는지는 모르겠지만. 아마 부러졌을 것이라 생각했다. 개같이 아팠으니까. 쩌적, 하고 파브니르에 금이 갔다. 몇 번이고 휘둘렀고, 몇 번이고 부딪혔다. 검이 버티지 못하나. 내 몸도 버티지 못하고.

"너, 강하구나."

라스 프라다가 중얼거렸다. 새끼가, 갑자기 뭐라는 거야. 칭찬은, 씨발… 우현은 낄낄거리며 웃었다. 양 팔이 힘없이 축 처졌다. 간신히 검을 잡고 있는 것이 고작이었다. 얼마 버티지 못하겠군. 나는 죽을 거야. 바로, 여기서. 뭐라고 말을 해야 하지? 우현은 시선을 들었다. 나뒹구는 사람들이 보였다. 라스 프라다와 격돌하면서 놈의 공격을 상당히 받아내긴 했지만, 완전하지는 못했다. 최우석의 방패는 금이 가서 당장이라도 부서지기 직전이었고. 박광호의 흉갑도 으스러져 있었다. 딜러진도 몇 명이 더 죽었다. 그나마 위안으로 삼을 것은 박희연과 선하가 죽지 않았다는 것인가. 동생을 부탁합니다, 그렇게 말했었지. 최선을 다하겠다고 했어. 나는 최선을 다했고.

"칭찬해주마. 설마, 이렇게까지 강해졌을 줄이야. 인

간들은 생각보다 발전이 빠르군.. 솔직히 놀랐어."

뭘 평가하듯이 지껄이고 있는 거야. 우현은 떨리는 손에 힘을 주었다. 부러졌나? 다행이야. 부러지지는 않았어. 부러지기 직전인 것 같지만. 검은 들 수 있다. 우현은 검을 들었다. 그는 숨을 몰아쉬면서 라스 프라다를 노려보았다.

어떻게 하지?

그 의문이 머릿속에서 계속 맴돌았다. 키득거리는 웃음소리가 머릿속에서 울렸다. 의문과, 웃음소리와, 공포와… 머릿속이 뒤죽박죽으로 엉키는 기분이다. 대체 뭐야, 너는. 내 머릿속에서 꺼져. 우현은 입을 열었다.

"도망쳐."

결국 내린 판단은 그것이다. 이곳에서 라스 프라다를 쓰러트릴 수 없다. 그러니 후퇴해야만 한다. 우현은 발을 뒤로 끌었다. 미안하지만, 영웅처럼 죽고 싶은 마음은 없거든. 내가 막고 있을 테니까 도망가라. 그런 멋진 말을 할 생각은 없다. 그러니까, 아주 잠깐만 버틸 뿐이야. 내가 버티고 있는 동안 너희가 문을 열면 되는 것이고.

"예?"

최우석이 당황하여 물었다. 우현은 까득 이를 갈았다.

"문 열라고!"

"도망치려고?"

라스 프라다가 이죽거렸다. 우현은 검을 질질 끌었다. 진정해. 괜찮으니까, 제발. 머리가 아파. 분기점. 대체 무엇의? 무엇을 위한? 나는 대체 뭐야? 저 새끼는 대체 뭐고. 라스 프라다가 머리를 흔들었다.

"그것도 괜찮지. 죽는 것보다는 도망쳐서라도 사는 것이 나을 테니까."

라스 프라다는 공격하지 않았다. 그는 확실히 승기를 잡았다. 그의 방어벽은 견고했고, 그는 조금도 지치지 않았다. 반면에 공격대 쪽은 어떤가. 죽은 사람의 수만 8명이고 탱커진들도 더 이상 탱킹을 할 상황이 되지 않았다. 유일하게 위기감을 느꼈던 놈 역시 상당히 지쳐서, 더 이상 위협이 되지 못한다.

"다른 놈들은 자비롭게 보내줄 수 있어."

놈들은 위협이 되지 않거든.

"하지만 너는 안 돼."

라스 프라다의 입 꼬리가 씰룩거리며 올라갔다. 흉측한 미소가 만들어졌다. 우현은 입술 너머로 보이는 라스 프라다의 날카로운 송곳니를 노려보았다.

"너는 너무, 위험하거든. 죽일 수 있을 때 죽여야지. 내가 여기서 너를 보내주면 분명 나중에 후회될 거야. 비단 나 뿐만이 아니라, 우리 전체가 위험해 질걸."

'나'가 아니라, '우리.' 묘한 말이었지만 그에 반응할 수도 없었다. 문에 달라붙은 공격대원들이 문을 밀어 열기 시작했다. 끼긱거리는 소리가 났다. 무거운 문이 밀리는 소리다. 우현은 숨을 헐떡거리며 라스 프라다를 노려보았다. 라스 프라다는 공격대원들에게 달려들지 않았다. 그가 이죽거린 것처럼, 그는 정말 다른 공격대원들이 도망쳐도 별 상관이 없었다. 그가 죽이겠다고 마음 먹은 것은 우현 하나 뿐인 것이다.

"알겠어?"

라스 프라다가 움직였다. 한 걸음.

"서둘러!"

최우석이 고함을 질렀다. 그는 방패를 버리고서 직접 문을 떠밀었다. 열 명 가까운 인원이 문을 열고 있었지만 문이 열리는 속도는 너무 더뎠다. 우현은 자신도 모르게 웃어버렸다. 무겁군. 그는 자신의 어깨를 힐끗 보았다. 아무 것도 없는데, 무거워. 그는 그렇게 생각하면서 라스 프라다를 향해 다가갔다.

이곳에 처음 왔을 때도 그랬어.

죽었는데, 그냥 좀 내버려 두지. 그렇다면 아무 생각 없이… 정말 아무 생각없이 말이야.

'교회 열심히 다녔냐?'

교회는 다니지 않았지만, 죽으면 천국이나 지옥에 갔겠지. 어쩌면 아무 곳에도 가지 않았다거나. 어느 쪽이

든 좋았다. 죽음이 안식이라고들 하니까, 죽는다면… 더 편했을 텐데. 이 세상에서 유일하게 우현만이 멸망에 대해 알고 있다. 또 유일하게 우현만이 데루가 마키나에 대해 알고 있다. 그 괴물이 얼마나 끔찍하고 잔혹한지.

죽어 끝났더라면, 멸망을 막기 위해 발버둥 칠 일도 없었을 것이다. 지금 이렇게 라스 프라다의 앞에 서있지도 않았을 테고.

우현은 낄낄 웃었다. 힘이 들어가지 않는 팔에 억지로 힘을 넣었다. 간신히 파브니르를 들었다.

간신히 문이 열렸다. 그 열린 틈새로 살아남은 공격대원들이 비집고 뛰쳐나갔다.

"우현씨!"

최우석이 머리를 돌려 우현을 불렀다. 우현은 그 말을 무시했다.

"우현씨!"

박희연의 목소리였다. 그녀는 창백하게 질린 얼굴로 우현의 등을 바라보았다. 여전히, 우현은 듣지 않았다. 죽고 싶지는 않은데. 기껏 여기까지 했는데, 죽고 싶지도 않다.

"우현아!"

다급한 목소리였다. 선하의 목소리다. 그러고 보니, 이름으로 불린 적은 처음인 것 같았다. 예전에는 우현씨라고 불렸었지. 그 이후는? 선하가 나를 이름으로 불렀던 적이 있던가. 없었던 것 같다. 새삼 듣게 되니 기분이 묘하군. 우현은 낮게 웃었다. 똥을 치워주려고 했는데. 그래, 똥을 치워야지. 더러우니까.

"먼저 나가."

우현이 말했다. 그 말에 선하의 표정이 굳었다. 그녀는 머뭇거리며 우현에게 다가갔다. 쿠모고로시가 들렸다. 그런 선하의 손목을 최우석이 잡았다. 선하가 굳은 얼굴로 최우석을 돌아보았다. 시선이 마주치자, 그는 머리를 흔들었다.

"일단…."

나갈 수 있는 사람은 나가야 한다. 누군가가 희생하게 되더라도.

"잠깐, 왜…."

선하가 항변했다. 그것은 박희연도 마찬가지였다. 하지만 최우석은 완고했다. 그는 억지로 선하와 박희연을 문 밖으로 내밀었다. 나갈 수 있는 사람이 점차 빠져나갔다. 라스 프라다는 그것을 가만히 지켜보았다. 나름대로의 예의였다.

"우석아."

마지막으로 박광호가 남았다. 박광호가 굳은 얼굴로 최우석을 불렀다. 그 물음에 최우석은 박광호의 얼굴을 힐끗 보았다. 그는 박광호의 상처입은 어깨와, 그의 얼굴에 어린 굳은 결의를 보았다. 최우석은 머리를 저었다.

"형님은 가십시오."

최우석의 말에 박광호의 얼굴이 경직되었다.

"하지만…."

박광호의 말이 마저 끝나기도 전에 최우석이 말했다.

"동생이 있지 않습니까."

그 말에 박광호의 눈이 크게 흔들렸다. 그는 머뭇거리며 무어라 말을 하려다가, 입술을 잘근 씹었다. 여동생의 얼굴이 머릿속에 아른거렸다. 박광호의 어깨가 가늘게 떨렸다. 그는 풀썩 머리를 숙였다.

"…미안하다."

"뭘."

최우석이 낮게 웃었다.

"형님한테는 도움만 받았는걸요."

박광호가 나갔다. 문은 아직 닫히지 않았다. 남은 것은 우현과, 최우석 뿐이었다. 우현은 최우석이 나가는 것을 기다렸다. 하지만 우현이 기다렸던 소리는 들리지 않았다. 대신, 저벅거리는 발소리가 났다. 소리는 멀어지지 않았다. 오히려 가까워졌다. 우현은 옆을 힐끗 보았다. 최우석이 우현의 옆에 섰다.

"안 나갑니까?"

우현이 물었다. 그 물음에 최우석은 대답 대신에 방패

를 들었다. 형편없이 금이 간 방패였다.

"이건 못 쓰겠군요."

최우석은 그렇게 중얼거리면서 피식 웃었다. 떨그렁. 방패가 바닥으로 떨어졌다. 대신 그는 다른 방패를 꺼내 장비했다.

"…뭐 하려는 겁니까."

"우현씨는 안 나갑니까?"

"나가고는 싶은데."

나는 인기가 많거든. 특히 저런 괴물에게. 최우석은 피식 웃었다. 천천히, 문이 닫히기 시작했다. 문은 무겁다. 열 명에 달하는 인원이서 간신히 열었을 정도다. 두 명이서 열 수 있을까? 아마 무리일 것이다. 내가 등을 돌려서 문을 향해 달리면 어떨까. 최우석이 라스 프라다를 막아 줄까? 그런 생각을 할 즈음, 라스 프라다가 낄낄거리는 웃음을 흘렸다. 쿠웅. 놈의 발이 앞으로 뻗어졌다. 그리고 다시, 쿠웅.

문이 닫혔다.

"못 나가게 됐군요."

우현이 중얼거렸다. 의외로 심정은 담담했다. 죽고 싶지 않다, 라고는 생각했는데. 생각보다 절망감은 적었다. 이미 한 번 죽었기 때문일까. 아니면 무게에 짓눌렸나. 하긴, 차라리 이대로 죽는 것이 편할 지도 몰라. 패배감에 짓눌리는 군. 비참하게.

"우현씨는 이상한 사람입니다."

최우석이 중얼거렸다. 우현은 자신도 모르게 웃고 말았다.

"당신도 충분히 이상한 사람입니다."

도망칠 수 있는데 도망치지 않았다. 굳이 죽는 길을 선택했다. 왜? 자존심인가? 아무래도 좋다. 어차피 이제와서는 모든 것이 늦었다.

"궁금한 것이 있습니다."

최우석은 다가오는 라스 프라다를 노려보았다.

"아까, 우현씨가 움직일 때. 갑자기 속도가 빨라지고… 공격이 강해지던데. 그리고 검을 휘두를 때, 우현씨의 검에 불투명한 막이 감싸지더군요. 그건 대체 뭡니까?"

그 격전 속에서 관찰하고 있었다는 것인가. 우현은 라스 프라다의 움직임에 경계하면서 입을 열었다.

"임의로 붙인 이름은 스위치. 쉽게 말해서 투기의 밸런스를 고속으로 바꾸는 겁니다. 속도를 극단적으로, 힘을 극단적으로. 검에 씌워진 불투명한 막은 투기를 압축한 겁니다. 무기에 투기를 불어넣고, 그것을 압축시켜서 형체화한 겁니다."

"참신한 방법이군요."

최우석은 별 동요를 보이지 않았다. 그는 잠시 생각하

는 듯 하다가 머리를 끄덕거렸다.

"알았습니다. 해 보죠."

대체 뭘 하겠다는 거야? 묻고 싶었지만 물을 틈도 없었다. 라스 프라다가 갑자기 가속해왔기 때문이다.

"큭!"

죽을 수밖에 없는 상황이다만, 얌전히 죽어 줄 생각은 조금도 없었다. 우현은 급히 검을 들었다. 아니, 그보다 최우석이 튀어나가는 것이 빠르다. 우현의 표정이 바뀌었다. 최우석의 가속 때문이었다. 최우석의 속도는 여태까지 그가 보였던 속도와 비교할 수 없었다.

콰앙!

라스 프라다의 손톱과 최우석의 방패가 부딪혔다. 최우석은 조금도 뒤로 밀려나지 않았다.

'스위치?'

고작 얘기 한 번 듣고 바로 사용했다고? 이런 미친. 경악보다 움직이는 것이 먼저다. 우현은 최우석이 공격을 막아 생긴 틈으로 비집고 들어갔다. 파브니르에 금이 가기는 했지만, 아직 휘두를 수는 있을 것이다.

"크하하!"

라스 프라다가 웃음을 터트렸다. 고작 둘이지만 포기하지 않고 덤벼드는 모습이 유쾌했다.

카가각!

우현이 휘두른 검이 라스 프라다의 가슴을 긁었다. 라스 프라다의 몸이 비틀렸다.

콰직!

허리를 돌리며 내리 찍은 주먹이 최우석의 방패를 갈겼다. 최우석은 까득 이를 갈면서 공격을 그대로 받아 넘겼다. 거리를 신경 쓸 필요는 없다. 싸우는 것은 단 둘 뿐. 우현과 최우석 뿐이다. 스위치를 올린다. 땅을 걷어 찬다. 빛살처럼 쏘아지며 라스 프라다의 옆구리를 베어 냈다. 베어낸 것은 방어벽 뿐이다. 카각거리는 소리가 귀를 긁었다. 라스 프라다의 다리를 지나쳤을 때, 발에 제동을 걸었다. 그대로 허리를 휘둘렀다.

콰앙!

힘을 주어 휘두른 파브니르가 라스 프라다의 등을 갈겼다.

"크하하! 좋다, 좋아!"

라스 프라다가 연신 웃음을 터트렸다. 긴 시간 동안의 이 저택에 웅크리고 있었다. 인간들이 오기를 기다리면서 보낸 긴 권태였다. 숲에서 날뛰는 짐승들은 라스 프라다와 이 저택의 주민들에게 모조리 사냥 당했고 구울로 만들어졌다. 그리고 지금에야 이 저택을 찾아 신선한 먹이들이 도착했다. 어찌 즐겁지 않을 텐가? 오늘 밤은 축제가 될 것이다. 라스 프라다가 양 팔을 펼쳤다.

"나를 더 배고프게 해 봐라!"

라스 프라다가 고함을 터트렸다. 저택의 홀이 뒤흔들렸다. 시끄러워. 최우석은 무릎에 힘을 주었다.

'이런 세계도 있었군.'

가속이 자유로운 세계에 최우석은 놀람을 삼켰다. 아직은 사용이 어색하지만, 조금만 더 하면. 그는 그렇게 생각하며 랜스를 들었다. 스타일을 바꾼다. 방어에서 회피로, 그리고 또 공격으로. 최우석의 스위치가 바뀌었다. 그는 경쾌하게 스텝을 밟으며 라스 프라다의 손톱을 피해냈다. 그리고 랜스가 뻗어졌다.

꽈앙!

라스 프라다의 몸이 뒤흔들렸다. 흔들리는 놈의 등으로 우현이 검을 휘둘렀다. 그 순간이었다. 라스 프라다의 몸에서 시뻘건 기류가 얽혔다. 뭐야 이건? 검을 휘두르던 중에 우현의 얼굴이 창백하게 굳었다. 끔찍스런 예감이 들었다. 그는 공격을 포기하고 몸을 날렸다. 최우석 역시 마찬가지였다. 그는 방패를 들어 올리고 몸을 뒤로 뻗었다.

콰르릉!

대지가 뒤흔들렸다. 라스 프라다의 몸에 얽히던 붉은 기류가 폭발했다. 우현은 정신이 날아가는 것 같은 충격을 느끼며 땅을 뒹굴었다. 최우석 역시 마찬가지였다.

그는 울컥거리는 피를 삼키면서 간신히 머리를 들었다.
방패가 박살나 있었다.

"더, 더."

라스 프라다가 웃음을 흘렸다. 그는 양 팔을 활짝 펼
치며 최우석과 우현을 내려 보았다.

"더, 재롱을 부려봐라. 인간들아."

뭐야 이건.

우웩!

우현은 입을 벌려 피를 토했다. 시야가 뒤흔들렸다.
대체 무슨 일이 일어난거지? 모르겠다. 라스 프라다는
아무 행동도 하지 않았는데. 놈은 그냥 서있었고, 놈의
주변에 엉키던 붉은 기류가 폭발했다. 우현은 그 폭발에
휘말려 날아갔고. 대체 그게 뭐야? 이런 경우는 처음이
다. 입에서 불을 뿜는 몬스터를 본 적은 있다. 독액을 뿜
고, 독안개를 발생시키고. 굳이 몸을 움직이지 않고도
그런 공격을 해 오는 몬스터는 많이 있다.

하지만 이것과는 경우가 다르다. 그런 몬스터는, 그것
을 무기로 삼았을 뿐이다. 뱀이 독니를 가진 것처럼. 스
컹크가 지독한 방귀를 뀌는 것처럼. 전기 뱀장어가 전류
를 내뿜는 것처럼. 신체 구조가 그렇게 되어 있을 뿐이
란 말이다. 하지만 방금 그건 뭐지? 아무 것도 하지 않았
는데, 주변의 기류가 폭발했다고? 뭔 마법도 아니고.

"큭…!"

우현은 피에 젖은 입술을 씹으며 몸을 일으켰다. 다리가 후들거렸다. 충격을 입은 것은 최우석 역시 마찬가지였다. 그는 숨을 헐떡거리며 박살난 방패를 바라보았다. 최우석은 우현보다 상황이 더 안 좋았다. 우현은 어느정도 몸을 빼냈기에 직격당하는 것은 피했지만, 최우석은 정면에서 라스 프라다를 향해 달려들던 중이었다. 저 공격을 직격으로 받아냈단 말이다. 최우석이 가진 견고한 방패가 완전히 박살나 있었다. 공격의 위력이 얼마나 강력했는지 실감이 났다.

'왼 팔이 부러졌어.'

최우석의 미간이 찡그려졌다. 방패가 박살나면서도 충격을 완전히 받아내지 못했다. 그렇게 전해진 충격이 최우석의 왼 팔을 으스러트린 것이다. 그는 혀를 차면서 몇 걸음 더 뒤로 물러섰다. 지금같은 상황에서 팔이 박살난 것은 최악이다.

"신기하지?"

라스 프라다가 이죽거렸다. 그는 답답한 것인지 목에 매달고 있던 나비 넥타이를 풀어다 땅에 떨어트렸다. 그로도 부족해 셔츠의 단추를 몇 개 더 풀었고, 앞으로 조금 넘어온 붉은 색의 앞머리를 뒤로 넘겼다.

"여태까지와는 다를 거야. 그렇지?"

이쪽의 생각을 뻔히 알고 있다는 듯이 라스 프라다가 소곤거렸다. 그는 크게 웃으면서 양 손을 들어 올렸다. 그의 주변에 얽혀 있던 붉은 기류가 라스 프라다의 손짓에 따라 위로 올라왔다. 우현와 최우석은 그것을 멍한 눈으로 바라보았다.

여태까지와는 다르다.

그 의미를 확실히 알았다.

"조심해."

라스 프라다가 소곤거렸다. 참 친절도 하시군. 그렇게 생각한 순간이었다.

파파팟!

라스 프라다의 주위에 얽혀 오르던 붉은 기류가 폭발했다. 아까와는 형태가 다르다. 고슴도치가 가시를 세우는 것처럼 사방에서 송곳이 쏘아졌다. 놈이 다루던 붉은 기류로 만들어진 송곳이었다. 우현은 기겁하여 몸을 날렸다.

콰가각!

송곳과 닿은 대리석 바닥이 두부처럼 꿰뚫렸다. 우현이 그리했듯 최우석 역시 몸을 날렸다. 그는 욱신거리는 팔에서 올라오는 통증을 무시하고서 다리를 움직였다. 아프다고 주저했다가는 아예 죽게 될 것이다.

'이건…'

접근 자체가 힘들잖아. 꿰뚫어진 송곳이 흐릿하게 변

하여 무너졌다. 저게 도대체 뭐지? 인간형 몬스터가 저런 식의 공격을 하는 것은 처음 본다. 정말로 마법, 그런 것인가? 우현은 데루가 마키나를 떠올렸다. 그 괴물 역시 초월적인 힘을 지니고 있었다. 이미 죽은 사람을 되살려서, 과거로 돌려 보내고. 몬스터에게서 마석을 뽑아내는 능력을 불어넣고. 라스 프라다 역시 그런 존재인 것인가? 의문을 이어갈 틈도 없었다. 라스 프라다의 손이 움직였다. 그의 손짓에 따라 붉은 기류가 움직였다.

라스 프라다는 최우석에게 힐끗 시선을 주었다. 라스 프라다는 최우석의 팔이 부러졌음을 알아 차렸다. 부상자에 대한 예의를 따질 생각은 없다. 예의는 이미 아까 전에 충분히 보여 주었다. 도망치는 놈들을 도망치게 해준 것. 그 정도면 충분한 예의가 되겠지.

콰앙!

라스 프라다의 발이 걷어 찼다. 놈의 가속은 그 거구라고 상상할 수 없을 정도로 빨랐다.

"큭!"

콰직!

라스 프라다의 손이 땅을 내리 찍었다. 최우석은 스위치를 올렸다. 하지만 느리다. 느리다기 보다는, 버벅거리는 것이다. 아무리 그가 뛰어나다고 해도 스위치는 고난이도의 투기 조절법이다. 고작 몇 번 만에 완숙해

질 수는 없는 것이다. 처음부터 의식하고 있었다면 모를
까, 다급한 상황에서 스위치를 원하는 대로 바꿔 올릴
수는 없는 것이다. 덕분에 한 박자 늦었다. 충격에서 완
전히 벗어나지 못한 최우석의 몸을 라스 프라다의 손이
붙잡으려 들었다. 최우석의 얼굴이 창백하게 질렸다.

짧은 순간, 최우석은 고민했다. 자신이 할 행동에 대
해서. 옳은가? 장기적으로 봤을 때는 옳지 않다. 하지만
지금 당장으로는 옳아. 당장 위기를 넘기지 못한다면 장
기적으로 볼 것도 없을 테니까. 최우석은 몸을 비틀었
다. 라스 프라다의 손이 최우석의 왼 팔을 붙잡았다.

왼 팔을 포기했다. 우득거리는 소리와 함께 최우석의
팔이 뜯겨졌다. 최우석은 뿌득 입술을 씹었다. 터진 입
술에서 피가 흘렀다. 정신이 날아갈 것 같은 통증이 느
껴졌다. 최우석의 몸이 땅을 뒹굴었다.

"우석씨!"

우현이 경악하여 외쳤다. 라스 프라다는 휘파람을 불
면서 자신의 손에 잡힌 최우석의 왼 팔을 바라보았다.

"허…."

라스 프라다는 놀란 소리를 내면서 비틀거리며 몸을
일으키는 최우석을 바라보았다.

"독한 새끼."

라스 프라다가 감탄하여 중얼거렸다. 아무리 부러진

팔이라고는 하지만 이렇게 과감하게 포기할 줄이야. 왼
팔의 상처에서 후둑거리며 피가 떨어졌다. 라스 프라다
는 머리를 끄덕거리며 한 걸음 뒤로 물러섰다.

"지혈해라."

악마는 관대하고 또 자비로웠다. 라스 프라다의 주변
에 들끓던 붉은 기류가 잠잠히 가라앉았다. 놈의 자비에
모욕감을 느낄 새도 없었다. 우현은 최우석을 향해 달려
갔다. 창백하게 질린 얼굴로 상처를 누르고 있던 최우석
이 우현을 힐끗 보았다.

"죽는 것 보다는 낫지요."

"과다 출혈은 생각도 안 합니까?"

우현이 내뱉었다. 그 말에 최우석은 쓰게 웃었다.

"우현씨의 검이 뜨겁지 않습니까. 지지면 어떻게든 될
겁니다."

그 말에 우현은 뭐라 대답할 수가 없었다. 그는 뜨겁
게 달아오른 파브니르의 검신을 머뭇거리며 최우석의
환부에 가져갔다. 최우석이 머리를 끄덕거렸고, 우현은
파브니르의 검신을 최우석의 상처에 대고 꾹 누르며 투
기를 불어넣었다.

"…끄윽…!"

최우석의 입술을 비집고 신음이 새어나왔다. 피와 살
이 타는 냄새가 진하게 났다. 라스 프라다가 낄낄 웃으

면서 박수를 쳤다.

"잘한다, 잘해!"

그가 소리를 질렀다.

"안개."

최우석이 소곤거렸다. 그 말에 우현은 최우석의 얼굴을 힐끗 보았다. 최우석은 식은땀에 흠뻑 젖은 얼굴로 말을 계속했다.

"저거, 안개입니다."

우현의 시선이 자연스럽게 라스 프라다를 향했다. 놈의 주변에 얽혀 흔들거리는 붉은 기류를 보았다. 안개.

"…확실합니까?"

"확실합니다. 정면에서 맞았으니까."

이제 됐습니다. 최우석의 말에 우현은 파브니르를 최우석의 환부에서 떨어트렸다. 피는 더 이상 흐르지 않았다. 하지만 그렇다고 해서 최우석의 표정이 좋아진 것은 아니었다. 그는 숨을 몰아쉬며 무기를 바꾸었다. 랜스에서 한손으로 쓸 수 있는 검으로. 최우석은 낮게 웃었다.

"스위치라는 것, 생각처럼 잘 안 되는군요. 덕분에 목숨은 건졌지만."

"…쉽게 쓸 수 있을 리가 없지요."

우현은 몸을 돌렸다.

"다 했냐?"

라스 프라다가 웃으며 물었다. 최우석이 비틀거리며 앞으로 나아갔다.

"…제가 시선을 끌 테니. 우현씨는 안개에 집중해 주십시오."

파브니르는 투기를 불어넣는다면 검신이 고온으로 달아오른다. 저것이 안개라면 어떻게든 대처할 수 있을지도 모른다. 하지만 안개를 뚫어 놈에게 다가간다고 해도, 놈에게는 아직 방어벽이 있다. 그것은 또 어떻게 뚫는단 말인가. 카로비스를 죽일 때 네 명이서 한 시간이 넘게 걸렸다. 그리고 라스 프라다는 카로비스보다 몇 단계나 높은 곳에 있는 몬스터다.

"…씨팔."

생각할수록 절망감밖에 들지 않는다. 우현은 욕설을 내뱉으면서 앞으로 걸어갔다. 라스 프라다가 다시 손을 들어 올렸다. 하나, 둘,

셋.

붉은 안개가 덮쳤다. 우현은 곧바로 뛰었다. 그는 파브니르를 높이 들었다. 안개가 덮치는 속도가 빠르다. 그를 쫓는다. 아니, 그보다 빨라야 해. 닿기 전에 베어낸다. 스위치를 끝까지 올렸다. 투기를 한계에 가깝게 파브니르에 불어넣었다. 검신이 뜨겁게 달아 올랐다. 촤아악! 검을 휘둘렀다. 안개가 베어졌다. 라스 프라다의 표정에서

조금의 놀람이 느껴졌다. 안개가 갈라진 틈을 최우석이 비집고 들어갔다. 최우석은 이를 악물고 검을 휘둘렀다.

아차.

라스 프라다의 얼굴에 순간 당혹감이 어렸다. 안개를 뚫고 들어올 것이라는 것은 상상하지 못했던 것일까. 라스 프라다가 발을 뒤로 끌었다. 물러서려는 것이다. 그것보다 최우석의 돌진이 빠르다. 팔 하나가 잘려나간 덕분에 균형이 맞지 않아. 억지로라도 속도를 올린다. 검을 내질렀다.

촤악, 하는 소리가 났다.

'…어?'

최우석 역시 놀란 얼굴이었다. 콰당탕! 속도를 이기지 못한 몸이 땅을 뒹굴었다. 무언가가 최우석의 얼굴에 튀었다. 그는 곧바로 머리를 들어 라스 프라다 쪽을 바라보았다. 라스 프라다의 옆구리에 피가 흐르고 있었다. 라스 프라다는 미간을 찡그리며 검에 스친 옆구리를 내려 보았다.

"쯧."

그는 혀를 차면서 손가락을 까딱거렸다. 그의 주변에 떠올라 흔들거리던 붉은 안개가 라스 프라다의 상처를 덮었다. 곧, 그의 옆구리에는 상처 하나 남지 않았다. 뭐지? 순간이지만 방어벽이 뚫렸다.

'빨리 끝내야겠군.'

라스 프라다의 몸을 덮은 방어벽은 마력이다. 그 마력을 안개를 조종하는 것에 사용할 때에는 방어벽을 유지할 수가 없다. 이 정도 상처쯤이야 금세 재생해 낼 수는 있지만, 고작 인간 둘을 상대하는 것인데 상처를 입는 것은 유쾌하지 않다. 마력이 들끓었다. 안개가 넓게 퍼져나갔다. 라스 프라다의 눈이 시뻘겋게 물들었다.

"재롱은 이쯤 보고."

슬슬 배가 고프군. 붉은 안개가 라스 프라다의 몸을 감쌌다. 놈의 몸이 들썩거렸다. 심상찮은 불길함을 느낀 우현이 달려들었다. 시뻘겋게 달아오른 파브니르가 안개를 향해 내리 찍혔다.

"너 등신이냐?"

라스 프라다가 이죽거렸다. 붉은 안개가 베어지는 순간이었다. 라스 프라다의 손이 튀어나왔다. 라스 프라다의 손이 파브니르의 검신을 움켜 잡았다. 살이 타는 냄새가 먼저 풍겼고, 피가 증발하고, 뼈가 갉히는 감촉과
검신이 멈췄다.

"안개 휘두르는 것 말고 내가 아무 것도 못할 것 같아?"

시뻘겋게 변한 눈이 우현을 향해 빙글 휘어졌다. 검을 놓고 뒤로 물러서려는 순간이었다. 퍼억, 하는 소리가 났다. 울컥거리는 피가 목구멍으로 올라왔다. 가늘게 떨리는 눈이 아래를 보았다. 라스 프라다의 손톱이 우현의

배에 박혀있었다.

"제법 재미있었다."

놈이 이죽거리는 소리가 멀리서 들렸다. 우현씨, 하고, 우현을 부르는 소리도. 정신이 아득해졌다. 눈 앞이 흔들렸다. 다리에 힘이 풀렸다. 그제서야 깨달았다.

이게 죽는 것이라고.

"이건."

소곤거리는 목소리가,

"분기점이야."

머리를 가득 메웠다.

정신이 붕 떠올랐다. 넓은 홀이 하얗게 물들었다. 처음 죽었을 때를 떠올렸다. 호정으로 죽었을 때. 그때에는 별 기분을 느끼지 못했던 것 같다. 워낙에 순식간이었다. 데루가 마키나는 압도적인 강자였고, 호정은 별 저항다운 저항도 하지 못했다. 순식간에 죽었기에, 의식하지 못했다. 하지만 이번에는 다른가. 비교적 죽음은 천천히 다가왔고, 생각했던 것처럼 아프지는 않았다.

"분기점."

소곤거리는 목소리가 다가왔다. 라스 프라다와 맞닥트리고, 놈과 전투 중에 계속해서 귀에 아른거렸던 말.

"분기점."

우현은 자신의 입을 벌려 그것을 중얼거렸다. 대체 무

엇의 분기점이란 걸까. 나의 죽음이? 우현은 목소리가 들린 방향을 돌아보았다.

검은 색의 머리카락이 나부꼈다. 우현의 눈이 순간 멍해졌다. 선하가 그곳에 서있었다.

"…강선하?"

머뭇거리며 그녀의 이름을 불렀다. 그녀는 아무 것도 입지 않은 나신이었다. 우현의 시선이 선하의 얼굴에 박혔다. 곧, 그녀가 환한 미소를 지었다. 그녀가 한 걸음 앞으로 걸었다. 선하의 모습이 사라졌다. 다시 그 자리에 선 것은 민아였다. 짧게 자른, 곱슬거리는 단발이 바람에 흔들렸다. 변한 것은 얼굴만이 아니었다. 키가 작아졌고, 전체적인 분위기마저 민아와 똑같아졌다. 질이 나쁜 장난질이다. 우현은 굳은 얼굴로 그녀를 노려보았다.

"재미없나 봐?"

민아의 얼굴이 바뀌었다. 이번에 바뀐 얼굴은 박희연이었다. 우현의 얼굴이 일그러졌다.

"여자는 싫어?"

그녀가 이죽거렸다. 바뀐 얼굴은 최우석이었다. 왼 팔이 잘린 모습이었고, 우현의 입술이 떨리며 열렸다. 차마 입에 담지도 못할 욕설이 목구멍을 비집고 기어 올라왔다. 최우석은 킬킬거리며 웃었다.

"이 얼굴도 싫어?"

최우석의 얼굴이 김상규의 얼굴로 변했다. 그는 양 손을 들어 포마드로 넘긴 머리를 어루만지더니, 씩 웃으면서 품 안에서 담배를 꺼냈다. 그리고는 담배갑을 열어 우현에게 담배를 내밀었다.

"필래?"

놈이 물었다.

"이…."

우현의 입술 사이로 떨리는 목소리가 새어 나왔다.

"왜? 싫어?"

놈이 이죽거렸다.

놈은 한 걸음 뒤로 물러서서는 우현에게 권하던 담배를 직접 입에 물었다. 그리고는 품 안에서 라이터를 꺼냈다. 금속으로 반짝거리는 듀퐁 라이터였다. 퐁. 맑은 소리와 함께 라이터가 열리고, 놈은 멋들어지게 담배에 불을 붙였다.

"…콜록!"

그리고는 기침을 하면서 연기를 뱉었다. 미간을 잔뜩 찡그리며 담배를 노려보는 놈을 본 순간, 우현의 이성이 끊어졌다. 정신을 차렸을 때, 우현은 놈의 멱살을 잡고 있었다.

"…개새끼야."

목소리가 부들거렸다. 놈은 담배를 바닥에 떨어트리

면서 영문을 모른다는 표정을 지었다.

"왜?"

되묻는 말에 우현의 정신이 하얗게 물들었다. 그는 입을 벌렸다.

"개 씨발년아!"

자신의 목소리라고 믿을 수 없을 정도로 큰 소리가 나왔다. 우현은 주먹을 들어 놈의 얼굴을, 김상규의 얼굴을 하고 있는 데루가 마키나의 뺨을 갈겨버렸다. 비명도 나오지 않았다. 때리는 대로, 놈의 얼굴이 돌아갔다.

"씨발, 씨발! 대체 나한테 왜 이러는 거야!"

나뒹구는 데루가 마키나의 배를 향해 발을 걷어찼다. 콰직, 하는 소리가 났다. 뼈가 부러지는 소리였다. 기분은 조금도 풀리지 않았다.

"대체 너는 뭐야?!"

고함이 멈추지를 않았다. 발길지도 멈추지 않았다. 데루가 마키나의 몸은 걷어차는 대로 들썩거렸다.

"괴물 새끼가, 대체, 왜! 왜 나한테 이딴 지랄을 하는 거야! 뒈졌으면 뒈진 대로 내버려 둘 것이지, 왜 나를!"

울분이 터졌다. 우현의 몸으로 지낸 근 일 년 동안 꾹참고 누르던, 누구에게도 말하지 않던 외침이었다. 어쩔 수 없다고, 이렇게 된 이상 보란 듯이 멸망을 막아 보겠다고. 그리고 자신을 이렇게 만든 데루가 마키나에게 복수하겠다고. 그런 생각으로 내리 누르던 것이었다.

그렇게 생각하며 스스로를 위안했을 뿐이다.

"…나를 내버려 둬."

흐느꼈다. 왜 하필 나란 말이야. 나보다 잘난 새끼는 얼마든지 있었어. 그런데, 그 많고 많은 새끼들 중에서 왜 하필 나냐고. 대체 왜.

"기분은 좀 풀렸어요?"

등 뒤에서 목소리가 들렸다. 떨리던 어깨가 멎었다. 우현은 머리를 돌렸다. 데루가 마키나가 그곳에 서있었다. 다른 누군가의 모습을 한 것은 아니었다. 검은 머리카락이 나부꼈고, 붉은 눈동자가 빙글 웃고 있었다. 가슴이 싸늘하게 식었다.

"…묻는 말에 대답해."

"당신을 이곳에 보낸 이유에 대해서는 대답했을 텐데요?"

"개소리하지 말고!"

목이 아팠다. 소리를 너무 지른 모양이다.

"이유라."

데루가 마키나는 팔짱을 꼈다.

"내가 원했던 것은 뛰어난 능력을 가진 헌터였죠. 당신의 말대로, 당신의 세계에서는 당신말고도 뛰어난 헌터는 많았어요. 하지만 그들이 가진 뛰어남은, 대개는 타고난 것이었죠."

데루가 마키나의 눈이 가늘어졌다.

"태어나면서 가지고 있었다는 말이에요. 왜, 있잖아요. 비상적으로 머리가 뛰어난 사람들. 신체 능력이 남들보다 좋은 사람들. 내가 원한 것은 뛰어난 헌터였지만, 그들이 가진 뛰어남은 그들이 태어나면서 자연스레 갖게 된 것들이에요. 곤란했죠."

대체 뭐가.

"당신의 경우를 봐요. 당신은 정우현이라는, 평범한 사람의 몸 안으로 들어가게 되었어요. 만약 내가 다른 뛰어난 헌터를 선택했다면? 그들이 평범한 사람의 몸 안으로 들어가서, 예전과 같은 뛰어남을 갖게 되었을까요? 갖게 되었을 지도 모르죠. 하지만 나는 모험을 하고 싶지는 않았어요. 그래서 선택 된 것이 당신이었죠."

데루가 마키나가 키득거리며 웃었다.

"당신은, 김호정이라는 헌터는. 태어나면서 남들과 다르게 부각되는 특별한 능력은 거의 아무 것도 타고나지 못했어요. 평범한 사람이었죠. 그리고 당신은 그 평범한 자질로 상당히 높은 곳에 올랐고. 특히 내가 당신에게 기대한 것은 성취욕구와, 근성과, 노력, 자존심. 뭐 그런 것들이에요. 그리고 중요한 것 하나."

데루가 마키나가 검지손가락을 들어올렸다. 그녀는

웃으면서 손가락을 좌우로 까딱거렸다.

"열등감."

심장이 멎는 기분이었다.

"당신은 열등감의 덩어리였어요. 이전의 세계에서도 그랬죠. 당신은 헌터가 되었고, 당신보다 뛰어난 헌터들을 보고… 그들에게 열등감을 느꼈죠. 당신에게는 성취 욕구와 근성이 있었기에, 당신은 어떻게 해서든 자신보다 뛰어난 헌터들에게 뒤지지 않으려 노력했어요. 그리고 자존심. 무슨 말인지 감이 좀 잡혀요?"

아.

우현은 데루가 마키나가 무엇을 말하는지 알았다. 저 괴물의 말대로였다. 과거의 우현은, 호정은. 다른 헌터들에게 뒤지고 싶지 않았다. 자신에게 뛰어난 재능이 없다는 것을 누구보다 가장 잘 알고 있었기에, 어떻게든 뒤처지지 않으려 노력했다. 등급이 높아질수록 더욱 그랬다. 비웃음의 대상이 되고 싶지 않았다. 던전에서 살다시피하며 자신을 가혹하게 단련하였고, 스위치를 만들어냈다.

데루가 마키나의 말대로다.

"그래서 나는 당신을 선택한 거에요. 뭇 많은 후보 중에서, 당신을. 그럴 듯한 핑계거리로 삼기 위해 당신을 가장 마지막에 죽이기도 했고. 실제로 당신은 그랬지 않았나요? 이 세계에 와서, 당신은 어떻게 했죠?"

성취욕구. 근성. 자존심. 노력. 열등감. 호정에게 있어서 과거, 자신의 스위치를 잡기라 평했던 SSS급 헌터는 호정으로 하여금 열등감을 느끼게 하는 대상이었다. 그를 떠올리면서, 또 데루가 마키나에게 복수하겠다는 생각을 하면서, 어쩌면 멸망이라는 미래를 바꾸는 주역이 되겠다는 영웅심리에 취해서.

그렇게 우현은 여기까지 왔다.

"…대체 왜?"

"이 세계는 멸망할 거예요."

데루가 마키나가 웃었다.

"아쉽게도, 그 멸망을 가져오는 대상은 내가 아니죠. 나에게 배정된 세계는 이미 나에게 멸망되었기에."

배정된 세상.

"내가 원하는 것은 당신이 멸망을 막는 것. 정확히 말하자면, 이 세계에 존재하는 판데모니엄의 마지막에 웅크린 무언가를 당신이 죽이는 것을 원하는 거예요."

그런가. 우현은 데루가 마키나의 말을 듣고 모든 것을 이해했다. 그녀가 왜 자신에게 능력을 주었는지. 왜 자신을 이 세계로 보냈는지.

우현은 그녀의 장기 말이며, 자객이었다. 그 무언가를 죽이기 위한 자객.

"…왜 네가 직접 하지 않는 거지?"

"나는 이 세계의 판데모니엄에서 직접적인 물리력을 행사할 수 없거든요."

데루가 마키나가 어깨를 으쓱거렸다.

"자, 나는 당신의 모든 질문에 대답해 주었어요. 당신은 어떻게 할 건가요? 이 세계에 존재하는 판데모니엄의 마지막에 있는 것이, 나 데루가 마키나가 아니라고 해서. 당신은 포기할 건가요? 자신의 일이 아니랍시고 이 세계의 멸망을 내버려 둘 것인가요?"

데루가 마키나의 웃음이 진해졌다. 마치 우현이 어떻게 대답할지 이미 알고 있다는 것 같았다. 우현의 주먹이 부들거리며 떨렸다. 그가 알고 있는 모두의 얼굴이 스쳤다.

"내버려 둘 수 있을 리가 없겠죠."

데루가 마키나가 키득거렸다. 그녀는 빙글 몸을 돌렸다.

"지금, 당신은 분기점의 앞에 와 있어요."

소곤거리는 목소리였다.

"앞으로 이 세계의 판데모니엄은 크게 달라질 거예요. 그곳의 주민들, 스스로 이름을 가진 괴물들은 더욱 강해진 모습으로 인간과, 헌터를 가로막는 시련이 되겠죠. 지금의 헌터는 그것을 이겨낼 수가 없어요."

라스 프라다. 송하를 전멸시키고, 최우석의 팔을 자르

고, 우현을 죽인 장본인.

"이 세계의 판데모니엄을 지배하는 주인은 아주 잔혹하죠. 나와는 달라요. 나는 당신들이 마지막까지 오도록 용납했지만, 이곳의 주인은 그러지 않아요. 이대로 가다가는 헌터는 판데모니엄의 끝에 다다르지도 못하고 몰살당하겠죠."

"…그래서?"

"말했잖아요? 나는 당신이 그 무언가를 죽이기를 원한다고. 물리력을 발휘할 수 없다고 해서, 아예 개입할 수 없는 것은 아니죠."

데루가 마키나의 입술이 올라갔다.

"던전 내의 개별적인 세계를 당신들은 시크릿 던전이라고 말하더군요."

데루가 마키나의 몸이 빙글 돌았다.

"시크릿 던전을 찾으세요."

그녀의 목소리가 멀어졌다. 모든 것이 멀어졌다. 눈앞이 하얗게 물들기 시작했다.

"너는 대체 뭐지?"

우현이 내뱉었다. 목소리가 공허히 울렸다.

"판데모니엄은 대체 뭐고, 너는 또 뭐야. 너는…."

신인가? 차마 그렇게 묻지 못했다. 키득거리는 웃음이 답으로 들려왔다. 그것으로 끝이었다.

"…허억!"

정신을 차렸다. 벌떡 몸을 일으켰다. 가장 먼저, 우현은 자신의 배 위에 손을 올렸다. 상처는 없었다. 우현의 눈이 조금 더 위로 올라왔다. 부릅 뜬 눈으로 이쪽을 보는 라스 프라다의 모습이 보였고,

그 앞에 쓰러져 있는 최우석의 모습이 보였다.

"…너… 무슨…?"

라스 프라다가 놀란 목소리로 물었다. 놈은 죽었다. 분명히 그것을 확인했다. 배를 꿰뚫는 것에 그치지 않고 확실하게 죽이기 위해 직접 두 갈래로 몸을 찢기도 했다. 그런데, 분명 그랬을 텐데. 놈이 상처 하나 없는 모습으로 일어서고 있다.

"…우현씨?"

놀란 것은 최우석 역시 마찬가지였다. 그는 피에 젖은 얼굴로 우현을 돌아보았다. 우현은 떨리는 눈으로 자신의 몸을 내려 보았다. 나는 죽었다. 바로 방금 전에. 배에 손이 박히고, 그렇게 죽었을 터다. 하지만 지금 그의 몸에는 상처 하나 남아있지 않았다.

데루가 마키나의 농간이다.

"이놈!"

라스 프라다가 달려들었다. 예리하게 선 손톱의 우현의 머리로 날아왔다. 우현은 멍한 눈으로 그것을 바라보았다.

'조금 이상하군.'

다가오는 손톱을 보면서, 우현은 검을 쥐었다. 그의 손에는 파브니르가 쥐어져 있었다. 투기가 의식도 하지 않았는데도 움직였다. 투기가 고속으로 몸 안에서 회전했다.

'뭐지?'

우현은 살짝 머리를 옆으로 까닥거렸다. 매서운 바람이 우현의 머리카락을 나부끼게 만들었다. 라스 프라다가 크게 뜬 눈으로 우현을 내려 보았다. 라스 프라다의 손톱은 우현의 몸에 닿지 못했다.

"…느리잖아."

라스 프라다의 공격이 느리게 보였다.

우현이 중얼거렸다. 라스 프라다의 얼굴에 경악이 어렸다. 피했다고? 이 거리에서? 말도 안 돼. 연이은 경악, 라스 프라다의 얼굴이 일그러졌다. 반으로 갈라 찢어 죽인 놈이 어떻게 다시 살아난 것인지는 모르겠지만, 까짓거 한 번 더 죽이면 되는 일이다. 라스 프라다의 손톱이 움직였다.

쐐액!

우현의 목을 향해 라스 프라다의 손톱이 날아갔다. 직격 당하면 목이 잘리는 것이 아니라 머리가 아예 날아가 버릴 것이다.

머리가 멍했다. 데루가 마키나의 말이 우현의 머릿속

에서 웅웅거리며 울렸다. 분기점. 이 던전을 분기점으로 하여 앞으로의 던전은 판이하게 달라진다. 스스로 이름을 가진 괴물. 네임드 몬스터는 훨씬 강해질 것이고, 지금의 헌터로서는 그들을 이겨낼 수가 없다. 이 세상의 헌터는 판데모니엄의 마지막에 닿지 못한다.

그 뒤에는? 가진 시간이 다 된 네임드 몬스터가 세상에 나타나겠지. 헌터는 그들을 막을 수 없다. 현대의 병기로도 그들을 막을 수 없다. 현실 세상에 풀려나간 네임드 몬스터는 무자비한 학살자가 되어 세상을 피로 물들일 것이다. 우현은 자신이 아는 사람들의 얼굴을 떠올렸다. 가족의 얼굴을 떠올렸다.

두고 볼 수 있을 리가 없다. 이 세상에 있는 판데모니엄 마지막에 존재하는 것이 데루가 마키나가 아닌 다른 괴물이라고 해도. 데루가 마키나에게 복수할 수 없다고 해도. 우현은 포기할 수 없다. 아무 것도 하지 않고 우두커니 있다가 멸망을 볼 생각은 없다.

"아."

바람이 느껴졌다. 라스 프라다의 손톱이 우현의 머리로 날아오고 있었다. 느려. 라스 프라다의 공격이 느리게 보였다. 그것은 기이한 감각이었다. 시간이 느려졌나? 아니, 그런 것이 아니야.

단순히 내가 느리게 보고 있는 것 뿐이다.

우현은 다리를 굽혔다.

쐐애액!

머리카락이 조금 잘려 위로 흩날렸다. 느려진 시간이 다시 돌아왔다. 몸 안에서 고속으로 회전하던 투기가 멈췄을 때다. 우현은 몇 걸음 뒤로 물러섰다.

'…뭐지?'

착각인가? 아니, 착각이 아니야. 투기는 계속해서 우현의 몸 안에서 회전하고 있었다. 그것은 신비한 감각이었다. 자신의 몸이 자신의 것이 아니게 된 것 같은. 자신의 무언가가 변했다는 것을 스스로도 알 수 있었다. 이 역시 데루가 마키나의 안배인 것인가. 직접 물리력을 행사할 수 없는 대신에, 우현에게 또 무언가 힘을 불어넣은 것일까.

도대체 데루가 마키나는 정체가 뭘까. 판데모니엄은 또 뭐지? 네임드 몬스터는 뭐고, 이 세계의 판데모니엄 마지막에 존재하는 괴물은 대체 무엇일까. 데루가 마키나의 목적은 그 괴물을 죽이는 것. 우현을 선봉으로, 그리고 다른 헌터들을 이용해서. 왜 같은 괴물들끼리 서로 죽이려는 것이지?

'아무렴 어때.'

신경쓰고 싶지 않았다. 데루가 마키나의 정체가 무엇이고, 그 괴물이 무슨 수작을 부리려 하는 것이며, 판데모니엄이 대체 무엇인지. 머릿속을 가득 메운 것은 짜증과 분노였다. 결국 이용당하는 신세. 장기말로, 또 자객으로. 멸망을 막기 위해서는 데루가 마키나가 원하는 대로 할 수밖에 없다.

투기가 회전한다. 고속으로, 빠르게, 계속. 삐걱거리는 소리가 틀렸다. 쿵쾅거리는 심장 고동 소리가 빨라진다. 정신이 아득해진다. 눈 앞의 시야가 흐려지고, 순간 확장되었다.

세계가 느려졌다. 우현에게 비치는 세계가 느려졌다. 우현은 한 걸음 앞으로 걸었다. 뻣뻣한 머리를 돌려 우현을 보는 라스 프라다의 모습이 보였다. 느리다. 놈의 움직임 하나 하나가 느리게 보인다. 반면에 나는 어떻지? 우현은 계속해서 걸어갔다. 자신의 움직임 전부가 인식되었다. 손가락에 힘을 주고, 검을 쥐고.

그제야 깨달았다.

세상이 느려진 것이 아니다. 내가 빨라진 거야. 내 몸이 아니라, 내 정신이. 모든 것이 그대로다. 시간은 그대로 흐르고 있다. 라스 프라다가 느리게 움직이는 것도 아니다. 우현이 엄청나게 빠르게 움직이는 것도 아니다.

다만 우현의 정신이 빨라졌고, 우현이 보는 세상이 느리게 보이는 것이다. 느리게 움직이기에 알아차릴 수 있다. 라스 프라다의 공격이 오는 것을. 그러니까 피할 수 있다. 눈에 보이니까. 스위치를 바꾸고, 속도로, 힘으로.

검을 잡은 손에 힘이 들어갔다.

'나는.'

쐐액!

라스 프라다의 손톱이 다가왔다. 역시, 느려. 한끝 차이로 피하며 라스 프라다의 품 안으로 파고든다. 검을 잡은 손을 최대한 뒤로 빼면서 짧게 휘둘렀다. 콰앙! 라스 프라다의 몸이 뒤로 밀려났다. 방어벽. 아까는 방어벽이 없었는데… 그제야 깨달았다. 놈은 안개를 다루고 있지 않다. 방어벽과 안개를 동시에 사용할 수 없다는 뜻이리라.

"이 새끼! 대체 무슨…!"

뭔가 이상하다. 놈은 마치 미리 알고 있기라도 하는 것처럼 공격을 피해내고 있다. 라스 프라다의 얼굴이 일그러졌다. 놈의 눈이 살기를 담았다. 라스 프라다는 자신의 속도를 올렸다. 괜찮아, 요행인지 뭔지로 간파당하기는 했지만 아직 라스 프라다는 더 빨라질 수 있었다. 인간이라면 이 속도를 쫓을 수가 없다. 라스 프라다는 그렇게 자신했고,

"끄윽!"

가슴에 느껴지는 울림에 신음을 뱉었다. 피했다고? 피하는 것으로 끝이 아니다. 한끝 차이로 피하고서 안으로 들어와, 이쪽의 속도를 이용해 공격을 집어 넣었다.

방어벽이 통째로 뒤흔들리는 충격이었다. 스위치로 인한 공속전환에 투기 압축, 거기에 정신 가속까지. 가지고 있는 모든 능력을 연계한다.

최우석은 흐릿한 눈으로 그것을 바라보았다. 눈으로 쫓을 수 없을 정도의 공방이었다. 라스 프라다의 공격도 공격이었지만, 최우석이 믿을 수 없는 것은 우현의 반응 속도였다. 그가 자신이 알던 우현이라고 생각할 수 없을 정도였다. 대체 무슨 일이 일어난 것일까. 최우석의 앞에서 우현은 죽었다. 배가 뚫리고, 몸이 양 갈래로 찢겨서. 그렇게 죽은 우현이 멀쩡하게 되살아나 지금 라스 프라다를 몰아 붙이고 있었다.

몰아붙인다. 그 말은 틀리지 않았다. 라스 프라다는 우현의 맹공을 견뎌내지 못하고 계속해서 뒤로 밀려나고 있었다. 그는 자신의 견고한 방어벽을 믿고 싶었지만, 거듭된 맹공에 방어벽에도 조금씩 금이 가고 있었다.

안개를 쓸까? 아니, 안개는 쓸 수가 없다. 놈의 검은 고온이다. 안개를 쓴다면 순식간에 증발될 것이다. 게다가 안개를 쓰는 중에는 방어벽을 유지할 수가 없다.

'어떡하지?'

라스 프라다는 창조된 이후로 처음으로 제대로 된 위기감을 느꼈다. 그것은 자신이, 그 누구도 아닌 이 라스 프라다가. 바로 이곳에서 죽을 지도 모른다는 위기감이었다.

"으아아!"

라스 프라다의 눈동자에서 붉은 빛이 폭발했다. 놈의 송곳니가 길게 솟구쳤다. 근육이 터질 듯이 부풀었다. 그 변화가 마저 끝나기도 전이었다. 한 번, 두 번, 세 번. 고속으로 휘두른 검이 라스 프라다의 가슴을 두들겼다. 하지만 라스 프라다는 조금도 물러서지 않았다. 그는 방어벽에 쓰이는 마력의 절반을 돌려다가 자신의 몸을 강화하는 것에 사용했다.

"장난은 끝이다!"

더는 인간형이라고도 할 수 없겠군. 우현은 몇 걸음 뒤로 물러서면서 생각했다. 근육이 터질 듯이 부풀고 눈은 크게 찢어지고. 입술 사이로 송곳니는 불쑥 튀어나와서는… 게다가 꼬리와 뿔까지! 우현은 라스 프라다의 귀 위에 구부러진 뿔과, 흔들거리는 꼬리를 보면서 혀를 찼다.

라스 프라다는 굽혔던 몸을 폈다. 놈은 이를 드러내며 웃었다. 모든 것이 끝났고, 자신이 이겼다는 확신을 가득 품은 웃음이었다. 우현은 가볍게 숨을 내쉬었다. 그는 손을 들어 자신의 얼굴을 어루만졌다. 머리가 아프다. 투기의 회전이 조금 느려졌다. 사고를 고속으로 돌린다는 것은 유지되는 시간이 길면 길수록 이쪽이 짊어져야 할 부담이 커진다.

'투기의 소모는 크지 않지만.'

단순히 투기를 몸 안에서 고속으로 돌릴 뿐이다. 사고를 가속시키는 것에 투기의 소모는 없다. 하지만 정신적 피로가 너무 크다. 오래 싸울 수는 없겠어. 실제로 지금 우현은 머리가 터질 것 같은 두통과, 가벼운 어지럼증을 느끼고 있었다.

"…커졌네."

다시 검을 들었다. 앞으로 얼마나 남았지? 모르겠다. 혼자서 네임드 몬스터와 싸운다는 것. 그것도 저렇게 강한 놈과 싸운다는 것. 이것은 호정일 때에도 경험하지 못했던 일이다. 내가 놈을 잡을 수 있을까. 모르겠다. 아무런 확신이 없다.

그냥, 움직일 뿐이다.

"죽여주마!"

라스 프라다가 땅을 박찼다. 넓은 홀이 뒤흔들렸다. 쿵쿵거리는 굉음이 고막을 흔들고, 정신을 흔들었다. 두통이 조금 더 심해졌다. 나는 두통이 싫어. 복통보다도 더. 두통이 나면 짜증이 나거든. 바위처럼 거대한 주먹이 우현의 머리 위로 올라왔다. 우현은 싸늘하게 식은 눈으로 머리 위로 올라 온 주먹을 노려보았다. 엔진이 회전하기 시작했다. 세계가 삐걱거렸다.

"…너."

우현의 입술을 비집고 작은 목소리가 나왔다. 라스 프

라다의 주먹이 천천히 떨어졌다.

"더 느려졌구나."

덩치가 커서 그래? 둔하잖아. 꽈앙! 라스 프라다의 주먹이 홀의 바닥을 박살냈다. 우현의 몸이 높이 솟구쳤다. 느려. 우현이 소곤거렸다. 솟구치는 파편을 향해 발을 뻗었다. 우현의 발이 파편을 밟았다. 라스 프라다의 눈이 흔들리는 것이 아주 느리게 보였다.

꽈직! 크게 휘두른 검이 라스 프라다의 머리를 갈겼다. 그 순간 우현은 엔진을 멈췄다. 시간이 원래의 속도로 되돌아왔다. 라스 프라다의 몸이 비틀거렸다.

"이 새끼!"

지르는 고함이 시끄러워. 두통이 조금 더 강해졌다.

맹공이 시작되었다. 자신의 변신이 무시당한 것에 분노한 것일까. 어쩌면, 더 느려졌다는 말에 화가 난 것일지도 모른다. 어느 쪽이든 좋다. 멈춘 엔진은 아직 열이 식지 않았다. 금세 엔진이 뜨겁게 달아올랐다. 라스 프라다의 손톱이 날아왔다. 정면.

피하기는 쉽다. 원래의 속도라면 또 모르겠지만, 지금의 우현에게 있어서 피하는 것은 어렵지 않았다. 특히 정면에서 찌르는 공격은 피하기 쉬워. 그냥, 허리를 약간 꺾고, 발을 옮기고.

그렇게 파고들면 되거든.

공방이 오갔다. 라스 프라다가 맹공을 퍼부었다. 그 어느 공격 하나 우현에게 닿지는 않았다. 닿으려는 순간, 우현의 몸은 미꾸라지처럼 라스 프라다의 공격에서 벗어났다. 그 즉시 날아온 공격이 라스 프라다의 방어벽을 갈긴다. 그것의 반복이었다. 공격, 회피, 반격. 일격 하나하나가 방어벽을 뒤흔들 정도로 무겁다. 카운터, 또 카운터. 우현의 머릿속에는 그 생각 뿐이었다. 일격이라도 맞으면 죽는다. 나는 방어벽도 뭣도 없으니까.

집중을 놓지 않는다. 휘두르는 공격. 몸을 낮출까? 뒤로 물러서기에는 조금 늦었군. 그렇다면 과감하게 해. 파브니르가 라스 프라다의 옆구리를 스쳤다. 우현의 몸이 라스 프라다를 제쳤다. 놈이 몸을 돌리기 전에 몇 번은 더 검을 휘두를 수 있다. 텅 빈 등을 향해 우현의 검이 몰아쳤다.

라스 프라다가 발악하듯이 꼬리를 흔들었다. 매서운 기세로 꼬리가 날아왔다. 우현은 자신도 모르게 웃어버렸다.

"강아지 같네."

강아지 치고는 너무 커. 그래, 개같다는 거야. 낮춘 몸이 꼬리의 아래로 파고들었다. 라스 프라다의 오금을 베어낸다. 방어벽은 아직 깨지지 않았다. 제법 때린 것 같은데. 안개를 쓰도록 유도할까. 아니, 놈이 병신이 아닌 이상 안개는 쓰지 않을 것이다. 놈의 능력은 파브니르에게 상극이다.

"으아아!"

광대가 된 기분이지? 우현은 고함을 지르는 라스 프라다를 향해 소곤거렸다. 네 공격은 나에게 닿지 않아. 너는 나보다 느리니까. 아니, 네가 느려진 것이 아니야. 내가 너무 빨라진 거겠지. 실 끊어진 인형처럼 라스 프라다의 몸이 너울거렸다. 마치 춤을 추는 것 같군. 우현에게는 라스 프라다가 그렇게 보였다.

그리고,

라스 프라다의 몸이 바닥을 뒹굴었다. 놈은 덜덜 떨리는 눈으로 자신의 다리를 바라보았다. 반쯤 잘린 다리가 너덜거리고 있었다. 우현은 가속을 멈추고 몇 걸음을 더 걸었다. 혹사당한 다리가 삐걱거렸다.

"…후우."

그는 땀에 젖은 머리를 흔들었다. 뒤를 돌아보았다.

"잘렸네."

우현이 중얼거렸다. 라스 프라다가 일어서려고 버둥거렸다. 하지만 일어설 수 있을 리가 없다. 오금을 정확하게 베어냈다. 완전히 잘라버리지는 못했지만 힘줄은 정확하게 잘라냈다.

"방어벽은?"

우현이 물었다.

"오지 마!"

라스 프라다가 고함을 질렀다. 그는 양 팔을 버둥거리면서 뒤로 물러서려 했다. 안개를 끌어 올려 했지만, 마력이 바닥이 나버렸기에 안개조차 쓸 수가 없었다. 라스 프라다의 몸이 줄어들기 시작했다. 근육이 작아지고, 뿔과 꼬리가 사라졌다.

"아까는 기세 등등하더니."

라스 프라다가 손을 휘저었다. 맞을 리가 없었다. 스치듯 피하면서 검을 움직였다. 라스 프라다의 팔이 허공으로 솟구쳤다.

"으아아!"

피가 뿜어졌다. 우현은 그 피를 피해 몇 걸음 뒤로 물러서면서 머리를 절레절레 저었다.

"왜 그래?"

우현이 물었다. 그는 천천히 걸으면서 라스 프라다의 반대쪽 팔로 다가갔다. 놈이 버둥거렸다. 바퀴벌레처럼.

"이렇게 될 줄 몰랐어?"

검을 들었다.

"나도 그래."

촤악!

내리 찍은 검이 라스 프라다의 팔을 잘라냈다. 놈이 꺽꺽거리는 신음을 흘렸다. 우현은 머리를 낮춰 라스 프라다의 얼굴을 들여 보았다. 놈의 얼굴에는 더 이상 여유도, 미소도 없었다.

"…하나 묻자."

놈의 붉은 눈에 비춰지는 자신의 창백한 얼굴을 노려 보았다.

"데루가 마키나라는 이름. 알고 있냐?"

"…뭐라고…?"

라스 프라다가 창백한 얼굴로 물었다. 우현은 검을 뻗어 라스 프라다의 목에 가져다 댔다. 아직 열기가 식지 않은 검신이 라스 프라다의 목에 닿아 살을 태웠다.

"끄윽…!"

라스 프라다가 발버둥쳤다. 하지만 양 팔이 잘리고, 오른 다리는 힘줄이 끊긴 덕에 저항은 불가능했다. 우현은 다시 물었다.

"데루가 마키나라는 이름을 알고 있느냐 말이다."

"네, 네가 어찌 그 파괴자의 이름을…!"

라스 프라다가 떨리는 목소리로 외쳤다. 파괴자? 우현의 눈이 가늘어졌다. 우현은 검신을 조금 더 눌렀다. 살이 타는 소리, 그리고 살이 익는 냄새. 파고들은 검신이 라스 프라다의 살갗을 베어냈다. 놈이 필사적인 표정으로 버둥거렸다.

"제, 제발…."

"묻는 말에 대답해."

머리 아프니까. 우현의 말에 라스 프라다는 침을 꿀꺽 삼켰다. 우현은 공포에 젖은 놈의 눈동자를 들여 보면서 말을 이었다.

"데루가 마키나. 그 괴물에 대해 네가 아는 모든 것을 말해라."

"…모… 모른다…."

"뒈지고 싶나?"

우현이 물었다. 그는 발을 들어 라스 프라다의 머리를 가볍게 걷어찼다. 퍼억, 하는 소리와 함께 라스 프라다의 머리가 조금 흔들렸다.

"잘 들어. 나는 지금… 별로… 그러니까… 기분이 좋지 않아."

"말이 꼬이는 군."

우현은 손으로 아픈 머리를 움켜 잡았다.

"네놈 덕에 험한 꼴을 겪기도 했고. 힘도 많이 썼고… 지금 머리도 아프고… 하여튼 그래. 기분이 좆같단 말이야. 네가 모른다 모른다 앵무새처럼 똑같은 말만 반복해도, 내가… 아, 그렇습니까. 괜한 것 물어서 미안합니다… 이렇게 정중히 나올 일은 없단 말이다. 씨발새끼야."

퍼억!

우현의 발이 다시 한 번 라스 프라다의 머리를 걷어

찼다.

"그러니 대답해라. 데루가 마키나에 대해서. 네가 아
는 모든 것에 대해."

"그… 그것은… 파괴자다."

라스 프라다가 더듬거리며 말했다. 놈은 과하다 싶을
정도로 몸을 떨고 있었다. 목에 검이 닿아서? 아니다. 놈
은 '데루가 마키나'라는 이름에 반응하여 겁을 먹고 있
었다.

"…어째서?"

"너희가 던전이라 부르는 이 독립된 공간에… 우리의
창조주를 처박은 것이 그것이다."

라스 프라다가 중얼거렸다. 우현의 눈이 크게 떠졌
다.

"뭐라고?"

"바깥의 도시에서 우리를 내쫓고, 우리의 창조주를 이
공간에 처박아두고. 창조주의 문명을 파괴하고… 저항
하는 이들을 모조리 죽이고. 그 학살을 자행한 것이 그
괴물이란 말이다."

우현으로서는 이해할 수가 없는 말이었다. 바깥의 도
시. 자연스럽게 우현은 판데모니엄을 떠올렸다. 텅 빈
도시. 문득 생각이 들었다. 지금의 판데모니엄의 건물
은 헌터 협회와 길드, 그리고 다른 장비나 도구점들이

사용하고 있지만. 과거에는 어땠을까. 헌터가 판데모니엄에 들어올 수 없었을 때, 그 도시에는 누가 살고 있었을까.

'이 판데모니엄의 던전은 내가 살았던 세계의 던전과 달라.'

형태는 같을지 몰라도, 살아가는 몬스터가 다르다. 특히 라스 프라다 같은 힘을 가진, 그리고 의사소통이 가능한 몬스터는 존재하지도 않았다. 머릿속의 퍼즐이 맞춰지는 기분이었다.

원래, 판데모니엄은 라스 프라다를 만들어낸 창조주. 그런 존재가 살아가는 도시였다. 그리고 그 도시에서 그 창조주를 내쫓은 것이 데루가 마키나다. 그 괴물은 창조주를 던전에 처박고서 판데모니엄을 텅 빈 도시로 만들었다.

'왜 그런 일을 한 것이지?'

판데모니엄은 도시다. 그렇다면 창조주는 하나가 아니라는 뜻일 터. 세상은 하나만 존재하는 것이 아니다. 당장 우현이 살던 세상과 호정의 세상이 다른 것처럼. 아마 복수의 또다른 세상이 더 있을 것이고, 그 세계에도 판데모니엄이 있을 터.

"그렇군."

이제야 알겠어. 우현은 손을 들어 지끈거리는 이마를 꾹 눌렀다. 데루가 마키나는 창조주를, 아니, 창조주들을 내쫓았지만 그들을 죽일 수는 없었다. 던전은 텅 비었고 데루가 마키나는 하나의 세상을 골라 그곳 판데모니엄의 주인이 되었다. 그리고 문명을 파괴하고, 우현 같은 자객을 선택하여 다른 세상으로 보냈다.

"창조주는 뭐지?"

우현이 물었다. 라스 프라다는 머리를 흔들었다.

"창조주는 창조주일 뿐이다. 너희 인간은 너희를 만든 창조주의 이름을 정확하게 알고 있느냐?"

우현은 대답하지 못했다. 종교를 말하는 것일까. 종교마다 말하는 신이 다르다. 사람을 만들었다는 신은 얼마든지 있다. 대답하지 못하는 우현을 보면서 라스 프라다가 마저 말했다.

"보라, 너희 인간이 창조주의 이름을 정확히 알지 못하는 것처럼. 피조물인 나는 창조주의 이름을 알지 못한다. 그 파괴자가 우리의 창조주에게 굴욕을 주고, 가장 깊은 던전으로 내쫓았다는 사실만을 알고 있을 뿐이다. 언젠가는 그 파괴자에게 굴욕에 대한 복수를 다짐하면서!"

라스 프라다가 외쳤다. 놈의 눈에서 떨림이 멎었다. 놈은 부릅 뜬 눈으로 우현을 노려 보았다.

"그러니 나는 이곳에서 죽을 수 없단 말이다! 나를 창조한 창조주의 복수를 하지 않으면 안 돼! 그러니, 그러니까…."

"하나 더."

우현이 물었다. 그는 라스 프라다의 목에 누르고 있던 파브니르를 들었다. 파브니르에는 형편없이 금이 가 있었다. 아깝다는 생각이 들었다. 이놈처럼 잘 드는 칼은 흔치 않은데. 검신이 뜨겁게 달궈진다는 옵션도 마음에 들었고.

"네가 이 던전의 보스 몬스터냐?"

"…뭐?"

라스 프라다가 멍한 소리를 냈다. 묻고서도 아닐 것이라 생각했다. 이 던전의 이름은 '유빈투스의 성'이다.

"…카하하! 나 따위가 유빈투스님과 비교가 될 것 같으냐!"

역시나 그렇군. 우현은 라스 프라다가 말하는 것을 듣고서 생각했다. 라스 프라다는 머리를 젖혀 미친 듯이 웃었다.

"나를 쓰러트렸다고 해서 끝나는 것은 아무 것도 없다! 유빈투스님은 나와 비교도 할 수 없을 정도로 강력한 분이시며, 그 분의 곁을 지키는 기사는 잔혹하고 끔찍한 자다! 너에게, 그리고 너희들에게 승산은 절대로…."

"둘이군."

우현이 중얼거렸다. 그는 파브니르를 높이 들었다.

"알려줘서 고맙다."

"…뭐? 자, 잠깐…."

라스 프라다가 기겁하여 외쳤다. 끝까지 듣지 않았다. 들을 필요도 없다고 생각했다. 내리 찍은 검이 라스 프라다의 목을 잘라냈다. 놈의 입술 사이에서 가륵거리며 피거품이 끓었다. 누르는 검에 힘을 주어 당겼다. 조금 피가 튀었다.

"…살아있습니까?"

우현은 머리를 돌렸다. 주저앉아 이쪽을 보는 최우석이 보였다. 그는 처참한 모습이었다. 팔 하나는 이미 잘렸고, 다리 하나도 완전히 박살나 있었다. 옆구리는 반쯤 찢어져서 피와 내장이 흘러내리고 있었고, 최우석은 창백한 얼굴을 하고서 그를 붙잡고 있었다.

"…하하."

최우석의 입술을 비집고 가느다란 웃음이 새어나왔다. 우현은 굳은 얼굴로 최우석에게 다가갔다. 우현이 라스 프라다에게 죽고, 데루가 마키나를 만난 순간. 최우석은 혼자서 라스 프라다에게 저항했다.

그는 도망칠 수 있었다. 문이 열렸을 때, 함께 나갔으면 될 일이다. 하지만 그는 나가지 않았다. 그가 선택한 것은 이곳에 남는 것이었고,

그렇게 그는 죽어가고 있었다.

"대단하군요."

최우석이 중얼거렸다. 콜록거리며 뱉은 기침에 피가 섞였다. 최우석의 앞으로 다가간 우현은 무릎을 낮춰 그를 내려 보았다. 가망은 없었다. 최우석의 상처는 너무 심했다. 당장 목숨은 붙어 있었지만, 그것도 오래 가지는 못할 것이다. 다리가 저렇게 된 이상 걸을 수도 없다. 가장 심한 것은 옆구리의 상처였다. 흘러나오는 내장과, 너무 많은 피. 우현이 머뭇거리며 입을 열었다.

"…왜 도망치지 않은 겁니까?"

"책임."

최우석이 대답했다.

"우현씨를, 그리고 선하씨를 이 던전으로 끌어들인 것은 다름아닌 저입니다. 그런 주제에… 우현씨를 이곳에 내버려 두고 어찌 도망치겠습니까. 책임을 져야 한다고 생각했을 뿐입니다."

"죽는 것으로?"

"이렇게 될 줄 몰랐지요."

최우석은 창백한 얼굴로 웃었다. 우현은 이해할 수가 없었다. 최우석은 죽음을 앞에 두고도 태연했다. 오히려 기뻐하는 것처럼 보였다.

"…아무렇지도 않은 겁니까?"

"책임감은 무겁지요."

최우석은 멍한 눈으로 천장을 바라보았다.

"집단의 수장이라는 것도 그렇고. 경쟁하는 것도 그렇고. 살아남는 것도 그렇고. …오히려 지금은 좋군요. 이제는 별로 아픔도 없고… 책임감에서 벗어나게 된 것 같아."

최우석은 우현을 힐끗 보았다.

"나한테는 아무 것도 없었습니다."

최우석이 중얼거렸다.

"어렸을 때도 그랬고, 크고 나서도 그랬고. 헌터가 되고 나서 생기기는 했지만… 무겁다고 느꼈습니다."

천재라는 소리를 숱하게 들었다. 헌터가 되고나서, 항상 최우석의 뒤에는 천재라는 수식어가 붙었다. 실제로 그랬다. 몬스터와 싸우는 것은 그에게 쉬운 일이었다. 네임드 몬스터도 마찬가지였다. 방패를 들고, 랜스를 쥐고. 그의 커리어가 높아질수록 그에게 쏟아지는 기대는 커졌다. 나래의 몸집이 커질수록 최우석의 어깨는 무거워졌다.

"나에게 기대하는 사람들을 불평하고 싶지는 않지만."

최우석은 옆구리를 잡고 있던 손을 내렸다. 붙잡아 받치고 있던 내장이 흘러내렸다. 피가 울컥거리며 새어나왔다.

"…이제는… 그들을 생각하지 않아도 되겠군요. 미안합니다. 추한 꼴을 보여서."

"…별로 추하지는 않습니다."

이해할 수는 없었다. 우현은 최우석이 아니었다. 최우석이 어떤 중압감을 짊어지고 살았는지 모른다. 우현은 천재가 아니었다. 그러기에, 천재가 가진 고뇌 같은 것에 대해서는 모른다. 우현은 한쪽 무릎을 꿇고 최우석과 시선을 맞췄다. 그는 최우석의 그 무엇도 이해할 수 없었지만, 그의 마지막 유언 정도는 들어줄 수 있었다.

"만약, 우현씨가 살아남는다면."

최우석이 작은 목소리로 말했다.

"…광호 형님에게 미안하다고 말을 전해주십시오. …아니지. 사과할 사람이 많아. 나래의 모두에게도. 미안하다고 말을 전해주십시오."

"살아남는다면."

우현이 중얼거렸다. 최우석의 입가에 가느다란 미소가 맺혔다.

"살아남을 겁니다."

최우석은 손을 뻗었다. 후둑거리며 몬스터의 사체들이 쏟아졌다. 사체 뿐만이 아니었다. 최우석이 가지고 있던 모든 예비 장비가 땅에 널부러졌다.

"우현씨는 강하니까."

최우석의 눈에 빛이 엷어졌다.

"나 같은 것보다 더."

그 말이 마지막이었다. 최우석의 눈이 감겼다. 그의

머리가 축 처졌다. 우현은 한동안 아무런 말도 하지 않고 최우석의 얼굴을 바라보았다. 죽었다. 어울리지 않는 죽음이라고 생각했다. 한 번 본 것으로 스위치를 흉내내고, 천재라 극찬을 받고. 그런 헌터가 죽었다. 바로 이곳에서. 우현은 몸을 일으켰다.

"…나는 별로 강하지 않아."

우현은 그렇게 중얼거리면서 최우석의 시체를 향해 손을 뻗었다. 아공간이 열리고 최우석의 시체가 담겼다. 우현은 묵묵히 행동을 계속했다. 그는 최우석이 남긴 장비를 우선 아공간에 수납하였고, 몬스터의 사체를 확인했다. 대부분이 이곳까지 오면서 그가 쓰러트린 몬스터들이었다.

"…강하지 않으니까, 강해져야지."

우현은 그렇게 중얼거리며 라스 프라다의 시체로 다가갔다. 등허리에 꽂힌 블랙 코브라를 뽑았다.

"살아남아야 하니까."

〈5권에서 계속〉